VINTER

Pia Gunilla Jansson
2021

978-91-8007-566-4

VINTER

Pia Gunilla Jansson
2021

Den iskalla vinternatten
Enda sättet att få ljus och värme
Slå eld på en Klimatteoretiker!

av
Pia Gunilla Jansson
tidigare utgivits

1. SHAKIRA (2019)
2. CIRKUS (2019)
3. HOTELLET (2020)
4. KRÖNINGEN (2020)
5. SOMMAR (2020)

© Pia Gunilla Jansson 2021
Första tryckningen...
Omslag: Tufa Video, www.tufavideo.net
Omslagsbild: Tufa Video 2021

Förlag: BoD – Books on Demand, Stockholm, Sverige
Tryck: BoD – Books on Demand, Norderstedt, Tyskland

ISBN: 978-91-8007-566-4

FÖRORD

När trötta skidåkare skall prata, det blir ofta få eller inga ord. Därför har jag satt till litet extra dialog, här och där. Det gäller särskilt Shakira, som ofta svarar med en blick eller nickning. Jag förstår vad hon menar. Men, det fungerar dåligt i en bok.

Linda är ifrån Tyskland. Sålunda uppstår viss språkförbistring. Som i den tidigare boken SOMMAR, jag har styrkt bort när vi säger samma sak två gånger.

Jag har Tyska i skolan. Det som Linda skrattar åt, jag kan inte återge det. Så eventuellt Tysktalande läsare kan glädjas åt mina misstag!

Jag noterar, att som e-bok, PDF-baserad, texten ser ut som den tryckta boken. Tyvärr försöker vissa använda Times New Roman, rak högermarginal, och liknande vansinne!! Köp nu den tryckta boken...

Boken behandlar bara några få dagar om hösten. Det händer en del annat, runtomkring. I politiken. Det får anstå till nästa berättelse, REGENTEN.

Sålunda presenterar jag en ren äventyrsberättelse, med skidor vilda djur och banditer. Och på slutet, när Skurken skall presenteras. Den här... den gissar du aldrig!

Du kommer bli totalt mörkrädd!

Pia Gunilla Jansson[i]

i   pia.jansson@tufavideo.net
    rev 211027

Kapitel

VARGEN

Vi åker buss. Solen skiner igenom fönstret. Jag försöker
lätta kläderna litet till. Jag är för varmt klädd. Jag har
satt på mig allt jag har! Solen gör det inte bättre.
Jag skall på något dom kallar Äventyrsvecka.
Jag funderar på vad jag har här att göra. Det kommer
säkert bli ett elände!
Jag blev tillfrågad. Ursäkten är att göra Octavia
sällskap. Hon har med sig två killar, och vill inte vara
ensam tjej på resan.
Bussen slingrar sig fram på en smal plogad väg.
Fönsterna är skitiga. Snön glittrar i blått och diamant.
Det är säkert mycket vackert. Om man kunde se
ordentligt.
Vi skall till rikets värsta köldhål, med snö, även så
här tidigt på säsongen. Det är en del att köra. Jag sitter
och våndas i sätet.
Min kompis Shakira är med, för att se efter mig.
Jag har också med mig Linda ifrån Tyskland. Jag ser
efter Octavia, som håller koll på sina två killar.
Killarna ser efter sina fyra tjejer. Alla ser efter varandra.
Barnpassning!
Octavia är vuxen. Det känns litet tillgjort hela grejen.
Jag håller på att koka i sätet. Tankarna blir krångliga
och ångestfyllda.
Bussen hittar en öppen plats, plogad framför ett stort
tvåvåningshus. Huset är klassiskt rödmålat, i trä, med
vita knutar. Äntligen får vi gå av! Den friska kalla luften!
Biter som köttätande fiskar; hugger mot varje bit bart
skinn där dom kommer åt.
Luckorna under bussen öppnas. Jag drar ut min
resväska. En tant i vit täckjacka med töntig röd toppluva
går upp på någon sorts altan. Hon vinkar till oss.

– Hej allihopa och ni är så hjärtligt välkomna till oss alla på Äventyrshotellet. Det är glädjande att så många har kommit. Vi hoppas ni alla får en underbar vecka full av upplevelser och vilda djur. Vi har stannat till för att ni skall kunna sätta in ert bagage. Men resan fortsätter till Södra Raststugan, och därifrån åker vi skidor till rastplatsen längst bort. Äventyret börjar nu genast!
... Om ni har skidorna i en påse; vi kommer plocka ur bussen, och ta in era saker till respektive rum. Var god och säg till om något saknas i Er utrustning; vi har att låna om du förlagt skidor eller stavar.

Hon talar långsamt och komplicerat; förmodligen försöker hon undvika den lokala obegripliga dialekten. Bonschka[i] i värsta fall.
... Och nu vill jag att alla tar på sig solglasögon! Om du inte har, vi ger dig ett par. Ni måste alla ha solglasögon!

Jag stoppar handen i fickan, öppnar glasögonfodralet, tar på mig ett par snitsiga blåglittriga solglasögon. Det var dom svartaste i butiken. Metallicreflexglas. Jag drar ned skidglasögonen över. Speciell stor sort för glasögonbärare. Det tar en stund innan jag kan se. Vilsamt för ögonen. En gubbe går runt, och ser till att alla har reglementsenliga solglasögon.

Shakira leker robot och kliver på Fredrik. Kramar om honom och har sig. Han blir besvärad. Jag ser inte ordentligt! Jag lirkar av mig solglasögonen igen. Om Fredrik rodnar och har bytt färg?

Octavia samlar ihop sina resenärer. Luckorna stängs. Chauffören vinkar. Vi kliver på. Vi skall in i bakugnen igen. Rostas på andra sidan. Dubbelvärme!

•

Bussen skramlar söderut. Vägen är smal mellan plogvallarna. Man kan inte mötas. Vi är nog de enda som kör här. Det är en fin buss, massor av värme i den. Jag hör ett svagt dån av fläktarna.

---

i Fortfarande är bonschka (bondska) vanligt förekommande, speciellt vid kusten.

Bussen saktar farten. Vi åker över en smal bro. Tanten, som fått av sig den hemstickade luvan, tar mikrofonen:
– Vi passerar nu Järvforsen. Den fryser till först när det blir riktigt kallt. Det strömmar vatten i den hela året.

Vattnet är grönt; jag ser någon knöl med snö som följer forsen österut. In under bron. Vi fortsätter vår resa i brödrosten.

... Till höger ligger Norra Raststugan, fortsätter hon. Den är inte uppvärmd, men det finns telefon. Om du får någon sorts problem, försök ta dig till raststugan!

Bussen åker i ungefär tjugo minuter till. Sedan stannar den vid Södra Raststugan. En liten röd stuga, vita knutar, ett litet tak över entrén. Vi går av bussen. Kylan hugger tag i mig.

En skoter körs fram. En gubbe som kör. Stor kraftig skoter med släp. Busskillen låser upp luckorna med våra skidor. Han lastar några kartonger i skotersläpet. Tanten pekar framåt. Vi skall skida efter. Hon hoppar på skotern, som åker.

Jag packar fram mina skidor. Dom skall dras fram ur den gula påsen. Busschauffören samlar in påsarna. Linda ser förvirrad ut. Shakira förväntansfull. Octavia blir ompysslad av sina två kavaljerer. Får hjälp med skidorna. Hon håller fram pjäxan och Greger monterar.
En gentleman!

Mina skidor är svarta, ganska breda och med stålkanter. Dom skall inte vallas, utan har något under som skall ge fäste. Odugliga nya, men effektiva när man slitit ned dom litet.

Linda har nya skidor. Dom är som mina, tror jag. Ganska breda. Shakira har gamla träskidor. Hittat dom i någon skrubb någonstans. Octavia har rosa skidor i plast. Nya! Stil!

Greger har tunna gula höga skidor av den typ som kräver spår. Dom blir nog inget vidare om vi skall ut på Äventyr.

Jag rotar upp fusktröjan ur min ryggsäck. Det är en tjock hemstickad krage, med en näsduksstor tröja fram och bak. Inga ärmar eller så. Jag drar proppen över huvudet. Den är för att täta till ordentligt vid halsen.

Jag hänger på mig min ljusblå ryggsäck. Shakira tar på en jättetröja i ylle, och drar sedan en orange anorak över. Ylle är bra. Hundhår allra bäst. Undvik bomull (jeans). Dödens material. Kom ihåg det.

Alla klara! Äventyret börjar!

•

Det är lätt att åka på vägen. Det är snö över hela, och ingen sand. Som ett brett hårt skidspår. Jag åker efter Octavia. Någon grupp med killar och tjejer åker till vänster om mig. Shakira åker sist. Greger flyter snabbt framåt utan ansträngning. Det sluttar litet nedför.

Vi har motvind. Det yr upp snö, som jag får i ansiktet. Jag känner mig varm, men man kan snabbt bli kall om nästippen eller kinderna.

Min ryggsäck skaver på ryggen. Det är en mjuk tygpåse med axelband. Sådan som småbarnen har som skolväska. Ingen ram, midjeband eller finesser. Banden, i nylon, är litet för glatta mot min jacka. Jag har satt ihop den, framtill, genom att knyta till med ett skosnöre.

Linda verkar en smula ovan vid skidorna. Vintern är förmodligen sällsynt där hon är uppväxt.

Det tar oss någon timme att nå lägerplatsen. Vägen tar slut på en vändplats. En skylt med en pil, i blått, med vit text: SÖDRA RASTPLATSEN. Sedan blir det skoterspår sista biten. Vi är framme efter en kvart till.

En stor öppen plats. Den är plogad med maskin, tidigare. I mitten står skotern. Den står bredvid en eldstad gjort av ett stort cementrör. Elden är tänd. Gumman rotar i elden för att få till det.

Jag ser fyra trekantiga saker i marinplywood monterade på stålrör. Men blicken går till skoterns släp. Den är lastad med grillkorv. En hel låda. Märkta, med butikens extraprislappar, redan ifrån fabriken.

Jag pekar mot lådan, lyfter handen och snurrar i luften. Sedan skidar jag fram till skotern. Jag trasslar till skidorna och trillar mot skotern; sedan halkar jag ned i snön.
– Så, lilla flicka, jag hjälper dig upp! säger gubben, som kört skotern.

Jag trasslar upp skidorna. Jag tar av dom, och ställer dom i plogvallen. Shakira står kvar borta vid skotern.

Gumman lägger ett nät över glöden, och så åker korven på. Flera paket. Några hjälper till med att snurra korven, så dom inte blir brända. Sedan lastas korven på korvbröd, laddas med senap och ketchup, att förtäras av oss hungriga ungdomar. Vi får välja på äpple eller pärondryck.

Vi frossar på varmkorven. Sjön suger! Jag får i mig fyra stycken. Tanten i den röda toppluvan klättrar upp på skotern.
– Hej och välkomna allihopa! säger hon.
... Vi skall börja med att indela er i fyra grupper. Ni som rest hit tillsammans, kan ni samla ihop er?
... Du får gå till grupp tre...

En mellanstor kille i blå toppluva kommer fram.
– Hej! Jag heter Håkan! säger toppluvan.

Det är nog inte hans eget fel. Tanten delar upp oss på grupper. Sista gruppen blir bara fyra. Vi är sju stycken i våran grupp.
– Jag meddelar nu, till er alla, säger tanten på skotern, några enkla regler, för att göra er vistelse trivsam. Viktigast är att ni får inte dela upp gruppen. Det får ni bara göra om ni behöver åka efter hjälp. Ingen skall behöva vara ensam i vildmarken!
... Parken är ingen nationalpark. Ni får, för eget bruksbehov, kapa granris eller göra upp eld. Men vi ber er att vara snälla mot de vilda djuren, för vi vill slippa göra viltsök. Försök också att ta med allt småskräp tillbaka.
... Vi bevakar raststugorna och skoterleden. Förutom den som går hit ned, till rastplatsen, finns också en kort skoterled fram till Björngrottan.

... Ni skall åka med gruppen rakt igenom terrängen. Om
ni åker på vägen eller skoterleden, vi hämtar tillbaka er
till hotellet. Vi kommer, i morgon, skicka några efter er,
för att se efter, att allt står rätt till.

... Jag delar nu ut en karta över området. Varje grupp
skall också medföra en fällbar snöspade...

Greger tar emot spaden, fäller upp den, och håller den
i näven, på rak arm, som en trofé, medan han stolt visar
styrkan.

– Greger Handfaste! säger jag.

– Första övernattningen är i vindskydden, säger tanten.
Ni fixar till med spaden, och sedan lägger ni in granris
att sitta på.

... När alla grupper kommit tillbaka till hotellet, då har vi
äventyrsfest. Då utser vi den modigaste eller värdefullaste
medlemmen i varje äventyrsgrupp. Och sedan, vi jämför
strapatser, för att utse hela veckans Storvinnare!

Fredrik viftar med vanten. Greger glor på han
självsäkert. Tänderna. Shakiras breda grin dyker upp,
men hon är bakom Greger, så han ser inte. Vi har
många bra kandidater.

Vem tror du vann?

... Och då tackar jag för mig! Vi kommer tillbaka hit
i morgon bitti!

Och så åker skotern med korven och drickat sin väg.
Gubben kör; tanten, i toppluvan, sitter bakpå.

•

Det håller på bli mörkt. Den iskalla vinden tycks ha ökat.

– Hur går man på toaletten? undrar Octavia.

– Killar! Det är dags att dra fram Stången! ropar jag glatt.

Greger klappar Håkan på axeln.

– Hur har du det med stången, Håkan?

Håkan tittar bort mot mig.

– En stång, att sitta på, som toalett, säger jag.

Vi tar på skidor, och tar oss några meter ut i skogen. Greger trampar till snön vid en gran. Håkan och Fredrik har hittat en död trägren, som dom släpar fram. Grenen kvistas av, ett stycke att sitta på.

– Vi kör in stången i granen, säger Greger, och så håller jag den i andra änden!

Han tittar lystet på Octavia. Som glor tillbaka.

– Killar! Pys! säger jag. Toaletten, det fixar tjejer bäst själva!

– Hur gör jag? undrar Octavia. Jag har ett ton kläder på mig, och hel skiddräkt under.

– Fantisera! svarar jag. En ljuvlig vitkaklad uppvärmd toalett, med elegant belysning och en rogivande julgran. Parfymdoften. Levande ljus. Vi hjälper dig med kläderna!

Shakira håller stången. Jag och Linda hjälps åt med kläderna.

– Skall jag ha skidorna på mig? undrar Octavia.

– Ta dom åt sidan, så går det nog! säger jag.

– Du har en jättestor jacka, säger Linda, som kämpar för att hålla den kvar i famnen. Jag lirkar fram Rullen ur min ryggsäck. Toarullen! Och så går Octavia på toaletten. Jag ser att hon är obekväm. Ser lättad ut, när det är klart.

– Tack för papperet, Pia! svarar hon.

Sedan går vi andra på toaletten. Kläderna är stökiga och det tar tid. Vi tar oss tillbaka till killarna. Parkerar skidorna i plogvallen.

– Jag behöver låna tjejernas toalett, säger Fredrik.

Jag går fram; tar tag i axlarna på han.

– Fredrik? Är du en Sittkissare, Fredrik? undrar jag.

Greger, röd i ansiktet, försöker hålla sig. Killarna går för att hjälpa Sittkissaren på toaletten. Dom får låna min rulle. Vi andra inspekterar vindskyddet.

Trekantigt, men bara väggar på två sidor. En betongplatta som golv. Det är en luftspalt under vindskyddet. Shakira går för att ösa igen draghålet med snö. Utifrån. Vi andra tar på skidorna och klättrar över plogvallen, för att kapa granris.

Jag fiskar fram seglingskniven. Blå fällkniv.
Rakknivsvass, men med en trög mekanism. Jag anfaller
närmsta gran. Gran, det är sådana där gröna med barr.
Min gran har inte mycket barr. Förmodligen frekvent
anfallen av knivbeväpnade ÄventyrsTurister. Jag försöker
leta på en friskare gran. Min kniv är inte avsedd som
verktyg vid skogsarbete.

Octavia och Linda hjälper varandra vid en snygg gran.
Octavia kapar och Linda tar emot kvistarna. Dom minsta
kvistarna är mjukast. Jag försöker få på en ordentlig hög
med mjuka småkvistar. Det stinker koda om mina fingrar.

Jag har ett par glatta skidhandskar, i nylon, med
syntetisk oduglig stoppning. Inuti har jag lurviga
fingervantar av matbutikstyp. Kineserna, som tillverkar,
tror att vintervantar skall ha fingrar.

Jag har tagit av mig skidhandskarna. Och nu suger
fingervantarna upp kodan från kvistarna.

Jag försöker ta mig tillbaka med kvistarna i famnen.
Det går sakta. Jag behöver stavarna för att komma framåt.

Killarna väsnas en bit bort i skogen. Greger påminner
Håkan om Stången. Dom diskuterar vilken av honorna
som är bäst. Samt vem som skall få vem!

Jag har klarat plogvallen. Jag åker fram, på skidor,
in i vindskyddet, och dumpar mitt granris längst
in i hörnan. Jag tar av mina skidor, stryker av dom,
och parkerar dom i plogvallen. Spetsarna uppåt.
Stavarnas ögla trär jag över skidorna; stavarna
kan lätt ramla.

Vindskyddet. Det ser kallt och dragigt ut. Två sidor,
träplatta, i vinkel. Linda kommer efter. Hon har ett
jätteberg med granris. Jag undrar hur hon kom över
plogvallen, med höstacken i famnen. Jag tar emot
hennes granris. Lägger ovanpå mitt eget.
– Jag skall sitta i hörnan. Det är förmodligen den
kallaste platsen. Så jag tar ditt granris också! säger jag.

Det är mörkt nu. Lindas ögon glimmar. Hon säger inget. Shakira och Octavia kommer in, med var sin hög med granris. Jag vänder mig; sätter mig i högen med näsan utåt.

Shakira lägger sitt granris till vänster om mig. Hon sätter sig tätt intill. Octavia till höger. Jag ger Octavia min ryggsäck, som hon sätter vid yttersidan hos sig. Linda står still och ser på oss. Det är mörkt, och jag tror hon är olycklig.

– Jag skall hämta granris en gång till? undrar hon.

– Du behöver inte granris! svarar jag. Du klarar dig utan! Kom nu!

Linda rör sig inte. Glor nog på oss. Om hon ser, alltså. Mörkt.

– Kom nu! Närmare! säger jag.

Jag får tag i Linda. Drar. Huvudet tar jag till Octavia. Hon fixar till min ryggsäck, så den går som huvudkudde. Jag har höften i knät, och Shakira tar hand om änden med pjäxorna. Linda har liggplats!

– Skall det vara så här? undrar Linda.

– Du skall värma oss andra, så vi inte fryser! säger jag glatt.

Killarna kommer. Greger lägger sin hög framför mig. Sätter sig. Håkan lägger sina kvistar till höger, framför Octavia; Fredrik framför Shakira.

•

Det är tyst. Någon av de andra grupperna håller på och stökar. Vinden blåser friskt in i vindskyddet. Jag lutar mig mot Octavia.

– Killar? Orkar ni fyra tjejer? undrar jag.

– Hurså orkar? undrar Greger. Jag orkar allt!

– I morgon bitti, när solen stiger upp på himlen. Hanarna skall utmana varandra i Envig, och strida tills endast den starkaste kämpen, med den största dasen, fortfarande kan stå upp. Sedan skall han betäcka alla honorna. Och gärna två gånger, om han är duktig med Dasen!

15

– Fredrik! undrar Greger. Har du kört på fyra tjejer,
på samma kväll, någongång?

Han fnissar åt Fredrik.

– Men, den starkaste kämpen behöver inte vara han
med den största Dasen? undrar Fredrik.

– Du får hålla fram den, säger jag. Så sätter vi ett
stearinljus under. Han som först slaknar, och tappar
dasen ned i lågan, han förlorar!

– Det är skriket som räknas, säger Shakira. Om två
samtidigt får fjongen in i elden, han som kan hålla
tillbaka längst, han vinner!

Killarna fantiserar om paniken och smärtan.

– Dom är farliga, tjejerna? undrar Greger.

– Pia har handklovar hemma. Och en sådan där boll, med
stroppar, som sadomasochisterna använder, säger Shakira.

– Men. Är det sant? undrar Fredrik.

– Det är sant, svarar jag. Men jag har bara använt det
på en enda kille.

– Hon låser armarna, på ryggen, bakom en stolpe, säger
Shakira. Sätter in bollen. Sätter en metallgrej på dasen.
Spänner åt. Dasen hårdnar. Sedan skruvar hon in piggar,
så pinan ökas. Killen vibrerar, helt utmattad, dräglet
sköljer ur munnen och näsan, ögonen är uppspärrade...

– Shakira skojar med oss...! säger jag.

– Och det är sant? undrar Håkan. Hur gick det med
killen? Han klagade inte efteråt?

– Det gjorde han säkert, men han är inte längre med oss,
svarar jag.

Killarna sitter tysta.

– Bollen. Om man håller munnen stängd, det går inte att
få in den. Det måste vara frivilligt? undrar Håkan.

– Du kan aldrig hindra någon ifrån att montera in bollen,
svarar jag.

– Jag håller munnen helt stängd! svarar Håkan.

– Jag kan strypa dig medvetslös, öppna munnen, och
sätta in bollen, svarar Shakira. När du kvicknar till
igen, då sitter den där!

– Men, den kan man inte? undrar Håkan.

– Shakira provade på mig en gång, svarar Octavia. Men bara litet. Inte så jag blev medvetslös. Det var otroligt obehagligt och skrämmande. Om du blir medvetslös, det kan hända vadsomhelst med dig!

– Jag tror jag föredrar snälla flickor, säger Fredrik. Du får prova Linda, Greger!

– Jag kommer och tänka på historien om elefanterna och aporna, säger Greger.

– Linda? undrar jag.

– Törnrosa har somnat, svarar Octavia.

– Berätta mer om aporna! säger Shakira.

– Varför skulle Shakira strypa dig, Octavia? undrar Håkan.

– Jag hade en tveksam period, i mitt liv, när jag var lättfotad flicka ibland maktens män, svarar Octavia. Ministrar. En minister var spion. Bevakad. Jag åkte fast. Shakira och Pia skulle övertala mig att erkänna...

Hon blir tyst en stund.

...

– Men fortsätt! Spioner! Jag dör!! säger Fredrik.

– Pia berättar att hon skall ta mig till glädjekvarteren, ge mig massor av knark, så jag blir beroende, och sedan får jag erkänna för att få mer knark, säger Octavia allvarligt[i].

Ingen av killarna svarar.

... Hon tog upp ett etui och en liten flaska med vätska. Att injicera i mig. För att jag inte skulle göra motstånd under transporten. Och sedan tar Shakira och halvstryper mig. Och då gav jag upp. Berättade.

Det är tyst.

... Ibland, jag undrar, fortfarande, om vad det var i den där flaskan?

Jag fnissar litet för mig själv.

– Jag hade en molande huvudvärk. Men bara lite grann. Jag tog med ett par paracetamol och en NSAID[ii] om det skulle bli värre.

i   978-91-7785-681-8 *CIRKUS* sid 181, Pia Gunilla Jansson (2019)
ii Nonsteroidal anti-inflammatory drug.

... Och så en miniflaska med vatten, så jag kan få i mig dom genast, om jag får panik. Jag viftar med pennskrinet och visar flaskan...

– Men. Om jag vägrat? undrar Octavia.

– Shakira hade nog gjort illa dig, svarar jag. Kan vi lämna denna tråkiga episod?

– Hur då? undrar Octavia.

– Man skall inte slå tjejer, svarar jag. Men. Imorgon. Killarna får dra sticka, och så kan hon visa på han som förlorar!

– Det vill jag se! svarar Octavia.

– Du kommer åka på tjejstryk, Greger! fnissar Fredrik glatt.

– Du slåss mot killar? undrar Greger.

– Det är en ful ovana som jag försöker arbeta bort, svarar Shakira akademiskt. Det är kul, och jag har svårt att sluta. För att undvika skador, jag slår aldrig i huvudet. Men dasen, den ligger illa till!

– Dasen tycks allmänt ligga illa till! sammanfattar Håkan.

... Ministrarna, vad gjorde du med dom?

– Jag är ju ung tjej, svarar Octavia. Man trillar på gubben, på en mottagning eller så. Sedan är man vänlig och värmer han litet grann. Sedan den svåra biten.

... Man måste komma på vad han drivs på. Sedan gör man dasen hård. Och så måste han sitta och skryta, hela tiden, för att få behålla hettan.

Författaren censurerar detaljerna
om hur Octavia snärjt ministrar,
samt det där med Aporna.[i]
Aporna... bara killar tycker det är kul!

Vi sitter och fryser. Det är inte helt tyst. Vinden drar i träden. Det luktar snö. Något djur gör något läte. En varg ylar långt i fjärran. Bara Linda sover.

---

i   Tigrar och elefanter. Klassiker.

18

– Hur kallt är det? undrar jag.

– Väderprognosen sa minus fem, sjunkande till minus tio, under natten, upplyser Octavia.

– Det är inte så kallt?

– Vi har öppet vatten runt omkring. Fukten kyler och gör luften rå. Det är därför det är så kallt, svarar Greger.

– Jag kan inte skryta, med att överlevt ute, i minus åtta, säger Shakira.

Vargen ylar igen. Närmare. Ljudet är starkare.

Jag hör en kvist som går av i skogen. Tungt djur.

En älg. Eller en björn! Björn!!

Jag grunnar ut hur jag skall säga. Harklar mig.

Jag skall inte skrika. Men, så högt jag kan. Så de andra också hör, i de andra vindskydden. En ny kvist går av. Nära oss. Jag siktar snett uppåt, upp i mörkret:

– När dom utsvultna rovdjuren kommer!

... Hitlockade av vittringen!

... Man måste sitta helt tyst!

... För att inte bli slukad

... som kvällsmål!

Shakira fnissar. Jag fortsätter:

... Dom utsvultna rovdjuren

... söker den starkaste hanen

... som sitter ytterst

... att slita i bitar!

Greger fnissar också.

... Dom hungriga käftarna...

... sökande efter byte

... ratar varje fegis

... och tillika hanar

... i låg sexuell kapacitet!

– Om man överlever, då man är man en mes? undrar han.

En gren knakar i skogen. Vargen ylar igen. Starkt! Nära!

Jag hör tassar som springer. Gräver i snön vid eldstaden. Letar smulor och skräp. Tassarna springer. Alla sitter knäpptysta. Väntar.

19

Tre skuggor, bortom Greger vid vårt vindskydd.
Kommer närmare. Nosar i luften. Söker en värdig hane,
att slita i stycken. Kommer fram till oss.
Jag kan inte se teckningen. Det är för mörkt. Som
svarta skuggor. Vargen till vänster är en korthår. Den
i mitten har litet längre nos. Är nyfiken. Nosar på Fredrik.
Vargen till höger är tjockare och tyngre. Morrar dovt åt
oss. Har en tjockare päls, krullig kanske? Vargen i mitten
kör in nosen vid halsen på Fredrik. Skall slita av strupen.
Frustar till med nosen. Rakt in vid halsen. Fredrik skriker
till. Den stora vargen morrar igen. Jag ropar uppåt,
in i natten:
– Sju vargar är här!
... Nosar efter en hane, med riktig dase!
... Att slita i stycken!
Jag lutar huvudet mot Octavia. Jag håller på att somna.
Det finns gott om killar. Vargen skall ju äta den också.
Shakira reser sig. Vargarna glor åt henne och trippar runt
med sina tassar.
Shakira går ut. Vargarna följer intresserat efter.
Jag orkar inte få stopp på henne. Jag lutar mig mot
Octavia. Snart kommer några få äventyrsveckan förstörd.
Det är mitt fel. Men, jag orkar inte. Måste få sova nu!
Flera av ungdomarna skriker rakt ut i full panik:
– VARGEN TAR OSS!
– Biter mig!
– Ahhahahaaa!!!
– HJÄÄÄÄÄLP!!
– Vargen! Vargen! Vaaaaaargen! Aaaaaahh!
Jag hör en ung tjej. Hon ylar konstant. Så stoppas
hon upp, ett underligt gurglande läte. Tyst, i en sekund.
– Jag vill åka hem! Jag vill åka hem! Vargen äter upp mig!!
Tjejen skriker och gråter. Shakira knallar in och sätter
sig. Utanför vindskyddet, jag hör två gälla visslingar,
ifrån håll. Jag tänker fan sova nu!

●

Jag vaknar när skotern kommer. De dubbla starka
halogenstrålkastarna lyser upp vindskyddets insida.
Flera upprörda röster som talar. En ficklampa som
lyser på oss.

– Vi sover här! säger Greger.

Det är kallt. Blir allt kallare. Jag vaknar av kylan.
Sprattlar med tårna. Kinderna är också bra.
Jag har dragit ned skidglasögonen, så luften skall stå still
framför ögonen. Jag tror jag är OK. Octavia, som lutar
sig tillbaka mot mig, hon sover. Jag tar och somnar om.

Jag vaknar ett par gånger under natten. Jag är inte så
trött längre. Sitter och vilar mig. Sitter och fryser, alltså.
Linda kvicknar också till.

Månen är uppe. Ett blått läbbigt ljus täcker snön.
Efter en stund, vi sitter alla och tittar på varandra.
Gryningen är långt borta.

– Nu skiter vi i det här, och kör! säger Greger morskt.

Jag är iskall överallt, i alla leder. Stapplar ut. Går
runt litet på den plogade ytan. Det är tyst i alla dom
andra vindskydden. Luften är torr och iskall med
metallisk smak. Vi stadsbor är ovana vid vanlig frisk
luft!

– Granriset plockar vi bort och lägger på elden, säger jag.

– Jag har sovit bra, säger Linda. Dom, i det där
vindskyddet, dom har redan åkt, för dom är borta.

– Jag tror dom är tillbaka på hotellet, svarar jag.

– Dom gav upp redan första natten? suckar Linda.
Vet du varför?

– Shakira livade upp vildmarkslivet med ett litet spratt,
svarar jag.

– Stackars satar! svarar hon.

Vi studerar kartan i månljuset. Det är ingen riktig
karta. En handritad illustrerad karta för turister. Vi har
vatten runt omkring. Parken är en halvö. Trekantig,
spetsen nedåt, åt söder. Järvforsen kommer norrifrån,
tar av åt höger, och går ut i sjön. Den delar sig, så en del
går åt vänster, ut i sjön på andra sidan. Bron är utsatt.

Vi är vid den södra spetsen. Civilisationen är norrut. Skoterleden går till bilvägen, som letar sig upp ganska nära vattnet till höger.

Attraktionerna är höger om vägen, till öster. Björngrottan. Vargkullen. Laxbäcken. Vildsvinsstupan. Älgviken. Fjällhöjden. Någon har haft kul med kartan. Jag kan se avstickaren, skoterleden, som går fram till Björngrottan. En raststuga är utmärkt vid skoterledens slut.

– Hur gör vi? undrar Shakira.

– Vildmarken är här, svarar jag, pekar på den stora tomma vita ytan åt nordväst.

– Dom flesta åker nog till björngrottan, svarar hon.

– Åker dom på ett spratt till, vi får lämna området på hårda träbänkar i vagnar med galler för fönstren, svarar jag.

Shakira svarar med ett grin.

– Mot vildmarken! säger hon.

Vi tar på skidorna. Vi lämnar rastplatsen med kurs mot norr. Det är enklast att åka i skoterspåret. Det är hårt och bra under.

VILDMARKEN

Vi har medvind. Vinden är ganska stark. Mer än i går.
Det är stjärnklart. Kallt. En stor måne lyser upp snön.
Månen är högt på himlen. Nästan fullmåne.

Killarna åker först. Shakira. Jag och Linda. Octavia
sist. Skoterspåret tar av åt höger. Shakira pekar åt andra
hållet. Vänster. Killarna ställer en fråga. Undrar. Shakira
pekar vänster. Killarna klättrar upp över plogvallen.

Först nu inser jag hur jobbigt det kommer att bli.
Vi har inget spår. Skaren är tunn, och bär inte. Massor
av mjuk fluffig lössnö. Fredrik tar ledningen, och plöjer
upp en fåra i allt det vita. Sedan Håkan och Greger.
Shakira. Min tur. Linda. Sist Octavia. Spåret blir litet
bättre för var och en som åkt. Spåret, det är som ett
dike i det vita. Vi kommer långsamt framåt.

Landskapet är trolskt och mystiskt. Jag har inte
skidat i naturen, i månljus, tidigare. Jag har tid att
stanna upp och se efter. Jag kan enkelt skida ikapp
de som är framför. Jag ser att dom byter om hela tiden.

Det är vansinne. Det vi gör. Vi borde vända. Åka på
vägen och skoterleden till Björngrottan, eller vad det nu
hette. Käka varmkorv eller hamburgare. Ta bussen
tillbaka till hotellet. Ta en läsk. Sällskapsspel. Slappa.
Men, vi är ju vansinniga!

Det vita är inte helt slätt. Det finns utströdda små
granar. De minsta är översnöade. Spåret går rakt över
en gran. Ett märke, där någon ramlat. Det finns inte snö,
vid granen, så det är som ett bottenlöst hål. Skidspår,
i snön, efter räddningen. Lyft upp den olycklige på fasta
marken.

Det är ganska farligt. Antag att det blir en olycka.
Hemma. Man är snabbt på sjukhuset. Dropp, handsprit,
vana händer, akutrum fyra.

Men här. Även den snabbaste kan behöva ett par timmar till närmsta telefon. Och sedan skall hjälpen komma. Skotern är nog snabbast. Transport bort till hotellet. Någon timme, minst. Sjukhus? Jag har ingen aning om här finns ett sjukhus. Förmodligen blir det ambulans ända till kusten!

Jag ser inga djur. Förmodligen för vi ett fasansfullt oväsen. Djuren förstår nog vad som är på gång. Dom har hört bussen. Matresterna hittas vid Björngrottan.

Björn? Här finns nog inte björn! Det här är nog civiliserade trakter. Jag fantiserar om sommaren. Vägarna är farbara. Bonden har planterat på åkrarna. Myggen! Brr!! Jag känner hur det börjar klia på mig!

Månen sjunker sakta nedåt. Vi kommer fram till en grandunge. Skuggorna är långa i månljuset. Spåret letar sig fram mellan träden. Det är bara en liten dunge. Jag följer spåret. Kommer ut på andra sidan.

Greger har tunna längdskidor. Jag ser att han sjunker ned. Så länge skidorna håller kommer det gå bra.

Det enformiga skidandet. Jag håller inte längre i stavarna. Stavarna sitter fast med öglorna. Jag har i vart fall svårt att få grepp, med mina glatta nylonvantar. Odugliga! Ryggsäcken halkar runt där bak. Oduglig, den också.

Dom pekar framåt. Jag skall få åka ända längst fram, och testa att vara först att spåra.

– Visa litet tjejkrafter nu, Pia! säger Shakira när jag passerar henne.

Greger är framför. Han är tvåa, med Fredrik först. Spåret är sämre här. Inte tillkört. Som det blir längre bak.

– Ur spår, Greger! ropar jag glatt.

Han vänder sig. Glor. Hänger litet på stavarna.

– Du spårar som din kompis? undrar han.

– Hur då?

– Hon är så snabb, att hon flyter ovanpå, och inte hinner sjunka ned, svarar han.

– Shakira! Det finns bara en! svarar jag.

Nu är jag andre man i spåret. Här är det löst och sladdrigt. Fredrik tycks slakna litet. Han stannar. Manar på med handen. Nu skall jag först! En vit orörd ocean av snö. Jag testar på måfå. Skidorna går nedåt. Jag trampar med skidorna. Jag skall hålla kursen, också. Jag kan inte bara glo på skidorna. En stjärna blir riktmärke.

Det handlar inte om hur många kilometer i timmen, som jag spårar. Utan om jag orkar en hel kilometer totalt. Jag kämpar på. Jag börjar få litet bättre teknik. Jag är en lätt tjej. Jag har ganska breda skidor. Det tar sig!

Men det är jobbigt. Killgöra! Jag stannar. Det är Håkans tur att ta över spårandet.

●

Vi åker längs en liten ravin. Uppe på kanten. Ravinen tycks gå åt väster. Jag segar på i spåret. Det är mörkt nere i ravinen. Shakira ser efter att vi hänger med. Octavia skriker. Jag vänder mig. Hon sprattlar med stavarna, och åker ned i ravinen. Faller. Det blir tyst. Jag trasslar med skidorna, för att vända. Kör förbi Linda. Lyfter ned och öppnar ryggsäcken. Skidhandskarna. Av med dom! Jag kör ned handskarna i ryggsäcken. Jag tar ur linan. Lossar den, knopar tampen om midjan. Av med skidor och stavar. Jag kör ned dom i snön, så de sticker upp. Shakira och Greger kommer fram till mig.

Jag simmar utför, mot kanten, i snön. En hängdriva på kanten. Jag följer spåret, där Octavia försvann. Ser henne. Ligger livlös i en dvärgbjörk. Jag hoppar ned i ravinen.

Jag faller handlöst ned i snön. Ingen av latmaskarna, uppe på kanten, håller i linan.

Vitt överallt. Jag är under ytan. Snön är djup här. Så sträcker mina kompisar i linan. Får upp mig ur snögraven. Jag kan simma fram till dvärgbjörken.

Björk, det är vita träd med svarta fläckar. Om du har en björk. Såga ned den! Dom ruttnar inifrån, blir svaga, kan gå sönder och falla ned. Över ditt hus! Såga dom!

Dvärgbjörken ser likadan ut, men den växer som en buske ungefär. Jag har ingen aning om dom är biologiskt släkt med varandra. Dom ser ju likadana ut. Som om björken åkt på ett åsknedslag. Blev en buske i stället för ett träd.

Octavia ligger i toppen. En gren har knäckts, den friska stumpen går in i hennes kropp mellan axlarna och magen. Det ser illa ut.

– Ta in i linan! ropar jag.

Jag får hjälp upp i trädet. Det är ett par meter högt, kanske. Jag klättrar över Octavia. Hon har guldbruna skidglasögon. Jag lirkar upp dom. Hon plirar mot mig.

– Han du klarat dig? undrar jag.

– Tyvärr inte!

– Gör det ont?

– Har du också hoppat, och följer mig till andra sidan?

– Kan jag lyfta dig?

– Vi får prova.

– Det var någon som knuffade dig?

– Kommer inte ihåg!

– Du har en gren under, knäckt, går den in i dig?
Så det kommer blod, när vi lyfter? Du tappas ur
på blod, som en gris, på en minut?

– Du är den första, någonsin, som tordats kalla mig
för Gris! svarar hon.

Jag kliver över igen. Får ned fötterna på en gren längre ned. Kommer under. Jag trycker henne uppåt. Det verkar som om hon ligger lös ovanpå.

– Släck linan! ropar jag till killarna. Mer!

Jag tar in. Slår en enkel överhandsögla. Jag slår bukten runt Octavia. Trär dubbelt i öglan, och slår på ett halvslag, om båda parter. Bara ett.

Nu sitter vi båda i linan. När linan sträcks, till mig, min vikt går i överhandsöglan, så det inte spänner åt runt Octavia. Det är petigt med det tekniska.

... Lyft litet! ropar jag.

Octavia höjs uppåt. Hon går loss ifrån den grova grenen. Inget blod. Det ser bra ut. Grenen har trasat sönder täckjackan.

... Ta upp oss! ropar jag.

Linan sträcks. Linda står långt ute på kanten, och berättar hur det går. Octavia kommer upp i luften. Linan sträcks till mig. Jag reser mig i dvärgbjörken, för att hjälpa till. Octavia går över kanten. Hängdrivan knäcks, och jag får snö över mig. Sedan lyfts jag också. Jag sprattlar för att hjälpa till.

Octavia står upp i snön. Vinglar på sina skidor. Killarna knyter av linan. Jag lossar mig själv och Shakira kransar.

– Är du skadad? undrar Shakira.

– Det gör ont, men jag tror jag klarat mig! säger Octavia.

– Kan du åka skidor? undrar jag.

– Man lär sig när man trillar? svarar hon.

– Du har pajat jackan.

– Fabrikationsfel, svarar hon. Jag får gå tillbaka, till butiken, med den!

– Hur gick det till när du trillade? undrar Shakira.

– Jag vet inte. Det gick plötsligt fort utför! svarar hon.

– Rast slut!! Framåt!! ropar Greger.

Han åker själv först. Sedan Fredrik, Håkan, Shakira. Det blir min tur. Linda. Octavia sist. Jag vänder mig, regelbundet, och ser om Linda och Octavia är med oss. Shakira kollar upp mig. Greger ser efter killarna.

Morgonen närmar sig! Jag ser solen! När jag blundar! Långsamt stiger den och skänker ljus och värme till Jordingarna. Vi blir glada och pigga. Upplever naturens rikedom och skönhet!

Inte! Månen går ned! Vinden ökar och ett tungt svart moln pressar sig över våra huvuden. Snart ser jag inte mina kompisar längre.

Vi kommer långsamt framåt. Hur dom orkar spåra, längst fram, det förstår jag inte. Kan inte se Shakira längre. Ser bara Fredrik följt av Håkan.

Jag tappar dom ur sikte. En liten höjd framför. Jag
skall uppför. Spåret, det är ganska lättkört, här bak i kön.
Jag når toppen av kullen. Tittar bakåt. Linda är en bit
bort. Octavia följer efter Linda. Kanske dom pratar med
varandra. Jag orkar bara flåsa. Snurrar i huvudet.

Framåt. Fredrik och Håkan. Längre bort Shakiras
orangea anorak. Greger är längst fram. Även här, på håll,
jag ser hur snön yr runt hans skidor. Han måste gräva upp
dom tunna gula skidorna för varje steg. Framför Greger.
En stor slät öppen yta i vit snö. Skit!

– STAAAANAAAA!! ropar jag.

Jag höjer handen. Shakira har hört mig. Ropar till
Greger. Greger vänder sig. Alla glor på mig. Jag sätter fart
utför kullen. Måste snabba mig, innan dom börjar köra
igen.

Jag rundar Fredrik och Håkan. Shakira har kört
fram till Greger. Killarna kommer bakom mig. Linda
och Octavia är längre bort.

– Är det något särskilt? undrar Greger.

– Gudarna är vredgade! svarar jag; pustar.

... Skall suga alla, med gula skidor, ned i underjordens
mörka innandömen!

– Aha? undrar han.

Shakira står och ser glad ut. Fredrik ser undrande ut.

– Det enda sättet att klara sig! Att offra en ung jungfru!

Jag har fått av mig ryggsäcken. Det vanliga med dom
fördömda glatta skidhandskarna. Den här gången skall
dom få stanna i ryggsäcken!

Fan!

Jag tar upp linan. Lossar den. Knyter tampen om
midjan på Shakira. Pekar framåt. Killarna glor på oss.

– Jag är tacksam för att jag fått utforska vildmarken
med er alla! ropar Shakira. En Ära! Att få gå först!

... Glöm mig inte!

Shakira stryker bort en tår. Ansträngt brett leende.
Ny tår. Hon vänder sig. Darrar i knäna.

... Jag heter Shakira! Underrätta mina föräldrar!!

Våra tre killar glor med öppen mun. Shakira åker sakta fram till slutet av spåret. Sedan börjar hon köra i lössnön. Jag står still, och lägger ut lina. Jag har ingen aning om jag gissat rätt.

Shakira skriker till! Går ned på knä. Hon skojar med oss. Det är vitt och slätt framför oss. Shakira kommer fram till det jag såg. Hon kör litet snabbare nu.

Ett tungt brakande ifrån snön!

– Jävlar!! ropar Greger.

– Vad händer? undrar Fredrik.

Shakira åkte ned en halvmeter i snön. Hon trasslar sig uppåt. Fortsätter framåt. Det brakar till igen. Ljudet är otäckt. Inte hört något liknande. Shakira trampar ned mer snö. Hon får som en uppförsbacke. Hon är över på andra sidan.

– Jag såg uppifrån kullen. Man ser inte här nere, säger jag. En svag rak linje i landskapet. Ett grävt dike. Men här framme, det är slätt. Syns inte.

Jag tar av ryggsäcken, och ger Greger linan. Shakira tar spjärn med skidorna på andra sidan. Jag pekar på Fredrik. Han åker motvilligt fram mot diket.

Greger spänner linan. Shakira håller emot. Fredrik håller i. Han kör ned i gropen. Kämpar sig upp på andra sidan.

– Är det farligt? undrar Håkan.

– Är det tunn is och djupt vatten, i princip, du kan gå under ytan och försvinna! svarar jag.

Han ser likblek ut! Saknar de upptäcktsresandes friska glada mod. Försiktigt närmar han sig kanten. Har linan i armvecket. Åker sakta ned i gropen. Snön brakar ned någon centimeter till. Ljudet!

– Hjääälp!! vrålar han rakt ut.

Men, det händer inget. Han kör upp på andra sidan.

Sedan är det oss småflickor. Jag börjar. Jag försöker se morsk ut. Sedan Linda. Det går också bra. Octavia. Och då är det bara Greger kvar! Han fumlar, med linan, när han skall binda om midjan.

– Du var en bra kompis! ropar Shakira.

– Dom tunna skidorna, det kan aldrig gå!
ropar Fredrik, som morskat upp sig igen.
– Synd på en bra Hane! ropar Octavia.
– Vi skall aldrig glömma dig! ropar Håkan.
    Greger bromsar, och försöker åka sakta ned i hålan.
Shakira tar lojt in på linan. Håller den litet löst i fingrarna.
– Håll i ordentligt! ropar Greger därnerifrån.
    Shakira visar upp linan, snyggt rullad i ena handen.
Greger glor tillbaka. Det knakar till i snön!
– Hejdå! ropar Fredrik skadeglatt.
– Det blir tom kista! skriker Octavia.
    Greger får ur sig några svordomar. Shakira stöttar
i linan och Greger trasslar sig upp på fasta marken.
Han får omständligt loss linan.
    Linda glor på mig. Vill något.
– Pia! Pia! Pia! viskar hon.
    Jag kransar linan, utom en femton meter. Jag tar
tampen och fäster, i bukten, med en skotis.[i] Då får jag
en slinga. Jag tar slingan och binder runt midjan på mig.
Jag lyfter upp ryggsäcken.
– Alla före! säger jag, tittar på Octavia.
    Det är för att Linda skall få bästa möjliga spår. Jag
sträcker linorna, och arbetar mig till slingans andra ände.
Eller, ja?
    Jag lägger om Linda, och får på två halvslag. Om den
dubblade linan.
... Det är bara för att du inte skall komma bort, när du
åker sist, säger jag.
    Octavia skall prova att åka längre fram och spåra.
Hon tycks ha energi över. Jag och Linda trasslar med
linan. Den måste hållas sträckt, och vi måste komma
på hur; bli vana vid den.

---

i   Skotstek (*Sheet bend*) Man viker och snor runt. Mycket pålitlig.
    0-385-04025-3 *The Ashley Book of Knots* Clifford W. Ashley,
    (1944, 1993)

Nu börjar det snöa. Först mindre snöflingor, sedan rik tilldelning av stora klibbiga snöflingor. Jag stannar och packar fram skidhandskarna. Snön kan inte samlas på dem; jag slipper bli blöt om vantarna.

Sikten har minskat. Månen är nere nu, så vi har inget ljus. Eller, den är skymd av snömolnet. Linda har jag i linan. Framför mig, jag kan se Håkan och Fredrik. Jag kan inte längre se dom andra. Men, dom kan inte komma bort. Dom måste vara i spåret, framför. Bara jag och Linda kan komma bort.

Ett tillfällig lucka i snömolnet. Jag vänder mig och tar en titt på Linda. Hon ser litet gladare ut. Säkert rädd för att skämma ut sig, med att inte orka.

Längre bort, långt bakom Linda. Jag ser en svart fläck som rör sig. Men inte ett djur. Det är en mössa. Någon kommer. Vi är förföljda!

Jag tar tag i stavarna och försöker få på litet mer fart. Just nu är det Shakira som är närmast. Jag viftar med ena handen. Framför kroppen.

Jag åker över nästa höjd. Jag stannar där nere, så dom bakom inte ser mig. När jag signalerar. Håller vänstra armen framför mig. Duttar med högra fingrarna över armen. Pekar bakåt snett uppåt. Shakira vinkar till svar.

Jag fortsätter makligt framåt. Shakira kör om Håkan och Fredrik. Snöandet kommer tillbaka. Jag vet inte om det är bra eller dåligt.

Landskapet är mest öppet. Men det finns utströdda dungar med barrträd. Ljuset är grådisigt. Jag tror att morgonen äntligen kommit. Svagt. Tveksamt. Trevande.

Spåret går fram emot en av träddungarna. Jag kan se Fredrik före Håkan. Övriga är borta i snödiset.

Långsamt kommer jag bort till dungen. Dom andra är där inne. Jag följer spåret in.

Spåret är lagt runt några tjocka granar. Spåret rundar en gran till vänster. Runt några andra granar. Jag och Linda slingrar oss fram. Vi kör på en sluttning; det lutar nedåt åt vänster. Varje gång vi kör vänster, Linda håller i linan, sträcker, så den inte går under skidorna.

31

Jag ser Shakira och Octavia längst bort på en kort
raka. Väntar på oss.
– Vänta tre minuter, sedan sakta! säger Shakira.
Jag vinkar till svar.
– Octavia! ropar jag.
Hon väntar på mig.
... Linda! Kör sakta. Låtsas att du är dötrött! Titta bara
framåt, mot mig.
... Octavia! Kör precis bakom Linda. Mana på henne.
Svär! Låtsas du är irriterad. Be Linda att öka på!
... Linda! Du struntar helt i vad Octavia säger!
Bara titta framåt!
– Vad är fel? undrar Octavia.
– Vi har okänt folk efter oss i spåret! svarar jag.
– Så otäckt! Vill dom oss illa?
– Vi får se sen! Dom kanske bara är ifrån hotellet.
Nu kör vi! Sakta fram!
Vi har inte väntat i tre minuter. Killarna kan behöva
kanske tio minuter. Jag segar mig fram otroligt sakta.
Linda hänger i linan och hjälper inte till alls.
– Du måste hjälpa till, Linda! ropar Octavia. Använd
stavarna! Alla andra väntar på dig! Försök nu komma
litet framåt! Då tar vi i litet! Kom igen! Använd benen
och stavarna! Öka på! Kom igen! Nu tar vi i litet!
Octavia håller låda. Hon är litet högljudd. Så killarna,
bakom, inte skall ramla på oss av misstag.
Spåret vinglar sig fram mellan träden.
I Äventyrsparken. Träden, det tycks mest vara granar.
Spåret snirklar sig fram.
Jag börjar bli rädd för att vi överdriver. Kanske blir
vi anfallna i skogen. Vi är ju faktiskt sist!
Spåret svänger höger bakom nästa gran. Linda vilar
sig på sina skidor. Octavia manar på oförtröttligt.
Kämpigt att dra Linda uppför lutningen. Sedan nästa
gran. Kurva vänster. Linda sträcker linan med handen
och bromsar på skidorna. Runt nästa gran! Höger,
upp igen!

– Nu jävlar!! ropar Greger bakom oss.

– Tjejstryk!! ropar Shakira.

– Ta han!

– Hjälp!!

– Ta den andre!

– Han är livlös!

– Av med skidorna!

Jag och Linda sätter upp högsta fart i spåret. Nu går det avsevärt snabbare. Vi kommer ut ur dungen, på andra sidan. Spåret går ut i den vita platta oceanen. Sedan viker det höger, tillbaka in i dungen. Vi stannar.

Killarna kommer ut ur dungen, bakom oss. Dom har skidor och stavar för två åkare. Dom ser lyckliga och nöjda ut. Som killar och tjejer blir av ett lyckat bus. Dom kör ned skidorna och stavarna i snön. Våra olycksbröder får simma fram till dom. Greger drar en svart mössa över ena skidspetsen.

Olycksbröderna måste ju få tillbaka sina skidor. Vi kan inte behålla dom.

– Vi kommer bara långsamt framåt, säger jag. Även om det tar, säg, en timme, att pulsa fram till skidorna. Dom är snart efter oss igen?

– Nänä! svarar Greger. Vi gör en slinga med en dold avgång. I nästa dunge!

Alla ser glada ut. Shakira har sitt leende på. Men hon skickar mig en liten extra blick. Allvarlig. Någon liten detalj bekymrar henne.

Killarna sätter upp fart framåt. Vi åker runt ett par smådungar. Rakt in i en stor en. Jag fortsätter att dra Linda. Linan är nog mest ett moraliskt stöd. Hon kan åka själv.

I dungen, spåret viker åt höger, och går sedan runt i vänstervarv. Greger står under en gran och hänger.

– Kör runt ett helt varv! säger han. Kom ihåg att hålla åt vänster. Vi gör fler falska stickspår hela tiden!

Vi vinkar och fortsätter framåt. Jag ser, att någon tagit av åt höger, och kört ut i det vita. Jag ser flera misstänkta spår. Vi möter Shakira, som kör åt andra hållet.

Så kommer vi runt tillbaka till Greger. Han pekar in under granen. Försiktigt, för att inte rubba snön, kör vi in under granen och ut på andra sidan. Octavia väntar på oss.
– Hej tjejer! Nu får vi åka! säger hon.
Octavia åker före. Jag och Linda efter. Snön är tunnare, så det är lättare att spåra. Jag ser som en ränna i snön. Bara ett par decimeter djup.
– Octavia! Backa tillbaka! Kan vi åka i den här? undrar jag.
Octavia kommer baklänges. Jag pekar. Hon fortsätter i sänkan. Efter en stund, vi svänger in på den ursprungliga kursen. Vi stannar och väntar på killarna. Dom kommer bakom oss. Kommer fram.
– Spåret tar ju slut! härmas Greger när han hinner upp oss. ... Var är tjejerna? Spåret tog slut!!
Han skrattar och pekar på Fredrik. Dom ser glada ut.
Killarna kör före, och vi klena stackare efter. Shakira försöker se litet extra klen ut.
Det har blåst upp. Snöar hela tiden. Skall man dekryptera dungen med stickspåren, då får man snabba sig. Jag tror inte dom är efter oss längre.

•

Vi skidar utför en slänt. Vi skall tvärs över en ravin. Spåret är litet listigt lagt, så man skall slippa en luftfärd. Vi svänger ned där det inte är så brant.
Jag får syn på något. Full broms! Jag är beredd med stavarna. Linda krockar på mig bakifrån. Jag tar för med stavarna. Octavia väntar framför på andra sidan ravinen. Jag höjer handen. Octavia åker in i grandungen.
Jag pustar och väntar. I botten på ravinen. Shakira dyker upp efter en stund.
– Du vill också åka snöre? undrar hon.
– Den där drivan med snö. Kan man gräva ut en grotta, stor nog för oss allihop?
– Men, vi har mycket dagsljus kvar att åka i, svarar hon.

– Vi är alla trötta. Vi hittar inte en sådan där driva igen.
Vi får övernatta i en skog. Då klarar bara de starkaste
att fortsätta. Då får dom hämta skotern. Det kan ta två
timmar att gräva och lägga in granris.
– Då stannar vi här. Åk en runda i skogen, och plocka
granris sen. Grottan är klar när ni kommer! svarar hon.
– Jag vill inte åka här, rakt fram...
Jag pekar bort mot hängdrivan.
... Se om du kan lägga spåret ifrån skogen, och längs den
där lilla åsen?
Jag pekar. Shakira nickar.
... Jag vill sitta längst in, med Linda. Och sen. Jag vill
att du gör som ett litet bord. Så jag har något att ställa
TV:n på!
– Grotta, TV-bord! svarar Shakira.
Shakira vänder och kör till skogsdungen. Hon har slät
mark fram. Jag och Linda, i Shakiras spår, en besvärlig
uppförsbacke. Vi kämpar oss in i skogen. Mina skidor är,
anmärkningsvärt nog, inte bakhala.
Vi möter Shakira. Hon har norpat spaden ifrån
Hagbard Handfaste[i]. Hon pekar att vi skall fortsätta.
Spåret går i skogen. Svänger vänster. Vi kommer
tillbaka. Jag hör på ljudet att vi är nära.
– Du får hjälpa mig med granris, säger jag till Linda.
– Pia! Pia! Jag... Jag... Pia... Kan inte! svarar hon.
– Du behöver inte flänga i skogen och hacka. Det räcker
att du hjälper till med transporten! svarar jag.
Håkan och Fredrik dyker upp. Dom blev bortmotade
ifrån grottan. Shakira gräver den själv. Greger hjälper till
att få ut snön. Tillsammans med Octavia, vi har snart ett
berg med granris. Fredrik visar hur vi skall åka till grottan.
En trädgren är lutad mot ett träd. Att sopa igen spåret
med. Det snöar hela tiden.
Spåret till grottan går vid sidan av den lilla åsen.
Så spåret skall vara lätt att dölja. Toppen av åsen,
den är helt orörd.

i   Dagstidningsserie av Dik Browne (1973)

Vi går på toaletten. Det sedvanliga med Stången.
Killarna är fåniga som vanligt. Jag passar på att lätta
kläderna litet. Jag tar dän fusktröjan. Proppen. Sedan
skall jag inspektera grottan.

Granriset är nu inne i grottan. Jag vet inte vem som
fick dit det. Jag är väldigt trött. Snurrar i huvudet.

– Kom nu! säger Greger.

– Småtjejerna skall längst in, så de är först! säger Shakira.

Jag tar av skidorna. All snö och is måste bort. Jag har
ju textil under skidorna. Litet is där, och det blir svårt att
åka.

Så kryper jag in. Det är mörkt. En kort gång in i
snödrivan. Grottan är åt höger, grävd längs med drivan.
Linda kommer bakom mig. Sedan Octavia. Dom andra,
dom kommer också, men jag ser inte.

Jag sätter mig precis längst in. Näsan har jag in mot
väggen. Jag kör in axeln och huvudet i snön. Det blir
ett märke. Sedan somnar jag, utmattad, stöttad av snön.

GROTTAN

Jag rullar utför backen. Min klänning fladdrar i fartvinden. Det är fortfarande så varmt att jag behöver inte ha jacka. Jag bromsar med handbromsen och svänger in mot skolan.

Handbromsen är underbar. Det är bra sug i den, utan tendenser att låsa framhjulet eller strula till det. Jag kommer fram till cykelstället. Jag glömde bort, det där andra, medan jag cyklade. Jag tycker om att cykla. Men när jag ser skolan. Kraften går ur mig.

Jag låser cykeln. Cykellåset, på min nya cykel, det är utomordentligt kraftigt. Mekanismen är len och exakt. Nyckeln kommer ur som en dröm, helt utan friktion. Cykeln är brun. Men inte målad brun. Brunmetallic, med fling i guld. Tjockt lackat utanpå. Som glas. Jag är jättenöjd. Jag har fem växlar i navet, när det vid den här tiden var vanligt med högst tre.

Handbromsen, den är extra. Speciellt pålitlig modell. Min cykel har kostat som en motorcykel. Och jag har betalt den själv.

Jag ser upp mot skolan. Den gröna plåten. Gula teglet. De tunga gröna dörrarna. Jag klarar det inte. Jag lägger armarna på styret. Huvudet hamnar ovanpå. Jag har Ångest. Jag har pajat min återstående gymnasietid. Två år. Fyra terminer. En hel massa veckor. Ett tusen sex hundra lektioner.

I våras. Jag gjorde något. På TV. Inte vanlig TV. Utan då, när precis alla har näsan i rutan. Mitt ansikte. Mitt namn. Nu är jag en Kändis. Uhhh!

Dörren. Femti meter bort. Jag öppnar. Dom skriker. Alla kommer. Dom är glada! Hyllar mig! Men sedan. Ett litet skämt. Lite fler skämt. Elaka skämt. Trakasserier. Dom har sönder mina saker. Jag blir utfryst och isolerad.

Två år. Fyra terminer. Många veckor. Ett tusen sex
hundra lektioner. Lika många obehagliga raster.
En cykel stannar bredvid min. Jag tittar inte upp.
Min kompis Anna. Hon har en rosa växelcykel. Den
är nästan ny. Och, egentligen, den är min. Hon fick
den av mig. Hon tar tag i mig.
– Kom nu Pia! Det ordnar sig! Du kan inte ge upp utan att
prövat. Kom nu. Jag hjälper dig! Alla kommer hjälpa dig!
Problemet är att Anna är en obotlig optimist. Jag litar
inte på det hon säger. Hon lyfter mig upp i vanligt stående.
Det susar i huvudet. Sedan går vi mot dörren. Den tunga
gröna. Ont i magen. Makaroniben. Anna går, och jag
hänger med. Hon håller fast mig om midjan.
Dörren närmar sig. Jag bromsar. Men Anna är envis.
Vi är framme. Nu, snart... Hon drar upp dörren. Det slår
i vindskyddsdörrarna, bakom. Vi går in. Hon puttar upp
dom tunna innerdörrarna. Dom har ett speciellt ljud.
Så är vi inne!
Det händer inget särskilt. Någon tjej passerar. Tittar
inte åt oss. Vi går bort till skåpen. Varje elev har ett litet
förvaringsskåp.
Jag möter Eva.
– PIIAAA!! Jag har så totalt saknat dig!! säger hon.
Hon kramar om mig. Eva gick i min klass i nian.
Vi går inte i samma klass, nu i gymnasiet. Hon går
Natur. Bland dom smarta i skolan. Jag och Anna går
ekonomisk. Ekonomisk linje, det är ganska slappt.
Yrsa är här. Kommer fram.
– Hej Pia! Är du orolig? Det kommer gå bra Pia!
Marita dyker upp. Marita, hon är en stor tjej, med
tidigare bakgrund bestående i att hon trakasserat Yrsa.
Men hon har slutat. Hon sätter ett pekfinger på mig.
– Jag ställer inte upp på några dumheter, Pia! Du har
rätt att gå i skolan som alla andra! säger hon.
Hon vet precis vad hon pratar om!
Jag har bra stöd av mina kamrater. Men, det hjälper
inte mig. Inuti. Jag är orolig. Ängslig. Svårt att andas.

Jag öppnar skåpet. När jag stängde det i våras.
Jag var en vanlig tjej (nästan). Men nu. När jag öppnar.
Jag är Pia Jansson! Skitsamma. Jag skall inte rota i skåpet.
Vi skall bara ha upprop. Bara och bara...
Anna stöttar upp mig. Vi går mot klassrummet.
Alla klassrum har nummer. På anslagstavlan sitter en
lista, med uppgift om i vilken sal vi har upprop. Yrsa,
Marita och dom andra, dom har redan sett efter.
Korridoren är målad i rött. Klassrummet. Några
av våra killar sitter och väntar. Kanske saknat någon
speciell tjej.
Jag sätter mig. I bänken där jag brukar sitta. Anna
sitter bredvid. Många berättar om vad dom gjort under
sommaren. Jag hör vad dom pratar om. En och annan
nämner mitt sommaräventyr. Ryktet, att hon bor i vår
stad. Hon! Pia! Kanske på vår skola!!
Dom talar om Klänningen. Som inte går att köpa.
Avundsjukan, om man ägde en sådan klänning! Min
klänning, den ligger rullad hemma i klädskåpet.
Vår klassföreståndare kommer. Sätter sig. Han är
ganska kort. Liten. Så, han sitter gärna. Så det inte skall
synas att han är kortare än alla elever i klassen. Han
stoppar högra pekfingret in i mun. Kletar saliv på högra
ögonbrynet. Sedan kletar han in den grå mustaschen.
Han har grå ögonbryn och grå mustasch. Snart åker
vänstra pekfingret in i mun. För att kleta vänstra sidan.
Han kletar in saliv hela tiden. Det är ganska läbbigt.
Men, man vänjer sig! Efter några dagar, sådär!
– Jaha! Killar och tjejer! Vi träffas för att nu...
Dörren öppnas. Utan att knacka. En kille kommer in.
Sätter sig.
... Jag vill hälsa alla välkomna, ifrån, som jag hoppas...
– Är det här E1A? undrar en tjej i dörren.
– Ettorna har sitt upprop i Aulan, svarar han.
Dörren går igen. Glor på dörren. Tar in andan. Dörren
öppnas igen. Andan åker ut igen. En tjej kommer in. Stina.
– Ursäkta, jag trodde vi hade upprop i Aulan! säger hon.

39

Man måste ha nerver och tålamod som lärare. Han laddar upp med lite mer saliv. Jag har ibland undrat om det inte snart börjar droppa.

Hans hår är nu ännu litet gråare. Jag tror han har tupé, också. Han är definitivt fåfäng. Han tar ny sats. Han har en liten mun, under den grå salivklibbiga mustaschen. Längst fram två stora mittre övre framtänder.

– ...hälsar jag alla välkomna till klass E2A och ett nytt fantastiskt Gymnasieår! Jag har nu den nya klasslistan med några spännande nyheter!

Han tittar rakt mot mig. Jag kommer bli stekt av min egen klassföreståndare. Jag lägger ned huvudet i armarna på bänken. Så jag slipper se eländet.

... Då börjar jag med uppropet!

Fingrarna in i mun, klibbe-klibbe...

... Och så en ny tjej i klassen! Karin Carlsson!

Han tittar sig förväntansfullt runt i klassrummet.

– Ja! svarar en tjej och vinkar med handen.

– Anna Falk!

– Ja! svarar Anna.

– Och så har vi vår egen Pia Jansson! säger han.

Han håller ut armen mot mig. Jag försöker se liten ut.

... Nu vill jag berätta!

Han stryker över den grå mustaschen.

... Skolan har två Pia Jansson! Den andra går i min naturklass. Så jag är klassföreståndare till båda Pia Jansson, som går här på skolan!

Han lutar huvudet bakåt. Fingrarna in i mun. Stryker över ögonbrynen. Ser ut över klassen. Ser upp mot taket. Glad. Tänder.

... Morska upp dig Pia! Var inte så ängslig! Det är ju inte ditt fel att du råkar heta samma!

Han fortsätter med uppropet. Något är fel. Alla borde känt igen mig redan på TV:n. Eller ifrån bilder i någon tidning. Olika tidningsreportage, med varierande mer eller mindre pinsamt innehåll. Det är något som inte stämmer!

Jag tittar på Anna. Hon har någon sorts spratt, på gång, som hon inte berättar för mig.

Vår klassföreståndare fortsätter med uppropet. Stoppar fingrarna in i mun. Hälsar oss välkomna. Han undervisar i Engelska. Han är ganska behaglig som lärare. Han har god känsla för språket. Duktig, med de enklare delarna, som jag behöver hjälp med. Leder oss åt rätt håll.

Ett par i klassen är duktiga i Engelska. Någon har bott i England något år. När han ändå får ett tveksamt svar, han lirkar, ger exempel, och visar exempel på bättre Engelska. Han är följsam och noga med att det sällan finns felaktiga svar. Dom flesta tycker om Råttan!

Vi får sedvanliga papper. Vår nya Engelskabok är försenad ifrån tryckeriet. Han stryker ögonbrynen. Så är vi klara för idag! Klibbe–Klibbe!

Anna och jag går mot skåpen. Hon fortsätter bort till entrén. Jag blundar. Affischerna är uppsatta. Tjock mörkblå kant, med PIA JANSSON upptill, och KONUNGARIKET nedtill.

Anna skakar om mig. Jag tittar på bilden.

– Anna!! Det är ju Linda! På bilden! Men hur? säger jag.

Stackars Linda har klippt ned håret till min ointressanta frisyr. Färgat sitt svarta hår till min ljusa nyans. Jag tror hon har Shakiras rosa paljettklänning. Shakira är ganska mycket kraftigare jämfört Linda, som är smal. Klänningen sitter litet illa.

En tjej passerar. Hon har en vit tröja, med affischens motiv framtill. Jag tittar noga. Det är Linda på bilden.

– Funkar det här? undrar jag.

– Dom vet ju att det är du. Men, med affischen, det blir en osäkerhet. Och det räcker. Det räcker en bit, i vart fall!

– Hur har du fått till tröjorna? Tryck, försäljning?

– Man kan inte trycka upp tröjan, utan ditt medgivande. För det är ju ditt varumärke. Så, vi medgav tryckning, med Linda på bilden. Flera affärer har sålt den i ett par veckor, redan. Den är mycket populär!

●

Och så gick det till när Anna räddade mig ifrån att vara
"Pia" med hela skolan. Tyvärr fungerade det bara en tid...
      Anna har själv hyss för sig. I skolan, hon gömmer sig
i sin tjocka tröja. Hon har glasögon, och ett intränat
försynt sätt, avsett att inte väcka uppmärksamhet. För
att underlätta i skolarbetet. Så hon inte råkar in i slagsmål.
      Men, inuti!! Under tröjan och glasögonen. Min kompis
Shakira. Cirkusartisten! Samma som sitter här, hos mig,
i grottan!

•

Jag kvicknar till. Trevar runt mig. Jag är fast under snön!!
Jag kommer på. Grottan. Jag sitter längst in.
      Det är inte kallt. Vi har värmt upp grottan. Vi kan
kvävas, här inne, men jag tror någon har ett
ventilationshål. Lite får killarna klara av själva.
      Jag har tänkt att skoja litet med mina kompisar.
Tänkte ut det redan hemma. Men, aldrig, inte ens
i fantasin, att jag skulle bli serverad ett sådant här tillfälle!
      Vi skall sitta länge i grottan. Solen, vad man skall kalla
det, var uppe när vi gick in i grottan. Det blir mörkt på
eftermiddagen. Sedan kvällen. Natten. Om morgonen.
Fortfarande mörkt. Vi skall sitta nästan ett dygn.
      Vår grotta är trång. Uppfyller inte Jordbruksverkets
regler för hundar. Men, för kaniner, kanske?
      Jag trasslar med mina fingrar. Dom verkar fungera
bra, inuti vantarna. Jag letar på min ryggsäck. Den är
framför mig, inträngd mot snöväggen.
      Det är helt mörkt. Jag trevar mig fram. Jag känner, till
vänster, efter kanterna på Shakiras snöbord. Jag behöver
få litet orientering. Jag trevar uppåt. Lagom långt uppåt.
Inte lågt. Men, en bit över snöbordet. Litet lagom.
      Jag krafsar med vanten. Gräver en liten nisch in
i snön. Jag tar handen fram till nischen ett par gånger.
Måste kunna hitta den igen.
      Jag tar av vanten på högra handen. Ner med näven i
ryggsäcken. Och så rotar jag. Med högern. Den vänstra
har jag vid nischen.

Jag hittar den! Rund, kall. Ytan är litet fet. Jag sätter den i nischen. Trycker ned litet. Perfekt!

Jag tar av vänstra vanten. Rotar i ryggsäcken. Plastpåse, med clips på. På påsen, alltså. Den färgglada sortens clips, som en klämma, med låsning. Vattentät förslutning. Inte sådana där i metall, som bullpåsarna har.

Jag öppnar. Tar ur. Öppnar asken. Tar upp en tändsticka.

Mina tändstickor. Det är inte dom vanliga små. Mina, dom är stora. Stora! Dubbel tjocklek och trippel längd. Som ett litet vedträ! Du hittar dom i affären, om du letar.

Jag repar eld på den. Jag hör en svag suck i grottan. För fram lågan. Tänder det lilla ljuset. För dekorationsbruk. Tjockare än ett vanligt ljus, och kort, så det är lätt att hantera. Blåser ut tändstickan. Och nu har vi ljus i grottan!

Jag är torr i munnen. Som du noterat, vi har inte haft någon matrast eller vätskekontroll. Livsfarligt. Vansinne!

Du förstår säkert. Ingen i grottan sover. Alla sitter och väntar. Slumrar. Vi har suttit en timme i grottan. Högst två. Många timmar är kvar.

Jag är noga att ha ryggen mot mina kompisar. Bara Shakira är kall nog för att köra ett spratt rakt upp i ansiktet på någon. Utan att blinka. Shakira, hon är otäck ibland. Om dom ser mitt ansikte. Hela grejen spricker!

Jag rotar i ryggsäcken. Jag behöver ha något ovanpå snön. Jag hittar en rund plastdosa, som får duga som avställningsyta. Mina vantar är blöta. Jag tar vantarna också! Jag har reservvantar. Fortfarande billiga modellen du hittar i mataffären. Jag är ingen riktig Trapper.

Jag lägger dosan till höger, längst in i grottan, på bordet, med vantarna i snön bredvid.

Jag drar upp aluminiumgrunkan ur ryggsäcken.[i]
Den är packad med en stropp. Jag lossar och tar bort stroppen. Jag hittar underdelen, med lufthålen.

---

i   trangia.se (Klassiker) Tillverkad likadant de senaste 100 åren.

Jag vänder den och sätter den omsorgsfullt ned,
på snöplattan, på mitten. Bredvid vantarna. Längst
in i grottan, det är höger på snöplattan.

Den lilla runda grejen. Hittar den. Tar upp. Skruvar av
locket. Locket har gummipackning. Jag har monterat med
en sprillans ny packning. Så den skall hålla tätt.

Det luktar! Ny svag suck ifrån publiken. Nu skall dom
fan få!!

Jag ställer dosan i den runda metallbiten. Jag tar den
använda tändstickan. Håller den i ljuset. Det fräser.
Stickan tar eld. Jag tänder brännaren. Gul låga. Sedan
bara en liten låga. Det brinner bara på ena sidan av
brännaren. Den behöver värma upp sig litet.

Grunkan för att minska lågan. Jag öppnar luckan till
hälften. Lägger den över brännaren. Sedan monterar jag
kökets överdel. Vindskyddet.

Grytan. Jag har två stycken. Likadana. Ett löstagbart
handtag, som en liten tång. Grytorna är små, bara en liter
vardera.

Jag fyller ena grytan med snö ifrån väggen. Lägger på
en rejäl råge. Ställer ned den inuti vindskyddet.

Ljuset är rogivande. Brännaren glimmar tyst under
grytan. Den blir varmare. Lågan tänder runt ringen
med små hål. Färgen ändrar till blått. Värmen går upp
i grytan.

Smälta snö är ett elände. Snö är mest luft. Det isolerar,
och är svårt att smälta. Men, med litet vatten i botten,
det går bättre.

Min spritbrännare, den är bara liten. Jag har ställt in
den på låg effekt. Sakta smälter snön ned. Jag skall ha
lagom med vatten i grytan. Litet mer än halva. Jag tar litet
mer snö. Jag får fylla på flera gånger.

Jag har en enkel stekpanna. Som en flatbottnad gryta.
Jag lägger den ovanpå, för att bevara värmen.

Jag tar besticket. Någon skalle, som aldrig lämnat
restaurangen eller kontoret, har hittat på att det skall
vara en kniv, en gaffel och en sked. Kniven är slö,
givetvis. Dom sitter ihop, och jag pillar loss skeden.

Stearinljuset flämtar. Brännaren väser. Det luktar ifrån brännaren. Jag lyfter stekpannan och rör om med skeden. Skeden skrapar mot grytans botten. Långsamt blir det varmare. Jag är klar för nästa steg. Rotar i ryggsäcken. Jag får upp en liten glasburk, med skruvlock. Jag har laddat den hemma. Det var fisksås eller kryddklet, i den, tidigare. Noggrant diskad och torkad. Jag skruvar av locket. Det är ett grönt pulver inuti. Jag strör i litet i smältvattnet.

Du kanske tror det är Te. Nejnej! Vi skall ju ha Hårdkör! Inget så mesigt som litet Te. Tyvärr är det inte koka.

Jag tänker som i veckotidningen. Bilder före och efter. Jag rör om i smältvattnet. Skeden skrapar mot botten. Greger! Till vänster: litet slö och trött. Till höger. Med koka! Lysande ögon och brett grin med alla tänder!

Linda. Som en disktrasa till vänster. Till höger. Fått för hög dos. Håret står upp, och hon ser ut, som om hon fått syn på en snygg kille på en fest. Shakira. Totalvild med grin till vänster. Laddad för nästa hyss. Till höger...

Jag måste undvika att fnissa. Jag måste ju göra det här med stil. Stil!! Koncentration!

Rotar i ryggsäcken. Ett annat av mina patentclips. En stor knastrig påse. Tung. Släpat den ända hit. Jag häller ned en skvätt i grytan. På med klippset. Ned i ryggsäcken.

Jag rör med skeden. Ingen i grottan säger något. Ingen ens andas. Vi är törstiga så vi kan dö, allihop. Man kan inte äta snö. Jo, man kan litet. Men med 333kJ/kg, som smältvärme, energiekvationen går inte ihop. Man blir kall om man äter så mycket som man behöver. Man måste äta massvis med snö!

Det blir långsamt varmare. Med värmen kommer dofterna. Och nu. Jag får upp ett miniatyr kuvert. Brunt. Som ett frimärke i storlek.

Frimärken hade vi förr, som betalningsmedel för fysisk utdelning av papper. Du kan aldrig tänka dig hur vi hade, förr, vi som levde på Stenåldern!

Kvadratisk 2x2 centimeter. Om du nu aldrig sett ett frimärke.

Kuvertet har jag tagit ifrån en hamburgerbar eller en flygresa. Jag river det bruna kuvertet. Strör i hälften. Det är peppar! För att förhöja smakupplevelsen. Det är varmt i grytan nu. Det börjar sakta ryka litet. Dofterna sprider sig. Peppar. Timjan. Makaroner.

Jag tar ett litet vitt kuvert. Salt. Jag tar i en smula salt också. Salt är viktigt i köket. Utan salt, all mat smakar plast. För mycket salt och det smakar havsstrand...

Klar för nästa steg! Det skall bli ännu värre!

Jag rotar i plastpåsen med kuverten. En glatt plastig förpackning. Jag får problem att öppna. Man måste riva på ett speciellt ställe. Jag undrar om jag måste ha verktyg. Men så får jag upp den.

Jag klämmer ut halva i grytan. Ketchup! Vattnet, det kokar nu. Makaronerna, det är inte kem-preppade snabbisar. Men små makaroner med kort koktid.

Jag känner att makaronerna har mjuknat. Stearinljuset glimmar. Brännaren väser. Det bubblar i grytan. Dofter från timjan, makaroner, peppar och ketchup fyller upp grottan. Inte fnissa nu!

Jag tar skeden. Tar upp litet makaroner. Fem, kanske. Lutar till skeden, så jag inte skall spilla en enda droppe. Jag tar den till min mun. Doften, rakt under näsan, den är obeskrivlig. Jag sörplar litet. Sedan in i munnen.

Hela kroppen tänder upp! Jag får som en Glädje. Ett rus. Jag kommer klara mig! Långsamt och omständligt tar jag en enda skopa till. Det är som om bara löftet om mat och vatten mjukar upp kroppen.

Jag rör i grytan med skeden. Det är dags för det sista. Påsen. Långsmal sak i vitt papper. Strösocker för kaffedrickare. Jag öppnar. Häller ned i det kokande vattnet. Hela påsen. Volym kanske tre sockerbitar. Den sötaktiga doften är som att få in ett vilddjur i grottan. Suger tag i mig. Jag håller skeden i handen. Smakar inte.

Jag tar den andra grytan. Fyller på den med snö. Råge, det jag kan.

Handtaget. Jag krokar i den varma grytan och lyfter av
den. Ställer den i snön, till vänster. Jag tar grytan med snö,
och sätter ned den i vindskyddet ovanför brännaren.
Jag vänder mig om. Linda. Still, stel; en staty. Jag lirkar
av henne högra vanten. Hennes hand är iskall. Hon har
kört slut sig helt. Jag blir orolig. Jag sätter skeden i
handen. Hon rör sig inte. Inga ögon. Bara svarta hålor.
Jag ser att tårarna rinner. Hon rör sig litet. Hon kommer
igång. Skeden hamnar i grytan, som står framför henne.
Min vänstra sida, av bordet, det är närmast Linda.
Hon lyfter upp en skopa. Sörplar på den. Får den i sig.
Hon hickar till. Nästa skopa. Sörplar. Hon kommer till liv.
Rör sig. Ögonen är tillbaka. Jag är fortfarande orolig.
Jag måste hålla koll på Linda, så hon inte klappar ihop
på snövidderna i vildmarken.
Hon tittar på mig. Jag harklar mig litet.
– Du skall äta hela, allt är till dig, Linda! säger jag.
Hon stirrar tillbaka. Torkar sig i ansiktet med handen.
Hon börjar skopa in. Makaronerna svalnar snabbt i snön.
När Linda är färdig. Jag fyller upp grytan med ny snö.
Byter mot andra grytan på spisen. Häller över litet
smältvatten som hunnit samlats. Och sedan gör jag om
proceduren. Timjan peppar salt ketchup. Men inget
socker.
När det så småningom blir färdigt, jag serverar Octavia.
– Den är utan socker, för du behöver tänka på figuren!
säger jag till henne. Så du inte kommer hem, ifrån
vildmarksveckan, och pajat din idealvikt!
Octavia får grytan i handen; hon håller den med
tången.
Vi klarar Håkan också. Sedan flämtar brännaren,
skriker på hjälp, visar upp gul färg och slutligen slocknar
den.
Jag sitter tyst och väntar. Jag tar av vindskyddet.
Brännaren måste få svalna. Jag sätter handen tvärs över.
För att se till att den inte brinner. Det är mycket farligt att
tanka om du har låga i brännaren. Så, sätt handen tvärs
över. Bättre att bränna sig bara litet!

Jag tar fram flaskan. Jag fyller på sprit i brännaren.
Det stinker sprit i hela grottan. Jag hoppas att stearinljuset
inte antänder alltihop.

Jag tar tändstickan. Fortfarande samma. Tänder stickan
i ljuset. Sätter fram till brännaren. Stor gul låga! Jag har
spillt sprit överallt. Den spottar och fräser. Jag justerar
grunkan för att reglera lågan. Jag öppnar litet till.
Vindskyddet skall sättas på. Lyfter i grytan. Snart blir
brännaren kompis med oss igen.

Brännaren är så liten. Men vi kör den hela tiden.
Jag har en ekonomipack makaroner och en liter sprit.
Spritens energiinnehåll (Etanol CH_3–CH_2–OH)
är 23.400 – 26.800 kJ/liter. Vi behöver 333kJ för att
få en liter dricksvatten. Minst hälften kommer gå bort
i förluster. Men, min tanke, att vi borde kunna komma
ur grottan matade och otörstiga.

Flaskan med brännarsprit är etanol[i]. Metanol
(träspriten) får inte förekomma utan speciell
varningsetikett. Om jag spiller en droppe i maten.
Det smakar pyton, men det är inte farligt.

Efter en stund, publiken meddelar, att nästa gryta,
den är till mig. Mumsmums! Sedan kokar jag till Shakira.
Jag har ännu en påse i ryggsäcken. Jag tar med min hand.
Släpper i fem. Jag håller vänstra handen för, så dom inte
ser.

Grytan skickas längst bak till Shakira. Hon har nog
mest ork av oss allihopa. Men, man måste fylla på med
mat. Bara Shakira orkar skida snabbt, bort mot vägen
och raststugorna, om vi får en olycka.

– Men Pia! Vad har du gjort!! ropar hon.
... Det är köttbullar i makaronerna!

Shakira är ju köttdjur. Skall man ha handen kvar,
man skall mata i tid. Greger får också av köttbullarna.
Jag har inte så mycket köttbullar.

---

i Brännarsprit klarar du av att tillverka själv, om samhället helt
   går under. Du kan lika gärna börja nu meddetsamma...

Jag tar på mössa och vantar och sätter mig att sova mot väggen. Köket smälter vatten och värmer makaroner hela natten. Spritbrännaren är liten, men vi har gott om tid. Vi har massor med tid. Oändligt med tid.

•

När jag vaknar, ljuset har brunnit ut. Det är mörkt igen. Jag provar att viska litet lågt.
– Vad är klockan? Fortfarande natt?
– Vi kör snart igen, svarar Shakira längst bak. Jag vilar litet till. Så småningom, vi får frisk kall luft in i grottan.
Det är vatten i grytan. Jag tog med mig en skopa att dricka ur.
– Du får mycket, Pia, för vi andra har försett oss medan du sov! säger Octavia.
Linda ser glad och utvilad ut. Vi är stela överallt. Träningsvärk, förmodligen. Jag slurpar i mig en ordentlig dos vatten. Shakira och Octavia ser pigga ut.
– Octavia, det bekommer dig inte, all denna skidåkning? undrar jag.
– Den Moderna Kvinnan, Pia! Måndag: Zumba i träningslokalen. Onsdag: Vi är en grupp som tränar showdans. Fredag: Yoga med lättare styrketräning. Det är för att jag skall kunna äta, något så när normalt, svarar hon. Vecka efter vecka!
– Du är ju vansinnig! svarar jag.
Jag packar ihop köket, och sätter tillbaka stroppen. Brännaren har brunnit ut, och är helt tom på sprit. Det är enklast att förvara och transportera brännaren om den är helt tom.[i]
Mödosamt vecklar vi upp oss, kämpar oss ut ur grottan. Det jag kommer ihåg bäst ifrån Vildmarksveckan. Stelheten, när man skall börja röra på sig. Ondare och stelare, varje morgon!

---

i Handla dig ett spritkök! Så du kan koka kaffe och värma mat även när det är strömavbrott. Snart, det blir strömavbrott!

49

Våra skidor. Dom har gömt dom under snön. Det är nysnö överallt. Inga spår finns kvar. Ingen har kunnat hitta oss.

Killarna bjuder på Stången inne i skogen. Den här gången är det en gran på var sida. Vi börjar vänja oss vid Stången. Vi kommer i ordning.

– Vart åker vi i dag? undrar Fredrik.

Vi har litet, en liten smula, svagt ynkligt dagsljus. Vi försöker se kartan.

– Jag tror vi är här, säger Greger.

– Kan vi vara så långt norrut? undrar jag.

– Vart ska vi nu egentligen? undrar Octavia.

– Vi kan bara komma över Järvforsen genom att ta bron, säger Håkan.

– Fan, den går tvärsöver, forsen, säger Fredrik.

– Vi kan åka precis hur vi vill! svarar Shakira.

– Dom är oroliga och letar efter oss, svarar jag.

– Om vi skulle vara litet praktiska, säger Håkan.

– Hur då? undrar jag.

– Vi åker dit där vi kan få mat, ikväll, säger han.

– Då blir det vägen och Norra Raststugan, säger Greger.

– Vi borde åka själva till hotellet, ända fram, tycker jag. Har någon klarar det, innan, tror ni?

– Vi hinner nog inte det, på en dag? tror Greger.

– Hur långt är det egentligen? undrar Octavia.

– Eländet till karta har ingen skala, säger jag. Men, det är värre...

– Ja?

– Titta på kartan. Avståndet mellan hotellet och Järvforsen är längre än avståndet mellan Järvforsen och Norra Raststugan. Men är det det? Karteleändet är nog inte exakt skalenlig.

– Du är så pessimistisk, Pia! tycker Fredrik.

– Om du bara visste! svarar Shakira.

– Vart kör vi då? säger Greger.

– Nordöst. Hittar vi Järvforsen, då är det öster och möjligen söder, svarar jag.

– Men, om vi kommer till väger? undrar Greger.

– Då får vi köra norrut. Vid Järvforsen får vi vända, om vi missat.

– Nu skiter vi i det här och kör! säger Linda morskt.

Vi tittar på henne.

– Alla klara! Kör!! ropar Greger.

UPPTÄCKTSRESAN

Våra modiga upptäcktsresande...
Jag åker efter Linda. Octavia är bakom, förmodligen för
att se på, när jag stupar!
Pia Janssons Arktiska
Nordpolsexpedition
Allt det vita. Nypåfyllt med nytt lager. Bara vitt, vart jag
än ser. Ibland, en liten höjd. Jag stannar till på toppen.
Ser fram mot de övriga.
med syfte att pröva envisheten
mot den fruktade arktiska kylan
Det ser trevligt ut. Snöandet har upphört. Det är löst
och det går sakta, men vi kommer framåt.
efter en ensam natt,
våra upptäcktsresande
Det klarnar upp litet. Jag kan inte se solen, men det är
definitivt ljust. Det är trevligt. Jag ser att det går bra för
Linda, framför.
en övernattning i det fria
Jag borde ta mig lite mer fram, och hjälpa till att spåra.
Vi närmar oss en grandunge, igen.
kämpar, för att åter nå civilisationen
hindrade av stormens rasande ursinne
Det är inget kul att köra för nära granarna. Det är som
ett hål, under. Man får trassla sig upp med stavarna.
glaciärens sprickor hotar svälja
kamraterna, en efter en
Vi kommer ut på andra sidan grandungen. Jag tecknar
för byte av ordning.
för att nå civilisationen levande
innan maten tar slut

– Kan vi åka som två-tre-fyra? Linda, jag och Octavia?
Killarna ordnar till kön. Fredrik kör först; sedan vi,
och dom andra killarna plus Shakira bakom.

det sista sälspäcket togs till frukost

Vi stannar, och går ur spår, när spåraren skall bytas.
Det är mer vilsamt för killarna. Åka bakom.

maten är slut; utmattade,
kämpar man för att överleva

Så börjar vi byta också. Linda vilar tills hon kommer in
bakom Octavia. Då är jag tvåa. Nu är Greger först.

deras sista dag i livet;
svälten river i magen

Greger väntar, Shakira kör om oss alla tre; jag väntar
tills efter Linda, Octavia är nu tvåa, Greger vilar sig
till allra sist.

Björnarna har tillgripit
expeditionens sista förråd

Jag tror vi får en solstråle på oss. Det är varmt. Jag stannar
och tar av Proppen. Fusktröjan. Ned i ryggsäcken med
den. Jag sätter tillbaka mössan, glasögonen och vantarna.

utmattade och hungriga, i den
iskalla arktiska motvinden

Jag tittar efter djur. Hittills, vi har bara sett Vargarna.
Inte minsta lilla fjällräv, ripa eller fågel.

förföljda av vilda rovdjur
pressar man sig fram
i kamp mot elementen

Jag undrar hur länge det tar. Men, jag tror vi når bron
eller raststugan medan det är ljust.

i den farliga evigt mörka polarnatten

Jag tittar efter kursen. Jag försöker göra som till sjöss.
Kurs, fart, tid.

utan kompass, kör man planlöst runt
i cirklar, på glaciärens isvidder

Det är kartan, som är huvudproblemet. Den är nästan
farligt dålig. Inte ens skala utsatt.

kartan är handritad med stora
outforskade områden.

53

Men det tog en halvtimme ifrån Järvforsen ned till södra
raststugan. Borde vara 15 km? Som gissning?
  de farliga oändliga dödliga isvidderna
Octavia vinkar och hejar på killarna, när dom passerar
för att spåra.
  nysnön hindrar räddningsmanskapet
  att komma till undsättning
Nej, nu är jag bra dum! Räddning! Uhhh!!
  ingen räddning finns att få
Bättre! Det är min tur att åka tvåa, i spåret. Shakira är
före. Först!
  stormvinden piskar ansiktet
  till en frusen isklump
Snön har blivit klibbigare. Litet varmare. Så, den packar
sig lättare till ett åkbart spår.
  köldskadorna gör färden plågsam;
  männen svaga av svälten
Linda har ramlat ihop i en hög. Jag väntar. Octavia pratar
med högen. Drar upp Linda igen.
  när nästa man faller, han lämnas bakom,
  medan övriga fortsätter
Det var aldrig några tjejer, på expeditionerna, förr. Nu är
det min tur att vänta, att gå in efter Linda. Håkan är först.
  om man faller, man föder snart
  dom hungriga käftarna
Jag tror det går bättre, när dom som spårar, kan glida
fram längst bak. Byta tar en stund, det är klart. Men,
vi kan behöva vila litet, vi också.
  allt mer plågsamt och desperat
... Jag såg något fånigt naturprogram, på TV...
  i en ursinnig kamp mot Elementen!
En möjligen taskig översättning, och en kille med basröst,
som läser upp texten:
  i desperation, börjar medlemmarna
  strida mot varandra
Suddiga arrangerade bilder, på några som åker skidor
i motvind...
  hungern tvingar expeditionen överväga

Stora utomhusfläkten går på högsta...
                vem som skall offras
Belysning med blå lampor...
                som föda till de övriga
Idé, ifrån någon av alla dessa expeditioner...
        största flertal, att klara
                kylans strypgrepp
Jag undrar om vi inte borde stanna och rasta?
                men utan Eld
I en vindstilla grandunge, kanske?
        man är tvingade att lita på Hoppet
– Greger! Om vi stannar, eldar, så vi får att dricka?
– Jag grunnade just på det. Vi ser efter i nästa grandunge!
svarar han.
        ... att studiofläkten skall få slut på
        elström, innan alla dukar under,
        i elementens vredgade ursinne!!
Jag försöker undvika det där med TV. Inte ens
dokumentärer är att lita på.

            "En dokumentär är en sorts programform...
            Det finns inget krav på att det skall vara
                        SANT!!"[i]

Det du! Stäng av!!

●

Killarna har gjort upp eld ovanpå en sten. Vi har ingen
riktig ved, men försöker elda hopsamlade torra kvistar.
Vi försöker smälta snö i den lilla grytan. Det går inget
vidare. Vi behöver något som är större.
– Hur mycket behövs? undrar Håkan.
– Full gryta till var och en, svarar Greger. Men, vi kommer
få nöja oss med mindre...
– Vad är det minsta man klarar sig på?
– Du klarar dig nog på en gryta per dygn. En liter, eller så.

i   Helena Söderman i GRN3 (bandad intervju 0:10:11)
    3474 EC66 0AF6 7226 FD6A 40ED EAC4 3F2B E221 3501

... Men, jag vet inte var den medicinska gränsen går.
– Utmattade av hunger och köld, intar expeditionen sin allra sista måltid, endast bestående av smältvatten...
Shakira kiknar och tittar ned i marken.
– Men Pia! säger Octavia.
Jag håller för min stora mun. Shakira hostar och blir röd i ansiktet.
– Förstår ni nu, hur jag har det!! säger Shakira.
Greger ser glad ut, men Fredrik, längst bort, han hörde nog inte. Greger häller en liten skvätt ljummet vatten i min kopp.
– Manskapet ser de otillräckliga ransonerna, och förstår, att slutet nu kommit... säger jag.
Jag tar allvarligt min lilla slurk. Greger håller Håkan om axlarna. Tittar åt mig till.
– Du Pia! Har du ätit människokött, någongång?
Jag tittar noga på han.
– Faktiskt inte! Inte än!!
Jag tittar i min tomma kopp. Slickar mig om mun.
... Den svagaste i manskapet, ser kamraternas blickar, förstår, att hans tid nu kommit...
– Skulle du kunna mörda Håkan, och käka upp han? undrar Greger.
– Tja? Men jag skulle nog behöva hjälp av min mordiske kompis!
– Det är klart att du får hjälp, Pia! svarar min mordiske kompis.
– För att, man behöver binda händerna, och hissa upp han i ett träd...
Jag ställer mig upp.
... Sedan skär man upp magen, här nedtill, och upp i mitten, så grejerna faller ur...
– Uhhh! Så läbbig du är Pia! säger Octavia.
Linda fnissar. Greger ser lystet på Håkan.
– ... Skall vi ta han nu då? undrar Greger.

– Nej, jag tycker vi åker till raststugan, medan det
fortfarande är ljust. Raststugan kan ha ett kök också...
säger jag.
– Är ni riktigt normala, killar och tjejer!? undrar Håkan.
– Umm, Linda? säger Octavia.
– Jag träffade Pia; hon band mina händer och höll fast
mig under ytan i en hink vatten, säger Linda.
– Jag träffade Shakira, säger jag.
... Hon klubbade luften ur en bråkig kille, bakband han,
drog av byxorna, surrade fast dasen i en dörr, hoppade
upp på skolans tak, klättrade högst upp i flaggstången och
surrade fast byxorna i toppen. På strax under fyra
minuter.
– Pia skulle droga mig, och göra mig till en knarkhora.
Shakira, hon ströp mig, säger Octavia.
– Pia skulle visa, att hon var värdig min bekantskap,
säger Shakira. Jag band henne och höll henne under ytan
i en sjö. När paniken kommit upp i värme, jag slog henne
i rumpan. Hårt. Så hon skrek under ytan. En tre gånger,
tror jag.
Håkan ser en smula blek ut. Tittar ifrån den ene till den
andre.
– Jag har militär bakgrund, säger Greger till Håkan.
Men bara utbildning! Pia och Shakira har överlevt riktig
eldstrid, på fullt allvar, med riktiga skarpladdade vapen!!
– Det är ju en Hemlis,[i] säger jag lågt.
– Var inte orolig! Ingen vet något! svarar Greger. Men det
finns ett rykte... flyktigt... Frankrike ändrade i sin
utrikespolitik...
– Jag behöver inte vara orolig, om det kommer en Varg?
undrar Håkan.
– Vargsoppa! Totalt hundraprocentigt! svarar Greger.
– En björn?
– Björnsoppa! svarar Greger.
– Så, om vi får helt slut på mat?
– Håkansoppa! svarar Greger med det stora leendet.

i   978-91-7969-835-5 *SOMMAR* Pia Gunilla Jansson (2020)

– Om jag tar skidorna, och kör allt jag orkar? undrar
Håkan.
– Blir inte köttet mörare, om bytesdjuret är utmattat,
när man tar det? undrar Linda finurligt.
– Om du skall köra ifrån Shakira på skidor, då vill jag
se på! säger Fredrik.
– Manskapet reser sig...
    Jag reser mig upp.
... för att anträda sin allra sista desperata etapp
... att skida tills den fruktade arktiska kylan fryser
ned dom levande i packisen!
    Vi dricker upp vattnet innan vi fryser fast i packisen
där vi sitter.

•

Jag ser att Linda börjar bli mör igen. Jag känner själv,
när krafterna tar slut. Då har hon värre. Jag rotar i min
väska. Tar upp en flaska märkt med äppeljuice.
Men vätskan, den är klar. Jag ger Linda.
– Vad är det, Pia?
– Raketbränsle!
    Hon skruvar av korken. Extrastor kork på den lilla
flaskan. Lätt att dricka ur. Hon tar en klunk.
– Det är sött och smakar mysko?
– Vatten druvsocker och två koffeintabletter. Precis vad du
behöver! Gör slut på den; vi har nog mindre än en timme
kvar.
    Vi fortsätter. Det blir vägen vi når först. Plötsligt är
den bara där. Vi tittar förstummade på den underhållna
nyplogade vägen. Civilisationen.
– Vi måste åt vänster, säger jag. Åker vi höger, vi kanske
får åka till Södra Raststugan!
    Ingen tycker det verkar kul...
... Vi kan åka i skogen bredvid vägen. Så vi inte fuskar!
    Shakira är först.
– Jag åker i förväg, och ser om jag kan se stugan,
säger hon.

Vi ställer upp. Shakira spårar. Greger efter. Vi tre tjejer. Håkan. Fredrik är sist.

– Ge Shakira litet försprång, säger jag till Greger.

Och så kör vi. I kanske tio minuter. Shakira har vänt, och kommer tillbaka till oss. Vi samlar ihop varandra.

– Jag tror att Norra Raststugan är kanske 571 meter framåt! säger hon.

Vi hittar en stolpe i plogtarmen vid vägen. Det står 525m på skylten. Pilar finns också till Södra Raststugan och Björngrottan. Sedan finns skyltar till Waikiki[i], Maya Bay[ii], Maldiverna[iii] samt Bohol.[iv] Tillhörande avstånd i kilometer. Femsiffriga. Så du påminns, hur långt du är ifrån värmen. Just nu.

Något avvikande och konstigt. En polisbil, blåvita sorten med lyktor på taket. Passerar söderut på vägen. Jag undrar vad dom håller på med? Poliser är inte kloka!

Vi kommer fram till Norra Raststugan. Ställer skidorna utanför. Plattan framför stugan, den är nyplogad. Nu skall vi in till telefonen, och fråga om mat och liknande. En bil är parkerad. Äldre personbil. Tärning i backspegeln. Mörkblågrå; rikligt med brun smuts.

Vi knallar in utan att knacka. Det är en smula värme i stugan. Vi tar av skorna och hänger upp ytterkläderna. Vi hittar fyra killar. Dom hälsar oss välkomna. Vinkar att vi skall komma närmare.

– Stå djävligt still, annars brassar vi på! säger han till vänster, hållandes någon form av automatvapen.

Vi håller upp händerna. Dom sitter bakom bordet, i soffan. Reser sig.

– Håll den store killen! Övriga sätter vi i vedboden!

Dom håller vapnen konstigt. Dom ser inte ut som riktiga stenhårda våldsverkare. Vi tar det försiktigt.

Vedboden är bredvid entrédörren. Vi tassar ut i strumporna på trät. Greger är kvar inne.

i   21°16'34"N 157°49'36"W
ii   7°40'36"N   98°45'58"E
iii 0°37'28"S   73°13'31"E
iv 9°32'56"N 123°46'29"E

Vid dörren till vedboden får vi handfängsel. En kille skiktar i huvudet och en annan knäpper på armbanden. Octavia, vid sidan, vaktas med ett vapen.

Vedboden består av en skrubb med hyvelbänk och några enklare verktyg. En vägghylla med blandade vallor. En dörr, längst in. Där finns huggkubben, en stor yxa och en hel massa ved. Vi håller truten och försöker att inte ha ångest.

Dom kommer med en kedja. Trär den igenom armarna på oss. Slutligen trär dom igenom en stor skruvad ögla på huggkubben. Slår ihop kedjan med ett hänglås.

– Höhö! Tjejer! Kubben är lös! Så ni kan ta den med er, och smita!

Hans kompisar tycker det är jättekul. Det är Octavias tur. Dom binder henne i en planka. Händerna brett isär, handlederna bundna med hjälp av hål i plankan. Slutligen binder dom plankan i hyvelbänken.

Dom fixar fram en tunn käpp. En kille spänner käppen, håller änden ovanför Octavias fingrar. Hon kommer inte undan med fingrarna.

– Släpper du käppen, väser Octavia allvarligt till killen, då sparkar jag in kulorna på dig!

Hon glor ilsket på han. Han glor tillbaka. Han släpper käppen. Den drar till över Octavias fingrar. Hon skriker till. Kort. Glor ännu ilsknare på han. Dom skjuter till dörren.

Jag hör hur käppen viner. Octavia skriker, att han är en hopplös idiot, allt hon orkar. Jag vet inget vad dom gör med Greger. Eller varför.

Shakira tar och testar handklovarna genom att spänna litet. Det hjälper inte. Jag försöker känna litet på mina egna. Dom verkar mycket kraftiga.

Jag fingrar på Shakiras i stället. Då känner jag bättre. Det är en stor klumpig låskista, i stål, med grepen ledad på motstående sida om låset, till bygeln med taggarna som går tillbaka igenom låset. Dom är litet primitiva. Inte det eleganta noga utprovade köret som polisen använder.

Det är tyst borta hos Octavia. Jag hör igenom väggen, att dom skall ge Greger ordentligt.

Jag rotar vid högra benet. Med fingrarna. Jag har knähöga hemstickade ultravarma sockor, i ylle. Måste få av den högra. Jag får den att kasa sig. Jag får in fingrarna i strumpan. Plockar fram mitt gem. Mitt gem, jag har böjt ut det, hemma, så det är en rak pinne med en liten krok ytterst. Avsett för att fixa till småproblem, som ibland uppkommer.

Jag försöker få in änden i låset. Jag kommer inte åt. Jag provar på Shakira i stället.

Det fungerar inte. Förmodligen är kroken för kort. Jag kan försöka bocka om den. De flesta handfängsel använder en enkel nyckel, som bara är en pinne med en pigg på.

Jag provar i spärren. Jag får in den där taggarna kommer ut. Jag får inget tag. Jag byter till Shakiras högra hand. Taggarna går in på den sida där jag kommer åt. Jag trycker i gemet. Jag sätter handen runt handleden. Trycker in mekanismen ett hack till.

– Pia! Det är fel håll, det där! säger Shakira.

Jag hör på rösten, att hon är inte så speciellt orolig för någonting. Jag har svårt att få till att de fyra killarna skall göra oss seriöst illa. Jag begriper då inget om vad dom gör här! Vi är ju totalt borta i ingenstans!

Jag trycker in grepen ett hack till. Sedan provar jag. Det går tungt. Jag måste vara otroligt försiktig. Sakta kan jag backa ut grepen. Haken har fastnat på gemet, inne i mekanismen.

Mekanismen skall vara petskyddad. Det skall vara dubbla hakar, gärna på olika sidor. Så mitt knep med gemet inte fungerar. Men det tillverkas många billiga handfängsel.

Om en skurk skall mörda dig och dumpa kroppen i ån. Dom dyra kan vara tio-femton gånger dyrare än dom billiga. Vad tror du han väljer?

Jag får loss Shakiras ena handfängsel, nästan hela. Hon kan ta ur handen.

– Pia, ta den andra också, säger hon.

Hon vrider runt, så det blir rätt håll. Jag håller gemet. Hon behöver hjälp. Shakira trycker in mekanismen. Den här gången får hon loss grepen helt. Sedan öppnar hon själv den andra.

Hon tar hand om mina. Hon har bråttom, och trycker in min vänstra fyra hack, innan hon får loss den. Så tar hon sina helt öppnade handfängsel och springer. Jag är loss med ena handen. Sitter inte fast i kedjan. Jag angriper Linda. Hon ser seriöst tagen ut. Hon kommer snart få se, hur det går till, när man släpper lös Shakira litet småförbannad. Jag får loss hennes ena hand. Hon är loss. Jag tar loss ena handen på Fredrik. Linda ser på. Nu är Fredrik och Linda loss. Jag ger gemet till Linda.

– Det går bra om du kör in pinnen, på den här sidan av grepen, säger jag till Linda. Hon grejar loss min andra hand. Sedan springer jag. Jag får upp dörren. Killen, som slog Octavia över fingrarna med käppen. Han har Shakiras handlovar om händerna bakom ryggen. Han är bunden med någon sorts plastlina. Shakira band om halsen och fäste i hyvelbänken. Han ser rätt kulig ut. Ändarna har Shakira trätt i en ögla på väggen och bundit ihop. Han kommer inte dän, även med händerna fria.

Octavia, som fortfarande sitter fast i plankan, trasslar med sin fot, försöker få in foten i grenen. På killen. Lättad ser jag att Octavias fingrar har klarat sig. Octavia är tvärilsken och kämpar med foten. Killen slingrar sig.

Jag kvistar in i raststugan, för att se efter. Det är tyst där inne. Jag är försiktig. Shakira kan ha hamnat i någon sorts fälla.

Jag ser ingen. Klart hallen. I rummet. Greger är på mitten av golvet. Killarna är inne i rummets ena hörn. Vid kortväggen. Shakira står framför dom och snackar litet.

Greger. Dom har verkligen krånglat till det. Låst hans händer, med handfängslen, framför kroppen.

Satt han ned på golvet. Han har fått hålla händerna över knäna, framför benen. Sedan har dom trätt en järnstång under knäna. Händerna låses då fast under stången. Sedan har dom lyft upp stången och lagt den ovanpå ett par stolar. Så Greger hänger fritt i luften. Slutligen har dom tagit en vanlig gul plasthink, och bundit fast den över hans huvud. Sicket krångel! Jag springer fram och plockar åt mig de två automatkarbinerna. Dom är lätta. För lätta. I plast. Jag provar spaken. Spaken, på sidan, den är i metall, men den går lätt fram och tillbaka. Det är inget där inne. Inuti. Jag provar magasinet. Man kan inte ta ur magasinet.

Det andra vapnet är likadant. Jag tar upp pistolen. Den är också i plast. Jag är noga, men inget på pistolen verkar vara på riktigt. Jag tittar på Shakira.

Hon håller i en pistol. Hon har den litet löst i högra handens fingrar.

– Nu är det så här, killar, att vi skall ta och prata litet! säger hon. Men ni behöver inte säga något. Det blir mycket roligare om ni gör motstånd! Det första jag undrar, det är vem som fått idén att hänga upp Greger på tork?

– Vi tänker inte säga något till dig.

– Då måste du skjuta oss. Du är tjej, det törs du inte.

– Men, jag tänker inte skjuta er! svarar Shakira.

Hon slår ut med händerna åt sidan; pistolen pekar bort mot väggen.

– Du skall ge oss pistolen nu, flicka lilla, innan du skadar någon!

– Får jag någon sorts belöning då? undrar Shakira.

Hon krafsar sig i huvudet med pistolen, som om det kliade. Hon har fullt leende uppskruvat. Självförtroendet strålar ut åt alla håll. Jag ser att hon trivs.

– Vi är tre, och om vi hoppar på dig, vi kommer vinna striden, även om du eventuellt skjuter! säger ena killen.

Shakira håller högern rakt ned, med pipan mot golvet. Hon lyfter upp pistolen, framför sig; ganska nära killarna, och inspekterar den ifrån sidan.

– Jag behöver inte skjuta er! säger hon. Men, om ni,
alla tre, hoppar på mig exakt samtidigt. Då måste jag
slå Er i Era dumhuvuden!
... Det kan bli en hjärnblödning. Du kan får balansen
förstörd. Eller talet. Hörseln eller synen. Eller andningen.

Hon sladdrar litet med pistolen. Han längst till höger,
han kommer snart att försöka något. Det står precis och
väger hela tiden. Shakira fortsätter att balansera.

– Vi tar pistolen nu! Tänk på att inte göra något dumt!

– Det är en sak ni skall tänka på, först, säger hon.

Hon försöker stoppa in pipan i sitt öra, skruvar runt,
som om det kliade i örat. Det ser rätt kul ut...
... Jag är inte den enda tjejen med pistol. Det finns en till!

Dom tittar oroligt bort mot oss. Linda och Håkan är
här nu, bredvid mig. Ingen av oss håller i något vapen.
Killarna vet ju om, att deras vapen är odugliga.
... Du är väl inte rädd, att jag skall skjuta av dig skallen?
säger Shakira.

Hon trycker pistolen rakt i pannan på den närmaste
killen, sätter handen på axeln och trycker han rakt in i
väggen. Han ser inte så modig ut. Hon tar hans kompis,
och sätter han också mot väggen. Det är kortväggen,
så dom är vända mot oss.
... Flytta fram fötterna litet, så ni står stadigt!
... Håkan! Ta ett par klossar ur vedkorgen.
Dom fyrkantiga släta!

Håkan får fart, och plockar upp ett par ur korgen.
Korgen är mest huggen ved, men något överblivet sågat trä
finns också. Shakira lägger ena klossen på huvudet till han
till vänster. Den andra klossen hamnar på andra killens
huvud. Den tredje, han står intill och försöker komma på
om han skall hoppa på Shakira. I så fall när?
... Titta så söta ni är! säger Shakira. Jag lovar, att jag
skall inte skjuta er!

Hon sladdar med pistolen. Håller den löst i näven.
Hon trivs, driver med killarna, framför sin publik. Nu är
alla här, utom han som fastnade i halsen.

– (Vad händer?) undrar Greger inifrån plasthinken.

Shakira vänder överraskande ryggen mot killarna, tar ett steg till bordet, och knycker åt sig två äpplen ifrån fruktfatet. Vänder sig snabbt igen. Killen till höger tog ett steg fram. Shakira skrattar åt han. Han hann inte!
– Passa dig nu, så du inte åker på en smäll! säger hon. Stygga killar, med idéer, dom åker på en smäll! Hon ställer äpplena ovanpå träbitarna. Träklossarna, dom är kanske tre centimeter höga. Det blir obehagligt tyst. Alla ser vad som är på gång. Shakira backar litet åt vänster. Lyfter pistolen, krafsar sig i huvudet med siktet framme på pipan. Den tredje killen, han håller upp sina händer.
– Snälla, skjut inte! säger han. Shakira svarar med det värsta grinet.
– Jag tänker inte skjuta någon! Litar du inte på mig? Killen står blickstilla och svarar inte. Jag tror dom är rädda för vapen. Ovana? Shakira väntar litet. Killarna med huvudena mot väggen, dom är seriöst blickstilla. Greger hänger i sina knän. Jag tror han börjar få ont nu. Han kan höra oss, men ser inget.
... Säkringen sitter till vänster. Man trycker nedåt, och då kan man skjuta.
Hon är vänd mot killen i mitten. Det hon sa. Det var till mig. Jag tar ett andetag. Lyfter upp högra handen. Pistolen kommer mot mig. Shakira har överraskande kastat den. Vill berömma henne för riktningen. Precis lagom högt. Järnklumpen väger ett kilo. Jag hinner få upp händerna. Pistolen slår in i händerna. Snabbt vänder jag den. Säkringen ned. Siktar på han till vänster.
– PANG! – PANG!
Killarna skriker för full hals. Totalpanik!! Säkringen. Jag kastar tillbaka. Shakira ser. Jag har missat, kastat för lågt. Hon tar ett steg, snappar åt sig pistolen, innan den går i golvet.
– VI GEEER OSS!! Berättar allt! Skjut inte!!
– Det är inte vår idé! Vi har inte använt riktiga vapen!
– Det är bara på skoj!
– Ger oss! Vi ger oss! Lägg av! Skjut inte!!

Shakira ser förnöjsamt på. De två med äppelmos,
i huvudet och på axlarna, ser extra spaka ut. Den ena
försöker fortsatt balansera träklossen på huvudet.
– (Men vadfanihelvete håller ni på med?!) mumlar det
inifrån hinken.
– Nu gör vi så här! säger jag. Ni tre fårskallar tar loss
Greger. Se till att få fram nyckeln till handfängslen. Håkan
och Fredrik! Hämta in den fjärde stollen. Var försiktiga
så han inte smiter! Jag vill inte jaga han, i timmar, över
snövidderna!
Långsamt försöker killarna röra sig. Shakira håller
pistolen i pipan. Hon släpper. Balanserar pistolen, stående
på pipan, på sin plana hand. Hon tittar på killarna.
Hon skickar upp pistolen i luften. Den snurrar ett varv.
Hon fångar den ledigt i handgreppet.
Killarna har satt ned Greger på golvet och drar ur
stången. Låser loss handfängslen. Pillar med snörena
för att få bort plasthinken.
– Var det kul, Pia? undrar Shakira.
Grunnar... för länge....!
– Jo, det var ganska kul! Dom gav upp som på en
hundradels sekund!
– Vi gör om det, igen! svarar Shakira.
Killarna är bleka stela och säger inget alls. Nu får dom
av hinken. Den fjärde kommer in. Han blir av med sina
handfängsel.
– Var så goda, att sitta ned runt bordet! Dom utan
äppelmos får ta av fruktfatet! säger jag.
Dom sätter sig.
... Och nu, Octavia, vill jag höra en lång detaljerad
förklaring!
– Octavia!? ropar Linda.
Octavia tittar ned i bordet, och ser hängig ut.
– Det är mitt fel. Allt är mitt fel. Det är mitt fel, att ni
är här. Allihop! Jag skall förklara... Pia, snälla rara, kan
du se efter om vi har mat... Jag skall förklara...
Gå och ring, så väntar jag...

Det finns ett litet kök. Kaninstorlek. Inte stort nog för Håkan. En kran. Det kommer ut vatten ur den. Skyltar. En på var sida. Dricksglas med vatten. Rött diagonalstreck över. Text. Man skall inte dricka kranvattnet. Utan det som finns i dunkarna. En ligger på bänken. Den är tom. Men den har kran. Dunkkran. Jag skruvar av kranen och flyttar till en påfylld dunk. Jag har fyra dunkar påfyllda. Jag släpar in den och lägger den på bordet. Mat. Jag hittar inget. Tja. Några råa lökar och en flaska ketchup. Peppar, salt. Telefon. Telefonen fungerar inte. Fan!

Ett anteckningsblock. En notering om välkomna, kommer förbi, frysen är i vedboden. Jag river av lappen. Skriver en ny. Stoppar originalet i fickan.

– Vi har vatten, men, det är ingen mat i köket! säger jag.

Jag försöker titta lystet på Håkan. Han ser på mig. Jag slickar mig om munnen. Litet skraj är han allt!

... Jag har hittat hotellets välkomstlapp.

Jag visar upp blocket.

... Jag föreslår att vi åker till hämtastället, som är där skoterleden ansluter till landsvägen. Dom hämtar varje kväll!

Jag lägger blocket på bordet och sätter mig.

– Det är så här, säger Octavia. Greger kom ifråga att tillträda en chefspost som operativt ansvarig för polisens specialstyrka. Det är ingen post man kan söka till. Man får den eller man får den inte.

... Men Greger! Han är alltid stor och stark. Han har aldrig kört slut på sig, på någon militärövning. Så, jag skulle få till litet panik. Ett mandomsprov, så vi får reda på hur han fungerar. Vad han väljer, när han inte orkar båda. Sig själv. Någon annan. Är hans val smart?

... Jag letade på Äventyrshotellet. Dom har fått instruktioner. Det brukar inte gå till så här.

... Mina klantskallar skulle skrämma upp Greger. Så han kan få för sig att fega ur. Skrika på mamma! Men, dom satte mig i vedboden. Så jag såg inget!

... HUR JÄVLA DUM FÅR MAN BLI!! skriker hon till killarna, allt hon orkar.

... Ni, tjejer, jag hoppas ni klarar er. Men Linda! Jag är otroligt ledsen, att du hamnade i vedboden. Du kan få mardrömmar. Jag kunde inte bara backa ur hela grejen. Jag är ledsen.

... Och du Håkan. Nej, vi skall inte äta upp dig. Du är för seg... tror jag...?

... Hotellet hade instruktion att se till att någon mer följer med i vår grupp. Det var för att strula till det. Så Greger får att göra.

– Vem kom på det där med Apollo? undrar jag. Du gav instruktioner, Octavia?

Hon hänger med huvudet.

– Vad menar du? undrar Linda.

– Med Greger. Hinken. Vad fick ni idén ifrån? undrar jag.

– Vi har noga studerat hur militärjuntan i Chile brukade göra, svarar en av killarna.

– Hinken? undrar jag.

– Vi läste, att det skulle förstärka?

– Om ni klappar till Greger, han skriker, han får sin hörsel förstörd? undrar jag.

– Det är ingen idé du försöker, Pia! Förståndet lämnade klantskallarna för länge sedan! säger Octavia.

– Men jag då? Vad händer nu? undrar Greger.

– Jag föreslår att du pucklar på idioterna, för att dom förvägrat dig, att få visa upp ditt mod! säger Octavia.

– Umm... Kan vi dela på dom? undrar Shakira.

Killarna ser spaka ut igen.

– Men, det du sa tjejen, säger killen som slapp äpplet på huvudet. Var det sant, det du sa, att du klarar oss alla tre, utan pistol?

Shakiras leende! Tre!!

– Dom är då fan osedvanligt korkade! säger jag. Hur har du hittat dom, Octavia? På institution? Militär hemlig medicinsk forskning?

– Begravningsentreprenören skall få ta dom! svarar hon.

– Dom är nog för korade för det också! svarar jag.

Shakira räcker mig pistolen. Jag tar ur magget. Mjuk blyspets. Jisses! Det var därför äpplena exploderade. Jag rensar bort skottet i patronläget. Blindavfyrning. Skottet in i magget. Magasinet in i pistolen. Säkring på. Tillbaka till Shakira.

Jag grunnar vad Shakira fått pistolen ifrån. Killarna hade den inte. Hon hade den inte med sig. Bara ett alternativ kvar. Orolig! Vi ligger troligen illa till. Jag pekar på min handled. Shakira visar tänderna och nickar. Hon tittar på dom andra. På Greger. Bara jag har kommit på det.

– Skärpning nu! säger jag högt. Det är ju inte ditt fel att killarna är litet tappade. Det funkade ju nästan! Det var ju också mitt fel... att dom blev så kvickt avbrutna. Sitt inte och häng! Upp med humöret! Alla glada! Vodkan skall flöda!

Jag pekar på vattendunken.

... Ni tre Hönor! Sluta kackla! Få fram ett par skurhinkar. Städa bort äpplet ifrån väggen och golvet. Kör!! Den som är snabbast slipper stryk!

Linda ger min lilla flaska tillbaka till mig. Den är halv. Jag fyller upp den med vatten. Det kluckar kul när jag öppnar kranen. När luften bubblar in i vattendunken. Genom den lilla luftslangen. Jag ger flaskan tillbaka till Linda.

Killarna har snart skurat upp det värsta. Raststugan är ganska skitig. Det blev rent där dom torkat upp.

– Vi är klara nu! säger dom.

– Kör ut dom! Mitt armbandsur har stannat! säger jag.

– Killar! Uppdrag utfört! Stick!! säger Octavia.

– Shakira! Ge den långsammaste på kulorna! ropar jag.

Killarna tar sig snabbt ut i snön. Kängor och jackor håller dom i famnen. Den långsammaste fick Shakiras snabba dansfot när han snubblade ut igenom ytterdörren. Rätt in i klockspelet. Och så stupade han ned i snön. Shakira stänger dörren. Våra klockor startar igen.

Jag borstar bort träspån ifrån mina strumpor och tar på pjäxorna. Snör inte åt dom. Går till vedboden.

Jag hittar en liten frys med ett täcke över. Jag hittar fem hela och ett öppnat paket hamburgare. Grå paket. Fyra extratjocka hamburgare i varje. Gjorda på grovmalda skor... kor!! Jag ser efter datumet på förpackningen. Datum finns på bla bla bla! Inte fan ser jag något. Men så! Dom är någon månad. Färska! Nej... känliga... Öhh... Nej... Inte gamla... Skitsamma! Jag tar med dom. I frysen finns också en jättepåse hamburgerbröd. Den sorten som smakar spyor.

– Pia! Vad har du hittat? undrar Linda.

– Tjejerna till köket! Stek löken! Räkna av bröden, så jag kan gå tillbaka med påsen! Full fart, vi måste äta nu genast!

– Är det bråttom, Pia? undrar Octavia.

– Innan Greger sätter tänderna i Håkan! säger jag.

Jag bär tillbaka extra hamburgerbröd (som gärna smakar spyor). Jag ser en flaska brännarsprit på en hylla. Den går ned i min ryggsäck. Litet tur skall man ha.

Jag går och sätter mig. Shakira kommer ut ifrån köket.

– Vi kör i ugnen, säger hon, det tar innan den blir varm, men det går snabbare. Stekpannan är till löken!

– Det är bråttom, med maten, för vi är så hungriga? undrar Håkan.

– Det är för att du skall ha chans att överleva! svarar jag.

– Jag ligger illa till, om det dröjer för länge?

– Du har legat illa till sen första dan! säger Greger.

– Helt körd! säger Shakira.

– Vi skall äta, vila oss, och sedan ta bussen till hotellet? undrar Håkan.

– Hotellets lapp, om bussen, den skrev jag själv, svarar jag. Dessutom finns två platser där skoterleden ansluter till vägen.

Håkan ser undrande ut. Jag tar fram den skrynkliga originallappen. Den med frysen. Lägger på bordet.

– Något är fel? undrar Håkan.

– Nej!! Skit! ropar Octavia. Vi kan inte stanna här? Törs vi det?

– Jag tror inte det är så illa, svarar jag. Ute, i det fria, vi är troligen helt hjälplösa. Här inne. Massa saker kan strula till sig.

Jag river åt mig blocket. River av och kastar lappen. Skriver till Natalie Lazcano, Strandhotellet.[i]

Ring till Natalie (telefonnummer) *meddela att vi per* (datum, tid) *är OK, vapen har påträffats, försöker ta oss ut ur området, kan behöva undsättning.*

Håkan läser lappen.

– Det här är ju ett nödmeddelande? undrar han. Vadå vapen? undrar han.

Shakira lägger ned pistolen på bordet. Han glor. Jag bär blocket in i köket. Lägger tillbaka. Löken är snart klar. Hamburgarna segar sig. Bröden är extra spyiga nytinade. Jag knycker en remsa rå lök. Mums-Mums!

Hamburgarna serveras med stekt lök och rostade hamburgerbröd. Om man rostar bröden, dom kan bli nöjaktiga till människoföda. Vi får minst två var. Dom är goda. Precis vad vi behöver. Sedan får tjejerna dela på halva hamburgare.

Vi smaskar och äter. På överlevnadsveckan, man smaskar i sig dom som bjuds!

Linda kommer till killarna med en extra, på ett fat.

– Den allra sista hamburgaren, till den starkaste Hanen! säger hon. Han som är mest värdig!

– Den är till mig? undrar Fredrik.

Linda räcker Greger fatet.

– En riktig man frågar inte. Han tar den han vill ha! säger hon.

Fredrik glor på Greger. Greger ler tillbaka. Hanarna delar hamburgaren.

– Nu kör vi! Meddetsamma! ropar jag.

Linda stoppar på sig plastpistolen. Vapen som inte kan skjuta... är farliga saker...

i   978-91-7851-269-0 *HOTELLET* Pia Gunilla Jansson (2020)

JÄRVFORSEN

Vi klarar av, att komma ut, och upp på skidorna.
Ingen har sett oss.
– Vart? undrar Greger.
– Väster, kanske några hundra meter, sedan norr,
fram till Järvforsen, svarar jag.
Vi kommer bort ifrån raststugan. Jag känner mig lättad.
Vi har med oss tre vanliga läskflaskor, i plast, med vatten
ifrån dunkarna. Vi har käkat mat. Fyllt på kretsloppet
med vatten. Det är så bra som det kan bli.
Vi hittar Järvforsen. Den heter nog något annat.
Något trist. Osexigt. Spegelbäcken. Griseån. Blomsänkan.
Stordiket...
Den är ganska strid. Jag undrar varifrån allt vatten
kommer. Det är helt fel årstid.
Vi går försiktigt närmare. Närmare bron. Vi åker en
bit in. Ibland skickar vi fram en spanare. Om man kan
se bron. Vi talar inte. Greger och Shakira har börjat
med handsignaler. Håkan ser nervös ut.
Vi måste över bron. Kanske blir det farligt. Kanske
måste Shakira skjuta. Nu är den nära. Vi har hittat den!
– Rast vila! säger jag lågt. Drick vatten! Vi startar köket
och smälter snö!
– Jag åker fram och spanar in bron! säger Shakira morskt.
Hon åker tillbaka på spåret vi kom hit i. Sedan svänger
hon runt, söderut, och går mot bron.
– Om någon kommer, i Shakiras skidspår, vi ser dom på
långt håll, säger Greger.
Håkan och Fredrik fixar igång spritbrännaren.
– Flaskan! Tjejen har eget hemkört! säger Fredrik.
Vi glor på han. Det var inte roligt. Fredrik leker
att han skall provsmaka.

Linda knuffar mig. Hon vinkar. Tar sina skidor.
Hon åker före mig, närmare forsen.
Vi har en knyck på ån, mellan oss och bron. Dom kan
inte se oss ifrån bron. Linda letar efter bästa stället. Hon
åker nästan ända fram till vattnet. Så stannar hon.
Forsen är grön och otäck. Jag ser ett stort isblock, som
kommer flytande. Det byggs på is och snö vid kanterna.
Och sen brister det, flyter bort. Den snöklädda kanten.
Is under. Svag och oberäknelig.
– Pia! säger Linda. Ser du trädet där framme? Precis invid
forsen?
– Aha? svarar jag.
Forsen avsmalnar fram mot bron. Det är ganska smalt.
Smalare fors, mer forsa i den.
– Trädet på andra sidan? Det jag undrar. Räcker din lina
över?
Jag grubblar. Men, linan, den är lång.
– Det skall nog gå? Men hur har du tänkt? svarar jag.
– Håller den att gå på, tror du?
– Jag vet inte. Jag kan fråga Shakira. Hon vet. Den måste
hålla två samtidigt.
– Pia! Har du mer godis, i din väska?
– Jag har nog litet till. Varför frågar du?
– Kan jag få allt?
– Javisst, Linda, det är klart att du kan få allt! svarar jag.
– Om en stund kommer Shakira tillbaka. Det står en
stridsvagn på bron. Kvinnliga militärer, i uniform, med
höga blanka stövlar och korta kulsprutepistoler.
... taggtråden går tvärs över. Lösspringande blodhundar.
... krypskyttar på taken. Spaningspluton under bron och
på stranden. Strålkastarna.
– Jaha? svarar jag. Och Shakira tycker att jag är
pessimistisk!
– Kan du klara dig utan din goa varma jacka, i så där en
timme?
– Det blir kallt, men det skall gå, svarar jag.

– Jag tar av mig jackan. Tröjan. Mössa och vantar. Skidor
och stavar. Pjäxorna. Skiddräkten. Sockorna. Underkläder.
– Men Linda!!
– Jag binder linan om midjan. Sedan hoppar jag i.
Hon pekar mot isvattnet. En ny isklump flyter förbi.
… Jag simmar linan över. Jag kan komma upp där,
kanske?
Hon pekar.
… Sedan försöker jag klättra upp på snökullen.
Den, vid trädgrenen.
Hon pekar med staven.
… Det är nog en sten under. Jag kan nå grenen, på trädet
närmast vattnet.
… Sedan binder jag linan om trädet. Min fråga!
– Ja? Det är livsfarligt, Linda!
– Hur länge dröjer det, innan jag får hjälp?
Jag grunnar. Allt tar tid.
– Minst 20 men inte längre än 40 sekunder, svarar jag.
– Försök inte klä på mig. Det går för sakta. Lägg Gregers
jacka i snön. Mig ovanpå. Sedan din jacka över. Täta
med snö runtomkring. Någon sorts gottis att tugga på.
… Sedan får ni vänta. När jag bara är vanligt stelfrusen,
då får ni komma och klä på mig.
… avstå ifrån att glänta, för att se om jag lever. Hela
kroppen blir inte kall på bara en minut. Värmen kommer
tillbaka; jämnar ut sig.
… Du måste linda av och lägga ut linan. Den får inte
häkta sig!
– Jag borde simma över, säger jag morskt. Jag är större,
och borde ha mer värme kvar.
– Jag tackar, men det kan du inte. Det är som att bada
i brinnande bensin. Jag har provat. Jag tror jag klarar.
Någon annan gång. Hemma. Du kan testa hur det känns.
Inte nu. Du klarar inte.
… Vi kommer inte kunna ta oss över bron. Dom korta
kulsprutepistolerna, det är säkert en överdrift. Men.
Vi kommer inte över bron.
– Jaha? säger jag.

– Pia! Om det strular till sig. Försök inget finlir. Dra mig
tillbaka i linan. Snabbt. Strunta i om jag är under ytan.
Tiden är viktigast. Och sedan får ni lägga mig i jackor,
på den här sidan.
... Linan. Kan du ta ned den igen? Efteråt? Den kan vara
användbar. Utan linan, det är svårt att se vad vi gjort...
Dölja, att vi smitit över?
– Det är enkelt! Det fixar vi!
– Då förbereder vi, så vi kör direkt, när Shakira är
tillbaka! säger hon.
Vi åker skidor bort till killarna. Dom är undrande.
– Lägret bryts direkt ni ser Shakira! säger jag.
... Era jackor. Nästan allas. Vi skall ha dom till något.
Jag vill att ni tillser att ni inte har något löst i fickorna.
Som kan ramla ur. Dragkedjeficka är godkänt. Annars
får ni plocka ur jackan.
– Jaha? säger Greger.
... Greger, Fredrik, Håkan och Shakira skall vara vid
Trädet. Vi visar, när Shakira kommer, vilket träd. Ni skall
ge två ytterjackor till Shakira. Stora. Gregers och Fredriks.
Dom skall vara påtagna längsta möjliga. Shakira skall vara
uppe i trädet. Hitta på hur ni får upp jackorna.
... Jackan skall tas av och rullas, så värmen blir kvar.
... Ni skall, på signal, sträcka upp linan. Ni måste lägga
fast i trädet. Ni hinner inte knyta. Shakira skall använda
linan direkt. Hon kommer vara betydligt snabbare än ni
är vana. Schabbla inte till det!
Dom ser undrande ut...
... Jag, Octavia och Linda kommer åka dit bort. Sedan
kommer vi till er. Är allt bra, jag skall upp i trädet. Ni får
troligen lyfta upp mig. Jag går över först; visar hur man
gör.
– Går? Över? Går över!? Med fötterna?! säger Fredrik.
– Skidor och stavar skall vara klara för transport. Allt
skall med, glöm inget.

... Det kan bli vajsing. Det är livshotande. Då måste ni komma fram till mig. Hjälpa till. Du måste komma fram omedelbart. Du har inte 20 sekunder att trassla med skidbindningen. Försök ha en kille med skidor under fötterna. Påtagna.

– Umm, vad har du tänkt ställa till med? undrar Greger.

– Vi skall chansa litet, och springa över till andra sidan Järvforsen!

– Men, det går inte?

– Greger! Är du rädd...? Greger...?

Fredrik fnissar, som en småtjej, petar på Greger.

– Du är avslöjad, fegisen! säger Fredrik.

– Nej, rädd, det är jag inte! svarar Greger.

– Du kommer bli...! svarar jag.

Fredrik tittar efter Shakira.

– Du tror, att bron, det går inte?

– Linda säger att den är bevakad av kvinnliga soldater, i höga blanka stövlar, ...?

– ... Med korta kulsprutepistoler, fyller Linda i.

– Fan! Dom vill jag snacka med! säger Greger.

Han sätter på sitt breda pojkleende. Han berättar, när han var militär, om när ett kvinnligt elitförband kom och skulle visa sina konster för alla killar.

Och nu kommer Shakira...

Vi har packat spritköket och druckit upp vattnet när hon kommer fram. Jag har linan framme. Hon säger inget. Jag räcker henne en vattenflaska.

– Det är kvinnliga soldater, på bron? undrar Fredrik.

Shakira nickar. Tar en klunk. Hon gör kvinnliga former, med händerna, kromar sig.

... Dom har höga blanka stövlar? undrar han.

Shakira nickar!

– Dom är skickliga med sina korta kulsprutepistoler? undrar Greger.

Han får tumme upp av Shakira. Tänderna.

– Taggtråd och hundar? undrar Fredrik.

– Massvis! svarar Shakira.

– Krypskyttar? undrar Greger.

– På taken, svarar Shakira.
... Det går att komma över. Men inte utan att dom ser,
och inte utan strid. Jag vill inte skjuta ned dom.
– Vi tänkte sticka över, till andra sidan! säger jag glatt.
... Vi har förberett Plan B!
– Super! Jaha! Hurdå? undrar Shakira.
– Min lina...
Jag håller fram den.
... Tror du den håller att gå på?
– Javisst Pia! Det är ju inte precis den billigaste sorten
som du tagit med.
Linan är blå, omspunnen försträckt med kärna.
– Den håller för dig och Greger?
– Den blir inte hårt sträckt. Båda sidorna hjälper till
att lyfta. Det går bra! Hur skall du montera?
– Linda fixar linan. Greger och Fredrik sträcker upp,
på vår sida. Du skall ha båda deras jackor med dig.
– Aha? säger Shakira.
– Du lägger Gregers jacka i snön. Sedan lägger du Linda
ovanpå. Sedan Fredriks jacka ovanpå Linda. Täta till,
med snö runt omkring. Jag har lovat Linda, att du skall
vara klar senast 40 sekunder efter det att linan är uppsatt.
– Du får ta tid, och se vad jag klarar! svarar Shakira.
– På andra sidan?? undrar Fredrik.
– Håkan är reserv, om det kinkar sig. Han skall vara
mellan oss och träden. Du tar över alla till andra sidan.
– Du tänker lämna kvar linan? undrar Shakira.
– Nej, du får ta den med dig över. Den var fasligt dyr!
svarar jag.
– Aha! säger Shakira. Ja?
– Ge det här till Linda precis innan du lägger på locket.
Kom ihåg att öppna åt henne.
– Jaha! säger Shakira och tar emot en litet rektangulärt
paket.
– Ta och instruera klåparna vid trädet, så linan inte
lämnar oss när du är på mitten, säger jag. Vi kör så
snart alla är klara!

Fredrik har stora ögon, ser jag. Jag, Linda och Octavia skidar bort dit där hon tänkt att gå i. Jag öppnar linan och lägger ut den på vår sida. I snön. Jag åker skidor ända fram till trädet, med linan. Nu kan linan inte trassla sig. Det börjar bli mörkt. Vi måste se till att bli klara. Jag åker bort till Linda.

– Du får gärna ställa in dom här dumheterna! säger jag. Är du säker på att du inte går och dränker dig?

– Vattnet är inget problem. Problem blir det om linan släpper, så jag inte kan få hjälp, svarar hon.

– Om du tar linan dubbel, och knopar om bägge parter. Då slipper du ta loss dig. Vi kan dra dig tillbaka, om linan lossar.

– Det måste gå fort, Pia. Är dom klara vid trädet?

Jag tittar bort. Shakira står bredvid trädet, i snön, och Greger och Fredrik har klättrat upp. Dom är litet högre än vad jag tänkt mig. Shakira vinkar till mig.

Jag litar på Shakira. Hon har god vana vid sådana här totalt vansinniga livsfarliga upptåg.

Håkan är närmare, på skidor, vid linan. Han vinkar också. Han har tagit av vantarna.

– Vi är klara att köra! Octavia! Du måste få med alla Lindas saker, skidor stavar och allt! Hela vägen över till andra sidan!

... Du får själv starta, säger jag till Linda.

– Hjälp mig öppna pjäxorna, säger hon.

Jag tar och lossar dom.

... Då kör vi! Jag är väl ingen mes, heller!

Hon blänger mot killarna borta vid trädet.

Hon plockar av jackan, lägger den ned i snön. Hon tar av vantar mössa och skidglasögon. Ovanpå jackan. Sedan tröjan. Hon kliver ur pjäxorna. Står på jackan. Sedan skall hon krångla sig ur skiddräkten.

Hon tar av underkläder; en tunn T-shirt, trosor och sina strumpor. Jag knopar på linan.

Linda är smal och benig. Jag skäms att hon skall behöva utföra ett kraftprov.

Linda vräker på mot vattnet. Hon dyker med huvudet före, ned i det okända. Hon knyter händerna när hon träffar ytan.

Linan löper ut. Den ringlar ned i vattnet. Ingen Linda syns till. Jag åker mot trädet. Jag har underkläder, strumpor och tröjan. Jag har stoppat in kläderna innanför min jacka. Så dom håller sig varma. Bundit ihop hennes pjäxor. Jag blir orolig. Linan fortsätter gå ut i vattnet. Det är snabbare än forsen flyter fram. Så kommer hennes huvud upp, ganska nära andra sidan. Jag har linan nära skidorna. Så jag kan ta upp den. Om det skiter sig.

Linda skall upp. Hon har inget vasst med sig. Händerna glider över isen. Hon reser sig, står på botten. Hon skuttar till, och händerna får tag i snön. Det droppar ifrån hennes svarta hår.

Hon drar linan efter sig. Hon försöker komma upp på stenen. Men stenen, den är mest snö. Hon försöker klättra upp i trädet. Om hon inte orkar upp i trädet, jag måste släpa henne igenom forsen, tillbaka hit igen. Hon kämpar med grenen, men får inget tag. Händerna iskalla. Så lyckas hon hugga grenen, och få litet stöd med fötterna. Hon kravlar sakta in mot stammen. Hon är förmodligen stelfrusen i leder och fingrar.

Hon drar åt sig mer lina. Lägger dubbelt runt stammen. Det är bara ett litet träd. Når runt. Hon försöker knopa fast linan. Ett halvslag. Allt går alltmer sakta. Ett till. Hon slår ut armarna. Shakira skriker. Greger skriker. Shakira springer. Hon är över på under 10 sekunder. Lägger ut Gregers jacka. Linda behöver hjälp med att få av sig linan. Sekunderna tickar på. Shakira lägger henne på jackan. Sedan lägger hon Fredriks jacka ovanpå. Hon tar av sig sin anorak. Tar av ylletröjan, den tjocka grå. Gläntar på jackan och kör in tröjan. Hon öppnar paketet. Med druvsockertabletter. Pillar in det under jackan. Sedan öser hon över snö, med händerna.

Jag får bråttom. Jag kör fram till trädet och tar av skidor och stavar. Killarna har en hiss färdig. Håkan och Fredrik skjuter på. Greger hivar upp mig.

Greger trycker upp mig på en gren ovanför linan. Mina skidor och stavar kommer efter. Jag håller skidorna och stavarna framför mig. Lindas pjäxor, bundna i skosnörena, är trädda på mina skidor. Shakira springer tillbaka.

– Nu killar! Visar jag hur ni kommer över på linan! En i taget! Glöm inget kvar! Hjälp Octavia med grejerna! Damerna först!

Shakira kommer fram, håller upp ena handen, vänder, jag lägger mig framstupa över hennes axel, och så springer hon över igen.

Jag känner hennes korrektioner, i kroppen, medan hon springer. Det är olika håll och olika mycket. Ibland gör hon två korrektioner för ett enda steg. Det är så hon blir så stadig på linan. Hon är snabbare. Hinner fler korrektioner. Om man inte hinner, man ramlar av.

Det gröna vattnet är otäckt, men jag är inte rädd. Jag vet att Shakira inte ramlar av. Jag har varit med förr!

Hon tippar mig. Hon fångar min ena hand, bromsar, så fötterna kommer nedåt. Släpper. Jag trillar ned i snön. Rakt ned.

Snöhögen är tjock här. Jag har bara näsan och skidorna ovanför ytan. Jag kravlar för att få ordning på skidor och stavar. Jag måste undan. Octavia är på ingång. Man får snabba sig! Hon dimper ned bakom mig.

Jag kämpar mig upp, ovanpå skidorna. Jag försöker få på ena skidan. Jag håller i en buske. Så tar det sig! Jag har skidor, kan vända, och drar i Octavia. Hon har dessutom Lindas jacka. Jag får henne bort ifrån linan. Fredrik är nästa.

– Har Linda klarat sig? undrar Octavia.

Jag åker bort till högen för att se efter. Octavia kommer efter.

... Kan hon höra oss?

– LINDA!! ropar jag. Knacka en gång för Ja och två
gånger för Nej!
   Vi hör inget inifrån jackorna.
... Är du med oss...? Linda?
   Det är tyst... Jackorna rör sig inte...
... Jag anropar Linda!!
   Fortfarande tyst.
... Kan du se oss... Linda?
   Inget svar.
... Ligger Dalaguete väster om Chocolate Hills, Linda?
– (Sinnessjuk, Pia)
– Fungerar godiset?
– (Man blir torr i mun)
– Vi väntar på att killarna skall komma, så du kan klä
på dig!
– (Tänker bara på sex)
   Det är Gregers tur att åka. Han ylar om att Shakira
skall vara försiktig. Hon går i cirklar. Så Greger roterar
hela tiden.
– Sluta! Jag vill inte hamna i vattnet! Jag kan dö! Sluta!
Försiktigt! skriker han.
   Shakira trasslar med linan, skriker till och slår ut med
sina händer.
... Ahhh! Jävlar! Jag kommer åka i! Faaan!!
   Shakira driver på rotationen ytterligare. Försöker
få Greger att skrika högre.
– Fortare! Fortare! Fortare! ropar jag.
   Dom kommer fram till oss. Shakira försöker bromsa
litet. Hon tippar av Greger. Hon trillar av. Linan tar hon
i knävecket. Yr? Hon håller fortfarande i Greger. Släpper.
Han dunsar ned i snön.
– Människan är ju fullständigt totalt vansinnig!
ropar Greger.
– Och det kommer du på nu? svarar jag.
– Hur gör ni med repet?
– Du får gå över, på andra sidan, och knyta av! svarar jag.
– Men?

– Vi sätter i en sprint, och så tar vi linan. Du ser ju, att jag sitter och täljer!

Jag har ordnat mig en, som jag tror, erforderligt stark pinne. Jag skrapar av barken och gör den konisk mot änden, så den skall trilla ur, utan att krångla. Jag behöver två pinnar. Skall stila litet, för Greger. Med två pinnar!

– Skall vi ta in linan? undrar Shakira.

Shakira hoppar ned i snön. Hon har skidorna kvar på andra sidan.

– Vi klär på Linda först, säger jag.

... Killar! Läger, ett stenkast in, ifrån forsen, med eld! Varm dryck, gärna med honung, till Linda!

Jag ser att Octavia har bytt sin egen jacka mot Lindas. Så den inte skall vara kall. Vi kan inte göra något åt pjäxorna.

– Linda! Killarna klär på dig nu! säger Shakira.

Vi ställer oss intill. Vi har Lindas skidor och stavar.

– Är du redo? undrar Octavia.

Hon får inget svar. Och så packar vi upp henne. Underkläder. Strumpor. Skiddräkten. Jag sätter på min propp. Den är otroligt värmande. Pjäxor, skidor och ytterjackan. Mössa och vantar. Jag och Octavia åker bort till killarna, med Linda.

– Och nu, mina fegisar, kommer den modigaste fram till oss! säger Greger. Du är blöt i håret?

... Killar! Tjejen skall få en Hårdsupa! Hjälp till nu!

... Pia! Ställ dig på huk, så vi får som en kulle, att hållas på!

Jag sätter ned händerna framtill på skidorna.

... Linda skall över Pia, men med ryggen nedåt! Näsan upp! Kom och håll i nu!

... Blunda! Håll för näsan! Hela flaskan skall i!

Jag hör det tunna metalliska skrapet, när korken går av. Det stinker sprit. Den sorten man dricker. Det droppar ned sprit. Killarna håller en bärkasse, i plast.

Linda skriker till! Spriten är stark.

... Litet till! Det skall längst in! säger Greger.

Så kommer spriten ned i snön. Greger packar den tomma flaskan. Han sätter plastkasser att vädra på en buske. Linda stinker sprit.
– Vad gjorde dom, Linda? undrar jag.
– Dom tvättade håret, i sprit! Är det bra? undrar Linda.
– Det är för att håret skall torka snabbare, svarar Fredrik.
Linda får en kopp varmt smältvatten, att värma sig på.
– Jag kommer med, och ser på, när ni tar ned linan! säger Greger.
– Shakira! Vi lossar linan.[i] På bukten. Du tar dubbel, och gör en överhandsknop[ii] med lycka[iii]. Lås öglorna med ett halvslag.
– Aha? svarar hon.
– Tjocka pinnen skall ha båda öglorna om. Och en ögla ifrån andra parten, emellan. Pinnen skall i underifrån. Den faller ur om vi slackar.
– Aha? svarar hon.
– Den andra öglan. Jag vill att du lindar om den tunna pinnen, ett par varv. Ögla, och bind i pinnen med smugglarstek. Du kan samsa en smugglarstek?
– Jag har vart på cirkus, Pia! Standard!
– Jag vill ha en tamp på en meter. Viktigt. Knopa genast på tampen om egen part, så du inte tappar linan. Om det inte fungerar.
... Sedan för du ihop öglorna. Sätter i den tjocka pinnen. Öglan med den lilla pinnen i mitten.
Jag visar med mina fingrar.
... Pinnen håller i. Jag spänner. Du kan testa. Sista, lossa om egen part, så linan bara hålls med pinnarna.
... Jag vill att du fäster tampen, om linan, med tejp. Så jag kan dra ur smugglarsteken. Tänk på att ha en meter till trädet, så jag kan dra ur, innan den lilla pinnen är vid trädet.

i   Linan är mörkblå omspunnen och försträckt. Omslagets lina är grå,
    skitig och slagen. Tufavideo ber om ursäkt.
ii Vanlig knut
iii Man drar in dubbelt, så det blir en ögla.
    På bukten, med dubbel lina, man får två lika stora öglor.

... När du är tillbaka, vi slackar, och Simsalabim!
Pinnen ramlar ur.[i]
– Om det kinkar sig? undrar Shakira.
– Då får du vingla tillbaka, och göra om! Glöm inte
ta med dina skidor!
   Jag får en tumme upp. Hon skuttar upp, och tar
linan i handen. Hon går över till andra sidan.
– Hur kan hon bara gå på linan? undrar Greger.
Hon är väldigt duktig?
– Jag vet faktiskt inte mycket... om det finns fler,
svarar jag.
   Shakira trillar av linan. Hon hugger linan med
högra handen. Drar. Skuttar upp på linan igen.
– Hon trillade av?
– Hon kan inte falla. Hon hinner alltid ta linan
med handen.
... Hon är troligen bland de allra bästa i hela Europa.
Hon tycks alltid ha litet extra, att ta av. Du har tackat
för att hon inte släppte dig?
– Det är farligt att ramla i vattnet! Man blir stel direkt,
och man kan svimma, säger Greger.
... Fjälljägarna förvarar ammunitionslådor i strömmande
vatten. Men, i fred, badandet, det är frivilligt!
   Jag lossar och släcker linan. Shakira fixar i trädet.
Hon säkrar om egen part, som jag sa. Hon kan inte tappa
linan. Hon monterar pinnarna. Vinkar. Jag tar in hos mig.
Hon står i trädet, och håller fast pinnarna.
   Jag sträcker. Shakira fixar till den lilla pinnen. Ordnar
dubbelöglorna exakt lika långa. Shakira vinkar. Jag
sträcker mer. Lägger fast. Shakira går runt, litet, och
testar. Det sitter stadigt. Hon justerar öglorna vid
pinnen. Så dom är helt intill. Pinnarna måste balansera,
annars kalvar dom.
   Hon kliver av. Ned ur trädet. Sätter på sig skidorna.
Åker iväg. Försvinner på sina skidor. Bort i fjärran.
– Jaha! säger jag.

---

i   Jag skall se om jag kan få underverket på omslaget. Så du ser!

– Vart ska hon? undrar Greger.

– Jo, som jag sa, att Shakira inte släppte dig. Hon håller dig i handen. Så trillar ni av ifrån linan. Hon tar linan med ett knä, eller så. Du hänger, i ena näven, under.

– Då åker jag ju i vattnet?

– Hon lyfter dig, och du får kanske klättra litet. Jag har provat. Jag fick hålla mig i linan några sekunder. Sedan lyfter hon från ovansidan. Skall hon bära dig, då måste du upp på axlarna också.

– Men, det går ju inte! Det orkar hon inte!

– Kan vara att linan är för låg. Så du får pjäxorna i vattnet. Eller att den är nära att brista... Hon orkar vad som helst!

– Hon är vansinnig? Vårdslös? Ni har känt varandra länge?

– Bara något år. Två, nästan. Hon dök upp i skolan, före jul, i nian.

– Hon kör på, i skolan, som hon gör här?

– Nej, nej. Det går ju inte. Hon skådespelar sig fram. Imiterar Linda, ungefär. Hon är duktig. Ingen ser vem hon är. Egentligen.

– Vad gör hon nu? Exakt? undrar Greger.

– Jag vet inte mer än du!

Jag är orolig. Vi kan inte åka och hjälpa henne, om något går fel. Jag tycker inte om att vi påträffat vapen. Ofta finns en ägare till vapnet. Som tagit med pistolen. För att skjuta på oss! Och då hör jag ett skott!!!

– Vaffan?!? Ett skott! säger Greger.

– Det lät som ett skott, svarar jag. Har någon sett henne?

– Dom kan ju inte bara skjuta ned henne! Eller? Kan dom det?

– Hon lever sitt liv på den yttersta gränsen. Men, hon undviker farliga saker. Det är bara vi andra, som inte har samma skala, som tror att hon skall gå och dö.

– Bara ett enda skott... pistol... säger Greger.

– Titta, nu kommer hon ju! Hon skyndar sig, titta!

Shakira tar av skidor och stavar, häktar ihop dom, snor sig upp i trädet. Lägger skidorna i trädet. Hon går fram och vrider pinnen. Den tjocka. Så den inte frusit fast. Hon lossar om egen part. Fixar fram tejpen. Tejpar tampen i linan. Lyfter loss skidorna ifrån trädet. Sedan springer hon över.

– Det ser precis ut som om hon springer på fasta marken, säger Greger.

Shakira tar ett skutt. Sedan tar hon sats, mot linan, och kommer av med en volt framåt. Höjd, i avhoppet. Hon dundrar ned i snön. Det ryker upp snö. Skidorna, men inte näsan, är kvar över ytan.

– Allt klart? Ingen glömt något? undrar jag.

Greger stretar i Shakira för att få upp henne ur snön. Shakira fixar på sig sina skidor.

... LINAN TAS IN!! ropar jag.

Shakira vinkar. Jag slackar linan. Rycker litet. Tjocka pinnen sitter kvar. Jag skakar. Den hoppar runt, därborta. Pinnen skrattar åt mig. Jag slackar och skakar. Tjocka pinnen trillar ur. Linan släpper. Jag tar in. Tejpen drar ur smugglarsteken. Försiktigt! Nu släpper det. Den lilla pinnen trillar ned.

– Vaffan!? säger Greger. Linan är ju helt slät! Inga knutar som kan häkta sig! Fan!! Hur gick det till?

Jag stretar. Tejpen släpper. Tampen lossar. Jag drar linan runt stammen, där borta. Det häktar sig inte.

Jag kransar linan. Den är blöt. Jag hänger den utanpå ryggsäcken. Det droppar litet. Vi åker fram till lägerelden.

●

Det är mörkt nu. Vi har granris att sitta på. Vi kan inte ses ifrån södra sidan av forsen. Jag glor in i elden. Kvällsmaten består av en kopp småvarmt smältvatten. Det är värst vad man blir hungrig, i vildmarken, hela tiden!

Jag har packat linan på min rygg. Innanför jackan. Så den inte skall frysa till. Den är blöt, och jag skulle gärna vilja bli av med den.

– Tjejer! säger Greger. Lindas insats vid Järvforsen. Det är högsta betyg i stridsgruppens samarbete och offervilja!

... Man ger gruppen en enkel uppgift. Men så kommer man fram till forsen. Man kan åka runt. Men det är långt. Bron. En bro finns alltid. Tar man bron, man hugger gruppen, och skickar dom till tolkskolan, så dom får stryk.

... Shakiras metod att springa kompisarna till andra sidan, det har jag inte sett tidigare. Militärerna brukar få krypa under linan. Att ta med sig linan, en annan delikat finess. Ett skott. Långt borta.

– Va?? En pistol? undrar Greger.

Jag hör ett pistolskott till. Sedan två tunga skott.

– ... Är det där gevär? undrar jag.

Jag hör någon, som skriker, långt borta.

– Dom brassar på! säger Shakira.

Geväret skjuter igen, skott ifrån pistolen, sedan ett kort dovt hackande.

– Det sista var en kulsprutepistol, säger Greger.

Förmodligen den fula Svenska, med sin karaktäristiska låga eldhastighet.[i]

– Vad skjuter dom på? undrar Linda.

– Dom skjuter på oss! säger Shakira.

– Dom skjuter ned varandra? undrar Octavia.

– Shakira! Vad gjorde du på andra sidan? undrar jag.

– Oh! Inget! svarar hon.

– Shakira!!

– Jag skidade runt dungen bort till bron. Toppade av en gran. Synd på granen! En halvmeter eller så. Sedan tar jag killens toppluva, han som hann upp oss i skogen. Om ni kommer ihåg? Jag sätter toppluvan överst på granen.

... Sedan tar jag hans armbandsur, och fäster det om en gren. Slutligen tar jag en svart pinne, och sätter den i granen. Sticker ut. Så det ser ut, som om granen har pistol.

– Aha? Och det är smart? undrar jag.

i   Kulsprutepistol 9mm m/45B Carl Gustaf

87

– Sedan ställer jag granen, den är bara en halvmeter hög, precis mitt på vägen. Man kan inte missa den. Inte ens 100 meter ifrån bron.

... Och så går jag fram, närmare bron. Det hänger två killar på bron. Dom ser mig inte, för dom är mer till vänster. Jag skjuter ett skott i skylten, den som är till höger, om max totalvikt, axeltryck, vägbredd, och det där andra tramset. Dom skriker och kastar sig ned! Och sen sticker jag!

– Du tycker inte du borde fråga oss andra, innan du öppnar eld? undrar Greger.

– Nu är dom säkra på att vi är kvar på södra sidan. Men, dom hittar oss inte. Vad skulle du göra nu, Greger?

– Du vill göra dom förbannade?

– Det tar tills i morgon, när det blir ljust, innan dom är säkra på att dom blivit blåsta, säger Shakira.

... Är dom förbannade, det blir misstag! Förbannade och trötta!

– Men. Dom skjuter på varandra? undrar Linda. Vad gör vi om någon blir träffad?

– Jag tycker inte om att bli beskjuten! säger Octavia.

– Den fula K-pisten. Är den något bra? undrar jag.

– Det bror på! svarar Greger. Här i skogen, jag skulle föredra något tyngre som skjuter litet mer ordentligt. Ett gevär. Jag orkar bära ett litet tyngre vapen.

... Du, Pia, skulle säkert föredra något mer elegant, med kikarsikte. Men säg nu att vi skall beväpna Linda. Eller Octavia!

Vi tittar på Håkan, allihop. Han ser litet besvärad ut.

... K-pisten har ingen säkringsknapp, som kan krångla till det. Man kan se, utanpå, hur den fungerar. Den tål ovarsam behandling.

... Om du slänger den under vatten. Pipan är öppen i båda ändar, så du kan skjuta direkt du får upp den. Den tål sand och skit i mekanismen, magasinet eller pipan.

Skit i pipan, det åker ut med skottet. Och, om nu Linda får panik, i ett trapphus eller liknande. Den låga eldhastigheten gör, att hon får inte slut på skott, direkt.

... Den skjuter vanlig pistolammunition. Men den lite längre pipan gör att det blir ordentlig fart på skotten. ... Den är helt super, för ovana skyttar. Kanske bara med en timmes utbildning, att användas på nära håll.
– Jag är hungrig, säger Linda.
– I vildmarken! Kvinnan får klara sig på Handjurens fiske och jaktlycka! säger jag.
– Vi har inte direkt jagat, säger Fredrik.
– Bara Shakira har jagat! säger Linda.
Vi tittar lystet på Håkan. Det är litet kul, och vi har svårt att sluta. Jag misstänker att Linda slickar sig om mun.
– Om den brunstiga Hanen inte drar hem bytesdjur! säger jag morskt. Han må bytas ut mot en ny Hane med tjockare Dase!
Linda och Octavia nickar.
... I nödfall!!
Jag sträcker ut armen mot Shakira. Tittar mot Greger.
... Kvinnan tvingas äta grismaten!
Jag känner något tungt i min hand. Det tog inte en sekund, ens.
– PIAAA! Jag döööör! skriker Linda.
I min hand ligger ett oöppnat paket med grillkorv, ifrån södra rastplatsen.
– Fest! ropar Octavia.
– Fram med pinnar! säger Håkan.
– Du får leva! säger Linda till Håkan.
Vi grillar halva korvar över elden. Ögonen lyser. Man blir fort hungrig i Vildmarken! Vi har bara smältvatten att dricka till. Vi vill undvika att tömma medhavda vattenflaskor.
– Om korven är trist i sin arom... säger jag.
Rotar efter plastpåsen i ryggsäcken.
... Du tar på senap!
Jag har tre små paket senap, tillhörande ketchupen, som vi åt i grottan.
– Varifrån kommer korven? undrar Octavia.
– Shakira snodde den, säger jag.

– Vaffan har du inne i din anorak, egentligen? undrar
Håkan. Pistoler! Korv! Killens mössa!
Shakira sätter dit sitt leende. Rotar inne i anoraken.
Drar ut ett korvpaket till!
– Det var inte min idé att sno korven, säger hon.
Det var Pias!
– Dom dagar, när det är ditt fel, jag gör kryss
i almanackan! svarar jag.
– Skall vi övernatta här? undrar Octavia.
– Jag tänkte föreslå att vi försöker åka till Hotellet,
säger Fredrik.
– Du har alltid spännande och intressanta förslag,
Fredrik! säger Greger.
– Det är ju mörkt? säger Linda.
– Vi har klart väder... säger Greger.
– Så, månen kommer upp, kanske? säger jag.
Det tar en stund att äta upp korven. Vi ser till att
Linda får ordentligt. Hon behöver maten. Man blir
kall av att vinterbada ute i det fria. Vi har ätit ordentligt,
två gånger.
Vi försöker vila och sova någon timme. Eller två.
Det har varit en lång dag. Men kylan är besvärande.
Vi gör vårt bästa att vila.

JAKTSTUGAN

Jag är stel, som en pinne. Iskall. Sova, ute, i snön, det är ingen höjdare. Om du provar, du kan frysa ihjäl. Men vi är flera. Kan väcka upp varandra. Vi har fått litet mat. Mat värmer. Jag saknar grottan.

Det gör ont att resa sig. Jag hoppas det blir bättre, efter att skidat en stund. Värmen kanske kommer tillbaka. Mina kompisar tycks dela mitt öde. Men ingen gnäller.

Vi packar ihop, och åker mot Hotellet. Vi vet inte var det ligger. Längs vägen, norrut.

Det är på natten. Tidigt på morgonen. Vi har månljus. Svarta stora och små granar. Jag hänger på i spåret. Vi har Fredrik främst. Skall se om han är någon bra Trapper!

Jag grunnar på Greger. Hans jobb. Det finns givetvis fler kandidater. Om Octavias klantskallar... det vore för hemskt!

En gran. En svart fläck vid sidan. Fläcken har en lång stång, som sticker ut. En man med gevär. Han siktar på oss. Ett par av oss kan dö genast. Jag åker litet framåt. Stången är en pinne, långt hitom granen. Det svarta är en sten. Jag undrar om det är så smart. Det vi gör.

Det är på natten. Kanske är det smart? Jag försöker få fram olika alternativ. Jag vet inte. Fortsätter i skidspåret. Shakira har säkert rätt. På sitt vis. Man skall inte tänka så mycket!

Vi finner en skylt, JAKTSTUGAN 150M. Vi åker för att undersöka. Den ligger vackert vid en skogsdunge. Snön glimmar djupblå i månljuset. Stugan är i svartbrun timmer.

Det är bara en liten stuga. Mycket mindre än Norra Raststugan, som var ganska stor. Det är inte låst. Den ser lovlig ut. Den är inte utsatt på kartan.

Vi inspekterar. Shakira tar av sina pjäxor, och smiter in. Hon grejar med kaminen. Det brinner redan.

– Har du redan tänt? undrar jag.

– Den var laddad och klar, med tändstickor framlagda! svarar hon.

– Livräddning för Järvforsens vinterbadare! svarar jag.

Shakira stänger kaminens lucka. Spjället, framtill på luckan, rund sak med slitsar, är fullt öppet. Shakira sätter sig i ena soffan. Rummet har två soffor, vända mot varandra, med ett lågt soffbord emellan. Shakira tänder några stearinljus, som står på bordet. Lägger ifrån sig tändsticksasken.

Stugan har ett konventionellt matbord, borta i hörnan, för sex personer. En smal dörr framför det lilla pentryt. Stugan har taklampa och strömbrytare, men strömmen är inte tillslagen. Kanske är elen inte indragen, utan man får köra en generator.

Kaminen står bultad en bit ifrån väggen, på fyra ben, med en stålplatta under, som brandskydd. Skorstensröret, i plåt, kommer ut där bak, går uppåt, och sedan längs med väggen, flera meter, för att avge mer värme. Sedan upp i taket.

– Tjejer! Jag och Fredrik tar en kort tur, och ser om vi kan hitta hotellet! säger Greger. Det kanske är nära!

Killarna sticker, stänger dörren. Jag hittar en jättegryta i pentryt. Jag går ut och fyller den med snö. Sedan ställer jag den ovanpå kaminen. Kaminen är slät upptill, så jag tror man kan göra så. Snöberget sticker upp ur grytan.

Jag öppnar luckan, och tar en titt. I vedkorgen ligger en stor rot. Det brinner ordentligt i kaminen. Jag lyfter in roten i kaminen. Igen med luckan! Jag sätter mig till höger om Shakira i soffan.

Sofforna är låga och i tyg, slitna. Kan vara placerade i stugan som gåva. Vi har tagit av pjäxorna, för att inte dra in snö. Men alla har fullt med kläder. Stugan är iskall som ett fryshus.

Octavia och Håkan sitter i den andra soffan, mittemot. Linda tar av skidglasögon och mössa. Hon sätter sig i en fåtölj, vid bortre kortsidan av bordet. Andra kortsidan, där finns kaminen. Det luktar sprit om Linda.

– Kan vi värma upp hela stugan? undrar Octavia.

– Stugan är liten. Det är snart varmt! svarar jag.

Octavia sitter och glor Håkan i ögonen.

– Det glimmar, i ögonen, på dig, säger Håkan till Octavia.

– Lägger du an på mig? säger Octavia. Är du man nog för det?

Jag knuffar på Shakira. Linda ser glad ut.

– Du har som ett sorts sofistikerat och elegant sätt! svarar Håkan.

– Du vill att tjejerna värmer upp stugan, så jag kan klä av mig? säger Octavia. Tycker du om, att se på, när tjejer klär av sig? För att dansa, kanske?

– Få på värmen, Shakira! Damen behöver strippa! säger Håkan.

Jag går bort till spisen. Spjället väser framtill. Kaminen suger girigt i sig all luft den kan få. Elden knastrar och dånar, där inne. Jag tar en pinne. Vrider till spjället. Så det stängs. Helt.

– Men, vi vill ha varm! Stäng inte av! säger Linda.

Jag vinkar med tummen. Lyfter soffbordet. Shakira lyfter där hon sitter. Jag flyttar bordet en meter längre bort ifrån kaminen. Jag sätter mig. Håkan tittar misstänksamt på mig.

En hård metallisk smäll! Det kom inifrån kaminen. Sedan klingar det till, i skorstensröret. Korta snabba plingande smällar ifrån kaminen. Det kommer smygande. Frekvensen sjunker, medan smällarna blir starkare. Kaminen är svart och ond. Octavia och Håkan stirrar på kaminen. Undrar vad den försöker säga?

– Jävlarsfan! ropar Håkan. Titta på röret!

Skorstensröret, det är inte längre svart. Det är djuprött, nedtill.

– Vad händer? undrar Octavia.

Kaminen och röret blir långsamt lysande.
Värmestrålningen är enorm. Grytan, ovanpå. En vit
rök kommer upp ur grytan. Det knäpper i kaminen
och skorstensröret.
Håkan går och hänger upp sin jacka, mössa,
handskar och andra ytterkläder.
– Nu är det din tur, Octavia! säger han.
Jag försöker få till mina fingrar. Jag vet inte, hur man
gör. Två valvbågar, med fingrarna, tummarna nedåt.
Jag håller upp och visar. Shakira och Linda gör detsamma.
Octavia fnissar åt Håkan.
Octavia reser sig, går och hänger av sig jackan.
Mössan och vantarna. Hon ger Håkan en kyss.
– Har du någon stake, Håkan? Jag har inte haft
en man på flera dagar!
Octavia har en vinröd tröja på sig. Hon ser inte
ut som Octavia. Hon ser ut som oss vanliga flickor.
– Octavia! Vad har du på dig? undrar jag.
– Kaminen! Titta på kaminen! säger Håkan.
Kaminen har antagit röd till orange färg. Man
kan värma fingrarna genom att hålla upp dom.
– Vi bränner inte ned hela stugan? undrar Linda.
Octavia ger Håkan en ny kyss.
– En ung vacker flicka har kommit ut ur den tjocka
vinterjackan! säger Håkan.
– Av med tröjan, Octavia! Du måste värma hetare!
säger jag.
Jag och Shakira går och hänger av oss mössor vantar
och ytterjacka. Jag tar av proppen; den är otroligt
värmande. Sticka dig en!
– Titta Håkan! säger Octavia. Det kommer tjejer! Våra
unga oförstörda gymnasieflickor! Dom är inte dåliga!
Skall du inte prova en, Håkan?
... Du kan prova vänliga goa Pia. Eller bli överkörd av
Shakira, om du tänder på dominans, panik och smärta...
Jag fnissar... knuffar på Shakira...
... Linda, om du vill prova en ung... riktigt trång...
jungfru...!

Vi fnissar. Linda är litet röd i ansiktet. Slickar sig om mun. Hon dansar ut för att hänga av sig. Stugan blir snabbt varmare. Litet kondens droppar ifrån en bjälke i taket.

– Jag kan välja en, eller ta flera? undrar Håkan.
– Pia! Har du haft kille, Pia? undrar Octavia.
Jag nickar, med handen för munnen.
... Berätta om första gången, Pia!
Håkan ser lystet på mig.
– Han var litet tafflig. Jag var inte på humör, utan var ganska ovillig. Han var nog acceptabel som man. Kärleken, den var inte riktigt där. Jag såg till att han förstod, att jag var en smula ovillig.
... Underlaget var hårt, och han gjorde illa mig. Han hade viss sadomasochistisk läggning, och jag vet inte, om jag riktigt uppskattade det. Kanske inte riktigt min stil!
... Det var inget vidare, faktiskt!
– Men Pia! Jag är så ledsen! säger Octavia.
– Fötterna i bojor, benen hålls isär av en stång, säger Shakira. Händerna bundna sträckta åt sidan. Våldtagen på ett betonggolv.
– PIIAAAA!! ropar Octavia. Men, herregud, vad har du råkat ut för! Du anmälde han till polisen?
Jag hänger med huvudet, handen för munnen, skakar huvudet.
... Men, han kommer hoppa på andra tjejer!
Jag skakar på huvudet.
... Han klarar sig utan straff?
Jag skakar på huvudet.
... Men, Pia, vad gjorde du?
Jag drar med fingret över halsen.
... Pia, gjorde du av med han?
Jag nickar. Håller upp två fingrar. Shakira håller upp ett finger.
... Men! Pia!! Hur?

– Shakira hade smällt till dom. Jag öppnade en kran.
Vatten rinner över golvet och ned i en golvbrunn. Jag drar
första killen till vattnet. Sedan skär jag i halsen, båda
sidor. Sedan likadant nästa. Sista killen har Shakira slagit
ihjäl. Han är redan död. Inget blod.
... Sedan tvättar jag av allting, gör rent killarnas händer,
och spolar av hela golvet.
– Det är ju fasansfullt! säger Håkan.
– Men, polisen? undrar Octavia.
– Dom letar fortfarande, svarar jag.
– Men, kunde du inte bara gå till polisen? undrar Håkan.
– Det förelåg en teknisk komplikation, svarar jag.
– Men, tre lik? På samma ställe? Tre...?
... Himmel och pannkaka!! skriker Octavia. Är det
Trippelmordet? Ett av rikets mest omskriva våldsbrott!
Utfört av en utländsk torped! Jagas internationellt!
  Jag håller för ansiktet. Shakira pekar på mig.
– En journalist har sammanställt allt känt material,
och givit ut det i bokform, säger Octavia. Mördaren
hånade polisen, genom att själv ringa 90 000[i]
Är det sant? En av de mest mystiska kriminalgåtorna!
– Det var inte killarnas villa, svarar jag. Foton på dom
söta barnen. Jag ville inte att lille killen eller tjejen skulle
hitta liken.
... Dessutom kan kropparna inte ligga och drälla.
Kan börja stinka!
– Det var så enkelt? undrar Octavia.
– Men, slog du ihjäl en av dom, Shakira? undrar Håkan.
  Shakira vevar litet med näven.
... Kan du döda någon, bara genom att slå med handen?
  Shakira nickar och hänger med huvudet.
... Har du slagit ihjäl fler?
  Shakira nickar och hänger med huvudet.
... Hur många?
– Jag vet inte riktigt... svarar Shakira. Ett par tre, sådär?

---

i Larmnumret. Numera används 112.

– Om jag sitter här! säger Håkan. Om du skall döda mig.
Hur lång tid tar det?
– Du har omkring två och en halv sekund kvar, svarar jag.
– Men, det är ju fasansfullt!! säger Håkan chockat.
Om jag försöker skydda mig?
– Två och en halv sekund, svarar jag. Inget du hittar
på hjälper.
　　Håkan ser en smula obekväm ut.
– Shakira! Du har säkert haft en man! Berätta om första
gången! säger Octavia glatt.
　　... Octavia skall finkänsligt justera samtalsämnet en
smula. Jag gömmer huvudet i händerna. Undrar om
Shakira tänker svara. Håkan ser spak ut.
– Jag var väldigt ung, säger Shakira. Killen var äldre.
Jag förstår nu. Han var rädd och osäker. Det fanns ingen
tjej, i lagom ålder. Som kunde guida honom. Få in han
på rätt spår. Han hoppade på mig.
– Men Shakira! Inte du också! Shakira!! Nej!!
ropar Octavia.
... Du gick till polisen?
– Han försvann. Jag visste inte var han fanns. Men så,
en dag. Jag och Pia hittade honom.
– Jävlar! säger Håkan.
　　Nu håller han sig om huvudet.
– Pia, som han inte känner, hotade och trakasserade
honom. Sexuellt. Sedan blev han en smula torterad.
Ganska länge. Han erkände allt så småningom.
– Men, polisen? undrar Octavia.
– Varken jag eller Pia dödade han! säger Shakira.
... Pia skaffade undan kroppen.
– Skaffade undan kroppen!? Men, Öhhh... fan!
säger Håkan.
– Men polisen? undrar Octavia.
– Skitskallen är nog bokförd som ett försvinnande,
säger jag.
– Pia!! Hur många har ni gjort av med, egentligen?
undrar Octavia.

Håkan börjar se rädd ut. Han försöker backa,
och trängs med Octavia. Dom kramas.
– Det har ju varit en del på mitt sommarjobb, säger jag.
– Sommarjobb? En del?!?! Vaffan? viskar Håkan.
– Men, privat, vid sidan om, det är bara dom två,
i källaren! svarar jag.
– Skitskallen, säger Shakira.
– Jag skaffade bara undan kroppen!
– Gubben...
– Han drunknade! En olycka!
– Pia!
– Jaja! Gubben också, då!
– Vad har du som sommarjobb? undrar Håkan.
– Jag är skyddsvakt till Prinsessan Sabina-Magdalena.
Hon har ju varit hårt jagad, och det har blivit en del...
öhh... problem...
– Men, ni är ju sanslösa! undrar Håkan. Är ni två,
småflickor, Pia och Shakira? Dom riktiga? Sant?
    Vi nickar.
– Men! Hur många har ni mördat? Totalt?
– Jag vet faktiskt inte. Det beror litet på.
Det är inte så enkelt.
– Vaffan sitter du och säger? säger Håkan. Har du
ett syndaregister, i det allvarligaste av alla brott,
så du inte ens själv vet, längre? Hur många?
– Det är inte alls enkelt, svarar jag. Om jag skjuter en kille
i huvudet med min pistol. Då är det en? Ja?
– Har du har pistol? En, jaha! svarar Håkan.
– Antag att jag och Shakira skjuter han, båda, samtidigt.
Då har jag ju dödat han. Shakira också. Men, det är bara
en kille. Räknas han som en halv då? Eller en hel?
– Det är ju fasansfullt! Hur kan ni klara er? undrar han.
– Antag att två kommer mot mig, och den ena har en
granat.
    Håkan börjar se seriöst kul ut. Blek. Octavia tittar
på fascinerat. På Håkan.
... Jag skjuter killen, granatkillen, i benet. Så han blir
skadad. Har jag dödat han då?

... Sedan tappar han granaten på sina fötter. Den går av, och han dör. Har jag dödat han nu då?

Håkan nickar. Blek.

... Han har en kompis med sig. Han dör också. Är det noll, en, eller två?

Håkan ser på Octavia.

– Visste du om det här, Octavia? Jag tror inte jag klarar mer nu! säger han.

– Octavia! Ta av tröjan nu, din kille behöver något annat att tänka på! säger jag.

Octavia kränger av sig tröjan. Hon har något grått under, som ser ut som ribbor. Stora plastspännen, framtill, som på en flytväst.

– Skåda den Moderna Quinnan! säger Octavia.

... Med ridväst, för att skydda den ömpftåliga figuren, bland vargar, björnar och vassa stenar: Kanon mot Hanar som vill kladda!

– Du är ju helt total! Jag tycker synd om Håkan!

AV MED DEN!! ropar jag.

Octavia knäpper av ridvästen. Hon har bara tunna kläder under. Hon stoppar händerna under sin T-shirt, och spänner till BH:n. Knyter T-shirten under barmen.

Håkan sitter och glor. Blek. Han har fått någon sorts panik. Octavia är extremt syndigt kurvig, med getingmidja. Hon sätter sig gränsle i krät på han.

– Ge mig dasen nu genast, jag orkar inte vänta längre! väser Octavia, grejar med höften, kysser han flera gånger rakt över munnen.

– Du är inte bara vacker... stammar Håkan.

... Du är snyggare än sådana som bara finns på bild!

Vi hör steg på trappan, utanför. Octavia rycker åt sig ridvästen och tröjan.

– Skit också! säger hon.

Smiter in i köket. Octavia gömmer sig i ridvästen. Fredrik kommer in. Han har inte tagit av sig skorna. Drar in snö på golvplankorna. Drummel! Han har en kompis med sig. Inte Greger. Båda har vapen.

Dom ställer sig vid soffbordet och stirrar på oss.

– Den tjejen! säger Fredrik. Passopp!!

Hans kompis pekar på Shakira med sitt vapen.

Den här gången är vapnen riktiga.

– Vaffan!? säger jag.

Fredrik skrattar åt oss. Shakira svarar med sitt eviga självsäkra leende. Fredrik siktar mot mitten av leendet med sin svarta pistol.

– Vi vill att ni kommer ut till farstun och klär på er! säger han. Vi som har vapen sitter i stugan, och dom andra, utan vapen, dom får frysa ute i snön!

Han skrattar igen. Han har som ett annorlunda ansikte. Dom rotar i Shakiras kläder, och norpar tillbaka pistolen. Vi går ut i farstun och sätter på våra pjäxor. Jag tar min jacka.

Om dom skall skjuta oss. Vi måste givetvis tvingas ut först. Sedan får vi gå fram en i taget...

Fan!

Fredrik motar ut oss i snön. Det är fem killar, tre med kulsprutepistol och två med pistol. Kulsprutepistolen ser otäck ut. Olivgrön. Lufthål runt pipan. Bred rem i läder. Ful och kantig. Siktar mot mig!

Vi sätter på oss skidor. En av killarna spårar, så vi ser hur vi skall åka. En kort bit. En träddunge, närmast intill stugan. Dom skall skjuta oss i dungen.

– Ni åker fram, en i taget, till grandungen, säger ena pistolkillen. Vi kommer binda er. Er utrustning, den ställer vi i snön. Ni skall frysa hela dagen, så ni blir möra! Det är bara för att vi vill ha kul!

– Ha! Ha! Ha! skrattar alla killarna.

Jag får en elastisk stropp runt mina händer. Dom spänner åt genom att dra med en stor tång. Mekanismen är självlåsande. Sedan sätter dom ett buntband över, för att dra intill mellan handlederna.

– Vad krånglar ni med gummistroppen för? undrar jag.

– Den lämnar inga karaktäristiska märken, i det fall du fryser ihjäl! svarar Fredrik muntert. Lås tummarna också! säger han.

Jag får ett ganska tunt buntband om tummarna.
Dom drar åt. Sedan sticker dom emellan tummarna,
med ett andra band, som dras åt, emellan.
Dom börjar bli klara med paketeringen. Vi skall sitta
och frysa i snön. Jag undrar om vi blir fastsatta, i något
träd eller så?

– Jag har i min visdom beslutat! säger Fredrik glatt och
hånfullt.

... Greger och Linda, tar vi tillbaka in i värmen, att leka
med!

Fredrik pekar på dom. Killarna skrattar. Dom har
otroligt roligt! Killarna åker. Tillbaka till värmen.
Jag, Shakira, Håkan och Octavia sitter kvar och
fryser i snön. Morgonen gryr sakta. Vi kommer helt
säkert att dö.

– Har dom stuckit nu? undrar jag.

– Vi är lämnade ensamma! svarar Octavia.

– Varför då? Varför inte påsar över huvudena? Varför inte
ett rep i ett träd? Varför får vi ha ytterjacka och mössa?
Varför lämna kvar skidor och stavar? Dessutom min
ryggsäck!

– Du är så bekymrad, för allting, hela tiden! säger Shakira.

– Jag har fällkniven i fickan. Men, jag kan inte få fram
den!

Octavia hasar sig i snön. Hon rotar upp fällkniven.

... Ge tillbaka till mig! Så ingen råkar illa ut!

Jag sätter igång med att försöka bända ut det
bångstyriga bladet.

– Vem tar vi först? undrar Octavia.

– Shakira ger bäst utväxling, som vanligt, säger jag.

– Du brukar sitta bunden av beväpnade banditer??
undrar Håkan.

– Det har bara hänt en gång, tidigare! svarar jag.

... Vi ligger illa till! Vi kommer snart... helt säkert...

– Det kommer fixa sig, Pia! Var inte orolig! säger Shakira.

– Vi blir dödade, säger jag. På slutet, efter den långvariga
tortyren...

– Pia!! ropar Shakira.

– Dom skär med de vassa knivarna. Håkan blir av med dasen...

– Varför har vi ett buntband om tummarna? undrar Håkan.

– För att vi skall vara helt chanslösa! svarar jag.

– Pia! ropar Shakira.

– Jag håller kniven, säger jag. Shakira håller fram händerna. Octavia hänger över oss, och siktar!

Vi trasslar ihop oss alla tre.

– Vänd bladet, Pia, säger Octavia. Luta kniven något. Shakira backar. Kniven hålls lägre. Fem centimeter kvar... Shakira backar. Eggen är emot bandet... Prova att såga litet...

Buntbandet mellan händerna. Jag känner att något smäller av. Jag försöker vara helt stilla. Shakira kan lätt skada sig på kniven. Sedan skall vi kapa bandet som håller tummarna.

... Shakira litet fram... Håll kniven mer rakt. Vrid kniven något... Fel håll, andra hållet, Pia... Shakira backar. Tummarna skall nedåt... Kontakt... Det är nära. Prova kapa nu!

Jag är orolig för att sätta kniven i Shakiras tumme. Det tunna bandet smäller av. Det tjocka brungrå bandet är kvar.

– Kan du ta kniven, Octavia; jag skall inspektera Shakira litet! säger jag.

Octavia får kniven; hon tar emot den, utan att skära sig. Jag tittar efter vad Shakira har om händerna. Det är tjock brunaktig stropp, som sitter med ett stålspänne med någon sorts hullingar. Tyvärr kan vi inte skära av den. Jag vänder mig, plockar bort resterna av plastbandet, som satt mellan händerna.

– Kan vi inte skära av bandet? undrar Shakira.

– Det är en fälla. Du skadar dig och förblöder i snön. Det får gå utan! säger jag.

– Jag kan nog inte bara dra av stroppen, svarar Shakira.

Jag sätter mig intill. Håller henne i händerna.

– Vrid båda händerna åt samma håll! Och sen vrider du
tillbaka! Håll still nu! Jag drar, så vrider du tillbaka...
... Ge inte upp nu! Vi provar flera gånger... Vrid nu...
... Jag drar i bandet på den sida som passar med hennes
högra hand. Varje gång vi vrider, bandet flyttar sig något.
Men handen är större än handleden. Det blir tyngre och
svårare. Bandet måste töja sig något. Jag drar i bandet,
det jag kan. Jag känner Shakira vibrera, när hon pressar,
vrider händerna.
Det fungerar. Jag skulle aldrig orka. Allt slitet ger
belöning när Shakira får loss sina händer.
– Nu jävlar! säger Shakira.
Hon går runt med kniven; hackar snabbt och vårdslöst
av plastbanden på oss.
... Går det inte att bara skära av stroppelendet?
Hon sliter och kapar bakom min rygg.
... Vad i hela gudars elände är det här skiten gjort av?
undrar hon.
– Polyuretangummi, armerat med något, kanske,
svarar jag.
– Vänta... Jag kan inte skära av... Men jag kan skada...
Då borde det gå lättare...
Hon sågar i mitt band. Fällkniven fälls ihop. Hon håller
mig i händerna. Sedan får jag vrida, medan hon pressar
bandet. Bandet äter sig nedåt, på ena handen, medan den
andra är samma.
Det går inte. Jag orkar inte! Pian är för klen,
som vanligt! Kommer att dö!
– Octavia! Kom och hjälp till! säger Shakira.
Hon lyfter fram Octavia.
... Håll i det undre bandet. Sedan böjer ni er framåt,
båda två, så Octavia drar i undre bandet.
Shakira tar mig i händerna. Sedan spänner vi stroppen,
genom att böja oss från varandra. Octavia drar i ena
bandet, Shakira spänner isär händerna och jag vrider.
Octavia får byta till yttre bandet. Sedan vrider jag tillbaka.
Efter några gånger, och en del skrik och stön, bandet har
krypt över handen och släpper.

... Två loss! Två kvar! säger Shakira.

Nu är vi två som drar. Det tar en stund, så är alla loss. Vi kan sätta på oss skidorna.

– Jag hade en fråga! Så, vad är svaret? undrar jag.

Jag får inget svar.

... Vi kan åka bort mot hotellet. Når vi hotellet, vi klarar oss sannolikt. Men Linda och Greger kan ligga illa till. Då klarar vi fyra av sex.

Dom tittar på varandra. Ångest.

– Du och Shakira tänker försöka frita Greger och Linda? undrar Håkan. Jag och Octavia kan fly. Då klarar sig två av sex.

Octavia glor på Håkan. Håkan glor tillbaka.

... Det är bättre att anfalla med fler. Jag går med Shakira och Pia!

– Jag chansar också. Om jag ensam klarar mig. Det är ingen vinst. Jag får grubbla och skämmas hela livet. Kväver mig långsamt.

– Så, varför inte påsar, en vakt, och linor? undrar jag.

– Du grubblar alltid så på allting, Pia! säger Shakira. Nu åker vi och tar dom!

Vi nickar. Shakira åker först. Hon åker bort ifrån stugan. Sedan runt. Vi närmar oss. Shakira åker sakta och tyst. Mina bindningar knirkar litet.

Jag åker som tvåa bakom Shakira. Jag håller utkik efter stugan. Den dyker upp mellan granarna.

Vi närmar oss stugans kortsida. Där vedboden ligger. Stugan har inte fönster åt vårt håll. Vi är helt intill stugan. Om en pistolfåne kommer ut, han kan bara skjuta ned oss. Håkan ser litet skraj ut.

Shakira går upp på trätrallen. Det hörs inget. Jag gör mitt bästa att inte göra ljud. Shakira tycker ned dörrhandtaget. Jag är ganska nära dörren.

Håkan och Octavia står kvar i snön. En meter bort. Shakira öppnar sakta dörren. Ett svagt hasande. Skit!! Shakira slänger upp dörren, med full kraft. Jag vräker på, framåt, efter Shakira, hoppar över någon grej som slamrar ned på golvet.

Shakira är före, har sparkat upp innerdörren, slår näven
i en kille, griper tag i hans vapen. Jag snor mig på, sätter
vänstern i en kulsprutepistolnisse till höger, rakt i örat,
siktar med hans kulsprutepistol mot en pistolkille i bortre
högra hörnet.

– SLÄPP NU! ropar jag. Han släpper inte pistolen. Skriker
något. Jag trycker av. Det klickar till i mekanismen. Inget
skott gick ut.

– K-pistarna är oladdade! skriker killen i hörnet. Stå still!
Vi vill inte skjuta!

Jag tar vänstern, och klappar till killen i örat. Igen!
Skitsamma! Jag är så arg att jag kokar!

... Stilla, Pia! Annars måste jag skjuta!

Vi har pistolkillar bakom oss, ser jag. Octavia och
Håkan ser spaka ut.

... Alla välkomna! Då sammanfattar Stefan läget!

Greger har händerna över huvudet, medan Linda sitter
fastsurrad i soffan med en trasa i munnen. Hon gurglar
och vrider sig. Ser tvärilsken ut.

Dom tar ut trasan ur Lindas mun. Alla ser glada och
lyckliga ut! Glor muntert på oss!

– GREGER ÄR MED SKURKARNA! skriker Linda för
full hals.

Greger tar ned sina händer. Han har litet snöre runt
händerna; det är bara att ta av. Han bjuder oss ett leende.
Vilken kompis!

– Mina damer har kommit! ropar han. Hur är ställningen?

– Anfallet kom efter trettioåtta minuter och trettiotvå
sekunder, säger en kille, som glor i några papper. Ulf har
gissat på trettioen minuter och Anders på fyrtiosju.
Aritmetiska medelvärdet av gissningar från Ulf och
Anders är trettionio minuter. Sålunda är Ulfs skattning
bättre.

... Men det geometriska medelvärdet är
trettioåttakommaettsjunollsju minuter. Sålunda är Anders
skatting bättre, jämfört med det geometriska medelvärdet.

... Jag dömer två poäng till Anders och en poäng till Ulf.

... Sedan om alla fyra kommer anfalla oss. Alla har kommit, och det ger poäng till Sture, Greger och Ulf.
... Sedan frågan om dom hinner in, utan att vakterna märker det. Detta trots vårt metallskrammel, lutat mot ytterdörren. Det är godkänt, vad jag kan se. Poäng till Greger, Fredrik och Lars!
... Sedan om båda oladdade vapnen kommer att avfyras mot oss. Det ger poäng till Urban och Stefan.
– Ömm? undrar jag. Den här, vem fan är det?
Jag pekar på han, som har kulsprutepistolens rem runt sig. Jag håller fortfarande i det oladdade vapnet.
– Inga namn!! ropar en kille.
– Det är Lars, svarar Stefan, med alla papperna.
– Jag har alltså klappat till han, två gånger, algebraiskt, säger jag. Det är alltså mindre än Shakira, som angripligt den där andra tomskallen geometriskt?
– Nja, nej, inte riktigt så! svarar Stefan.
... Och då sammanfattar jag att Anders och Greger är vinnare med två poäng vardera. Övriga en poäng, utom Henrik, som blev utan.
– Jag är en liten tjej, som stillsamt åker skidor i ödemarken i rikets värsta avkrok. Ni är det andra tungt beväpnade gänget, som angriper mig, på sådär 12 timmar. Finns det någon förklaring?
Dom tittar omkring sig. Dom är också förvånade.
... Det förra gänget, dom körde vi ut, alla oskadade, utom en, som fick på kulorna. Ni killar, ni är B-laget, då alltså?
– Vi är inte alls B-laget! ropas det ifrån hörnan.
– Den här kulsprutepistolen. Det var den ni använde tidigare, söder om Järvforsen, när ni sköt på varandra?
– Lägg av nu! Annars skjuter vi ned någon!
Linda, till exempel!
Shakira ser glad och munter ut.
– ... Är ni är A-lagarna[i], då?? undrar jag stilla.
Jag tittar runt på killarna. Shakira fnissar ganska muntert och värmande.

i Alkoholisterna

– Lägg av nu då för fan!!
– Om du skall skjuta, du träffar oss, eller skjuter du ned
någon av dina kompisar, av misstag, som vanligt?
– NU JÄVLAR LÄGGER DU AV! Vi skall bara njuta
en stund, först, så kommer ni alla att dö sedan!
Jag krafsar mig över mun. Tittar mig omkring. Glor på
Shakira. Greger ser en smula skyldig ut. Linda, surrad som
en korv, ser allmänt tvärilsken ut. Jag vänder mig mot
Shakira.
– Geometrin, klarar han sig, eller har han klappat ihop?
– Sängläge tre algebraiska dagar, sedan provkörning i alla
geometriska kroppsfunktioner! svarar Shakira.
– Jag vill nu informera... Alla stugans A-lagare... ropar jag.
– TA DOM!!! skriker en kille så det ekar i stugan.
Två kommer mot mig. Utan vapen. En tredje siktar
på mig, i huvudet. Dom slår mot mig, missar huvudet,
men sliter bort kulsprutepistolen. Sedan klappar dom på,
tills jag ligger ned i en hög. Jag koncentrerar allt jag har,
på att bara lipa, inte skrika pinsamt rakt ut.
En papplåda kommer fram. Handfängslen. Dom har en
grå låskista med ett cylindriskt torn på. Grepen är elegant
tandad och i någon sorts gul mässing. Cylinderlås!
Används av kriminalvården, för fångtransport.[i] Dom kan
vi inte peta upp. Perfekta, när du skall dumpa din ovän
ned i ån!
Dom sätter oss längs ena väggen. Två som vaktar.
Utan vapen. Två med vapen, på andra sidan rummet.
Vi sitter någon timme längs med väggen. Linda är kvar
i soffan. Vi vilar oss. Linda försöker sova. Det blir någon
mer timme, kanske.

●

Dom börjar böka med en kedja. Dom skall sätta fast oss
litet extra stadigt. Undersöker kaminen. Den är i stål och
sitter med bultar ned i trägolvet. Sofforna och bordet
flyttas undan.
– Varför har ni angripit oss? undrar jag.

i   boahandcuff.com

– Det vet du, Pia! får jag till svar.

– Hur då? undrar jag.

– I Frankrike. Du mördade min bror, säger Fredrik.

– Hur vet du det? undrar jag.

– Han försvann!

– Det fanns dom som överlevde, svarar jag.

– Ingen överlevde!

– Dom kan inte ringa. Dom omskolas, till ett nytt liv, under ny identitet.

– Skall jag tro på det?

– Om dom inte lämnar det gamla bakom sig.
... Då måste dom dö! svarar jag.

– Du bara snackar!

– Varför måste vi dö?

– Det är en hämnd!

– Men, måste vi alla dö? Linda och Håkan! Octavia!
Dom är helt oskyldiga! försöker jag.

– Alla skall inte dö! får jag till svar.

Dom släpar oss fram till kaminen. Trär fast oss,
en i taget, i kedjan. Linda lossas ifrån sina snören,
så får hon handfängsel, hon med. Jag ser att dom trycker
handfängslen ända i botten, runt hennes tunna handleder.

Du kan köpa speciella handfängsel, i mindre storlek,
för småtjejer eller barn. Tillverkade på fabrik. Det du!

Dom låser ihop tummarna. Som extra försäkring. Med
buntband. I det fall handfängslen, godkända för att motstå
fritagning av fångar, inte skulle vara tillräckligt.
Vilka galningar!

Så sitter alla i kedjan.

Fastsatta i kaminen.

Med kedjan.

Utom jag!

Dom bär in ved. Lägger på golvet. Snart är det en mur ved,
mellan mig och kaminen, där mina kompisar är kedjade.
På mitten, en driva tunnare pinnar, med papper under.
För att tända. Dom piffar till med en flaska fotogen. Det
stinker fotogen överallt. Gör klart att lämna stugan. Dom
tar av mig handfängslen, med den komplicerade nyckeln.

– Klart allt? säger Fredrik.
– Allt klart! Du kan tända!
– Lägg fram ryggsäcken, säger Fredrik.
  Min ljusblå ryggsäck släpps framför mig. Jag sitter
på golvet.
  ... Nu, Pian lille! Du skall öppna din ryggsäck...
  ... Ta fram dina egna tändstickor.
  ... Tända elden, som kommer bränna ihjäl alla dina
kompisar!
  Jag glor på han. Han är totalt sinnessjuk!
  ... Vi provar med några vedträn! säger han.
  Dom håller mig. I håret. Om midjan. I fötterna.
Jag har händerna fria. Ryggsäcken framför mig. Alla,
i banditgänget, är i stugan och ser på. Och så slår dom.
  Vedträna träffar ryggen, låren och vaderna. Där man
kan slå mycket och länge, utan avgörande skador.
Vänstra vaden skriker vilt. Han slog med den spetsiga
sidan av vedträet. Jag ramlar, med ett ynkligt skrik,
ned i ryggsäcken. Lyfter upp mig. Jag skjuter den stängda
ryggsäcken längre ifrån mig.
  Dom slår igen. Flera slag, många ställen på kroppen.
Jag kan inte ens få ut skriket. Jag får luft och skriker. Jag
kan inte komma åt någon av dom. Inte nå någon. Jag kan
bara vägra. Dom slår igen. Jag orkar inte få näsan över
golvet. Det brinner och värker där dom slår.
– TÄND ELDEN! JÄVLA SATANS SUBBA! TÄND! NU!!
  Jag vägrar peta på ryggsäcken. Dom slår igen. Jag tror
jag svimmar, kort.
– Pia! viskar Shakira. Det är inte den Olympiska Elden!
Det spelar ingen roll vem som tänder. Tänd elden!
  ... Tänd elden, Pia!
  Dom petar fram ryggsäcken. Jag håller med händerna
om ryggsäcken. Jag kan inte se. Gråter för mycket. Jag
skall tända eld på mina kompisar. Jag förstår hur resten är
tänkt. Jag drar litet i ryggsäckens öppning. Dom slår igen.
– Tänd nu Pia! Det får fixa sig på något vis!
viskar Shakira.

Jag får hjälp upp. En blöt fläck av tårar, framför mig, vid ryggsäcken. Jag ger upp. Öppnar ryggsäcken. Väldigt långsamt. Tar plastpåsen med tändstickorna. Knäpper av clipset. Tar fram den stora asken. Med stora tändstickor. Bra för darrhänta tjejer, med vantar, med mycket eld i varje sticka, så det är extra lätt att tända. Så kompisarna brinner bättre.

Men, jag kan inte! Dom slår mig igen. Jag gråter så att jag har snart släckt elden, innan den ens börjat. Jag fumlar med en tändsticka. Tvekar. Jag har svårt att se.

När jag tänder, mitt liv tar slut. Jag kommer bli tvungen att göra av med mig själv. Jag bestämmer mig för att dö. Om killarna inte fixar det, jag får göra det själv.

TANDA ENDAST MOT LADANS PLAN![i]

Jag tänder tändstickan. Den flammar upp med ett ilsket fräsande. Svavlet är extra stort på stickorna. Jag håller fram stickan. Papperet flammar upp. Jag blåser genast ut stickan. Kastar den över vedhögen, bort till Shakira. Sedan klappar jag ihop.

Dom drar ut mig. En av killarna stänger asken, stoppar asken ned i plastpåsen och stoppar plastpåsen i ryggsäcken.

Jag är ute i friska luften. Dom stänger ytterdörren. Det brinner bra där inne nu. Drar fram mig till en björk. Lyfter mig, och sätter mig gränsle på en tunn gren.

Dom pressar mina händer bakom trädets stam. Sätter på dom säkra handfängslen. En kille fixar på buntband om mina tummar. Sedan ett buntband, mellan tummarna, för att dra intill ordentligt.

– Bind fötterna, så hon inte trillar av grenen! säger Fredrik.

Ett vanligt rep. Lindar om mina fötter. Trär emellan fötterna. Knut. Binder bakom trädet. Ny knut. Sedan lindar dom runt trädet och fötterna. Ny knut.

i Tändsticksklassiker. Patent Gustaf Erik Pasch 1844-10-30. Man kunde internationellt adressera brev till Jönköpingsfabriken med *Tanda endast mot ladans plan, SWEDEN*

– Nu Pia! Du får minnas dina kompisar! Vi lämnar dig i trädet! Det är min hämnd! Livslång! säger Fredrik. Det var det sista jag hörde Fredrik säga. Han skrattar och går sin väg.

●

Jag gråter i trädet. Det gör ont i mina tummar. Handfängslen är kalla. Jag kommer tappa känseln i fingrarna. Så småningom, det kommer bli plågsamt att sitta på den tunna grenen. Men, det dröjer. Tills efter det att mina vänner är döda. Dom kommer inte dö av elden. Elden, det är senare. Det är få som dör i elden. Man dör av röken. Brandröken är giftig och sövande. Man svimmar, och sen dör man av rökförgiftning. Elden, det kommer senare. Mycket senare. Röken, det går ganska fort. Smärtfritt.

Stackars Linda. Det är mitt fel. Hon hade kunnat stanna hemma. Pappas ögonsten. Hur skall jag orka säga förlåt? Var skall kraften komma ifrån?

Octavia. Någon kille, blir totalt olycklig. Jag vet inte mycket om hennes liv. Kanske tycker hon om Håkan. Alla killar vill ha Octavia.

Jag får sitta hela dagen. Hela natten. Om dom hittar mig. I morgon. Mina händer måste amputeras. Jag kan inte skriva längre. I skolan. Kan inte hålla i pennan. Påminns, varje återstående sekund av mitt liv. När jag ser mina avhuggna stumpar.

Mina kompisar. I skolan. Jag måste fortsätta mitt liv. Yrsa. Kommer försöka muntra upp mig. Hur skall jag orka?

Stugan. Jag ser brandröken. Under ett fönster. Under och över dörren. Ifrån andra sidan. Det pyser rök ut ur stugan. Dom dör nu. Jag kan inget göra. Utom att göra dom sällskap.

Jag försöker dö där jag sitter. På ren vilja. Jag tror jag svimmar. Jag kan inte se.

Shakira. Ljus bakgrund. Jag ser hennes siluett. Mörk siluett. Håret blåser i sommarvinden. Hon ler, sitt speciella glittrande leende.
Du är min bästa kompis, Pia!

Shakira sitter med mig i mitt rosa flickrum. Shakira har vänt upp och ned på hela skolan. Klassens bråkstakar har fått ordentlig opposition. Skolans superkändis. Hon är här med mig. I mitt rosa flickrum. Hemma! Hos mig!
Hon tar på sig den röda tröjan. Annas tröja. Inte sin egen. Hon vänder sig. Plötsligt sitter hon där. Anna, min kompis ifrån skolan. Min bänkkamrat. Förvandlad. Med glasögonen. Hon skojar med mig! Klär ut sig i skolan!
Hej! Jag heter Anna! säger hon.

Jag håller i den iskalla tunga aluminiumstången. Det är svart. Strålkastarna bländar. Jag ser ned. Jag är högt upp. Fasansfullt högt upp. Höjdrädslan suger i mig. Framför mig, den tunna grå stålwiren. Det är eltejp runt den. Markeringar. Vit, Grön; längre bort en röd tejp. Shakira är bakom mig.
Gubbarna slår vad, om hur långt du klarar, Pia!
Jag sätter ut första foten. På linan. Koncentration!
Hälften har satsat på, att du fegar ur på plattformen, Pia!

Mitt flickrum. Jag sitter ned på golvet. Jag har panik. Jag tar upp den lilla plastpinnen. Ser ut som en termometer. En linje, och jag är inte gravid. Två linjer, och jag är gravid.
Jag mördade barnets far. Jag måste berätta för min mamma. Jag mördade barnets far, innan barnet ens är fött.
Jag tittar. Den har två linjer!! Gravid!! Jag kortsluter. Jag är gravid! Kan inte andas! GRAVID!!
Du är inte gravid för fem öre, Pia! Testet skall läsas av direkt efter kontrollinjen! Lugna dig nu Pia! Inte gravid, Pia! Du blir alltid så nervös för allting! Minsta lilla! Lugna dig nu Pia!

Det blir mörkt. Natten kommer. Mörkret med Ondska.
Jag håller om Shakira. Hon har lugnat sig. Hon berättar.
Om sin barndom. Det som hon aldrig någonsin berättade
för någon annan.
När jag var liten, min mamma, det var en urgullig lurvig
vit och brun hund. Hon bodde i en hundbur, och jag i en
annan.
Mörkret blir sotsvart. Jag håller om Shakira. För att trösta
henne. Huvudet vrids bakåt. Pinan griper henne. Smärtan.
Den ohyggliga; den man bär inom sig, den som aldrig kan
lindras.
Dom sköt min mamma. Med en revolver. Blodet...
på väggen... och dom sa...
"Du får inte ha någon kompis..."
Jag kämpar med att trösta henne. Hon vibrerar som en
maskin. Jag är rädd hon skall rusa rakt ut över branten.
Välja döden.

Ytan. Jag är under ytan. Dränkt. Shakira lyfter mig ur
sjön. Jag hostar. Hela sjön är i mig. Hon har dränkt mig
i sjön. För att hjälpa. Jag visar rätt sorts deltagande.
Jag är en galning!
Jag kunde lyfta mig själv, lyfta mig upp ur sjön, hjälpa mig
själv, upp ur ondskan, så att jag slutligen inte var själv,
utan jag fick hjälp. Hjälpa mig själv!

En skugga kommer fram till mig. Jag ser henne. Hon
kommer närmare. Jag försöker förklara. Min röst kraxar
fram. Otydlig och konstig. Hes. Jag kan inte prata längre.
– Jag visste... att en dag... jag kommer svika dig! säger jag
ut i den tomma iskalla grå förmiddagen.
Det är inte ditt fel, Pia! Du har ett helt liv framför dig!
Glöm mig inte!

Jag klarar det inte. Jag kan inget se. Allt är grått, svart, kallt.

Det är något fel med Pia! hör jag Linda säga.

Hjälp henne! hör jag Octavia.

Vi är alla hos dig, Pia! säger Håkan.

Jag är död nu. Jag är inte kvar i trädet. Jag är kall om mina händer. Jag kan inte se. Inte förstå. Jag klarar inte mer.

– Fel. Något är fel. Hon har fått i sig något? undrar Linda.

Linda är möjligen ännu mer orolig än vad jag är. Jag är bara borta. Kanske jag kvicknar till. Det spelar ingen roll. När jag kvicknar till. Ensam. Då skall jag dö. Dö!!

– Kan vi göra något? undrar Octavia.

– Jag har något, säger Linda. Pia! Kan du hålla i den här?

Jag får något kallt i mina händer. Runt. I plast.

– Försök dricka en slurk, Pia! säger Octavia.

– Det ser ut som fan, men det är släckt nu, säger Håkan.

– Får ni fart på Pia? undrar Shakira.

Håkan. Jag vet inget om Håkan. Föräldrar. Kanske en flickvän. Hans liv. Han har rätt till sitt liv. Det är mitt fel. Att han dog.

Jag försöker få i mig en slurk. Det smakar sött och konstigt. Om jag dricker upp. Jag raderas. Så jag inte längre finns. Borta. Slut.

Shakira är framför mig. Jag ser henne. Hon har sina skidkläder på sig. Jag förstår ingenting.

– Pia! Vi måste åka och rädda Greger! Han är illa ute! säger hon.

Jag kan inte svara. Ingen röst är kvar. Greger skall dö. Dö! DÖÖ!!!

Jag glor. Hoppet. Det är Hoppet som till slut mördar dig. Hon ser så verklig ut. Om hon klarat sig?

Allt svart!

Det snurrar runt i huvudet. Alla pratar i mun, och snurrar runt mig. Så stannar det till litet. Jag sitter i snön, i en hög.

– Greger är inte dålig, säger Shakira. Han gav mig nyckeln till handfängslen. Kvickna till Pia! Alla har klarat sig!

Vi måste få tag i Greger, innan dom kommer på oss!
Du måste kvickna till! Vi kan inte släpa eller bära dig!
Jag tar sista slurken av mitt raketbränsle.
... Kan du se mig, Pia?
– Jag är dålig. Det är mitt fel, alltihop! svarar jag.
– Ström på, Pia! Vi måste skynda oss! Gav dom dig
något att dricka, Pia?
– Jag kan inte stå upp, svarar jag. Slut, inuti. Har min
väska klarat sig?
Jag rotar i ryggsäcken. Jag har en till flaska, med
Raketbränsle. Jag klunkar i mig hela. Stoppar tomflaskan
tillbaka i ryggsäcken. Fan! Avsett för nödsituationer!
Fan!
Jag reser mig.
... Är det sant, att alla har klarat sig?
Jag räknar dom två gånger. Det ser så ut. Jag räknar
igen.
– Kan du åka skidor, Pia?
– Ja, det skall gå bra! svarar jag morskt.
Jag dimper raklång ned i den hårda snön.

•

Jag åker efter dom andra. Näst längst bak. Octavia är
bakom. Hon skall se, om det ser kul ut, när jag faller!
Snart!
Jag gråter det jag kan. Det skakar i kroppen på mig.
Linda är före. Tittar nervöst på mig. Alla handfängslen
hade samma nyckelkombination. Kryss på ordersedeln.
Olika nycklar, eller alla samma. Greger gav Shakira en
av nycklarna.
Shakira. Jag är inte bra på skådespeleri. Hon kunde
inte säga något. Jag var tvungen att få stryk. Så det skulle
se riktigt ut. Jag har ont överallt. Men jag är inte skadad.
Blåmärken.
När det blev ordentligt med rök. Så det såg rätt ut.
Octavia fick upp kaminens lucka. Rena dammsugaren.
Frisk luft kommer in i stugan.

Plastbanden om tummarna. Shakira fiskade fram ett vedträ, och satte bandet i elden. Förmodligen har hon en besvärlig brännskada. Min tändsticka. Att elda av banden, på dom andra.

Det är vackert. Granarna har skuggor. Nästan sol. Snön glittrar i vitt och blått. Små iskristaller, i en gren. Gnistrar som diamanter. Shakira är först. Letar efter killarna. Hon lägger spåret åt höger och vänster. Vi skall hitta Greger, innan någon enda av killarna ser oss. Alla småträd ser ut som beväpnade banditer. Om dom ser oss, dom kommer försöka mörda Greger genast.

Vi följer vägen. Jag vet inte vad killarna kan ha för sig. Dom borde ju sticka.

Linda håller upp handen. Böjer sig ned på skidorna. Vi har kontakt. Jag vill hjälpa till. Men, jag kan inte. Darrig och svag. Det är förfärligt, vad det drar energi, att mörda en handfull kompisar! Kom ihåg, att ladda ryggsäcken, med en extra flaska Raketbränsle!

Vi kan åka fram. Greger, Shakira och en kille, står på en plogad mötesplats till vägen. Greger håller i en kulsprutepistol. Shakira har en pistol. Killen håller upp händerna. Shakira rotar i hans fickor. Plockar girigt åt sig allt användbart som hon hittar.

Greger håller kpisten till ögat, och siktar killen rakt i ansiktet. Greger ser farlig ut. Han står inte för nära. Shakira knäpper på ett av handfängslen. Dom har nycklar. Men, vi hinner sticka.

Jag står nere på vändplatsen. Tittar in i Shakiras ögon. Blinkar inte. Hon ser tillbaka. På mig. Hon grunnar på något. Kanske är hon orolig. Jag är tom inuti. Hon kan se rakt igenom mig.

Jag ser på Greger. In i hans ögon. Han ser tillbaka. På mig. Han skrattade och tittade på, när dom slog mig. Sönder och samman. Jag blinkar inte. Han håller i en pistol. Inte i handtaget. Greger håller pistolen i manteln. Han tänker. Jag vet inte vad han tänker. Han tänker en stund. Jag blinkar inte. Han räcker mig pistolen. Sakta. Jag tar emot den.

Jag fortsätter titta på Greger. I ögonen. Inte på pistolen. Jag håller pistolen i handtaget. Hittar den sträva knappen. Tar ur magasinet. Stoppar magasinet i fickan. Fortsätter se på Greger. Stirrar. Drar och spänner mekanismen. Fångar skottet, som var i patronläget. Stoppar skottet i fickan.

Jag vänder mig om, drar i mekanismen igen, tittar noga efter i den öppna pistolen; inget i pistolen. Avfyrar mot marken. Pistolen är oladdad. Jag spänner pistolen. Blundar. Fantiserar. Jag ser en gran. En kille bakom granen. Han har gevär. Ser mig. Han siktar. Jag trycker av pistolen. Klick! För sent. Spänner igen. Killen. Han ser mig. Siktar med geväret. Klick! För sent. Den har hårdare avtryck än min egen pistol. Skottet måste gå vid exakt rätt tidpunkt. Klicket måste stämma. Jag provar igen. Klick! Träff! Jag kostar på mig ett litet leende.

Han är bakom granen. Gevär. Siktar på mig. Klick! Nu stämmer det. Man behöver öva ofantligt med sin pistol. Han siktar. Klick! Träff! Nu jävlar! Jag får på ett leende. Nästan Shakiras storlek och lyster. Jag provar några gånger till. Klick!

Jag tittar upp. Dom glor på mig, ser jag. Jag sätter i magasinet. Drar i mekanismen. Säkring på. Ur med magasinet. Laddar det lösa skottet. I med magasinet. Stoppar pistolen i fickan.

Greger håller fram en hel ask Godis. Omantlad mjuk blyspets. Man tar emot det som bjuds. Jag stoppar en näve i dragkedjefickan. Jag tittar mig omkring. Hungrigt. Vi skall köra!

– Nu, skitskallen, säger Shakira, du ser solen? Den är där! Då är väster åt det där hållet! Vi åker åt väster! Kom och ta oss! Solen på vänster sida, och följ spåret! Vi väntar inne i skogen! Kom, om du törs! Var inte en mes! Flickorna väntar på dig! Småflickorna!

– Linda! Jag är så ledsen! säger jag. Att din orimliga otroliga uppoffring, vid Järvforsen, inte betalade sig! Nu provar vi något annat! Det där andra! Vi kör!

ELDSTRID

Vi åker snabbt västerut. Dom kan inte låta oss löpa.
Dom måste komma efter med allt dom har. Vi har två
pistoler och en kulsprutepistol. Förmodligen våldsamt
kort om ammunition. Vi har åkt en bit in i ödemarken.
Vi tar beteckning i en träddunge. Öppet fält. Mot fienden.
Framför oss. Där vi har åkt. Dom behöver bara följa
spåret. För att hitta oss.
Jag rotar upp en papplåda med skumgummiga gula
öronproppar ur ryggsäcken. Förser mig, och skickar lådan
till Shakira.
– Vinterstrid! säger Greger. Vanligt att vapen hakar
upp sig. Is och snö, i pipan eller mekanismen.
Vapenfett får inte användas! Torrt vapen!
Han visar siktet för Shakira. 100m, 200m och 300m.
Fällbart.
– Man skall smörja med motorolja 0W–30, sa dom
till mig.
– Det verkar smart, svarar Greger. 0W–30, det är den
tunna oljan?
– Det är för kallstart, av dom nyaste motorerna, i den
allra värsta kylan, svarar jag. För pistoler, du använder
den första siffran. Mindre är tunnare olja. Den andra
siffran, den är för varm motor.
– Håll ned skallen ordentligt! säger Greger. Man kan
skjuta rakt igenom snön. Svårt att få skydd. En sten
är guld värd!
– Det fixar sig, Greger! svarar jag.
– Spara på ammunitionen. Vi har bara litet.
Ett par magg var, bara.
– Greger?
... Du är inte rädd... Greger...? undrar jag.
Han grubblar litet.

– På stridsfältet!! Det finns bara tre sorters soldater!!
... Dom vansinniga!
– Shakira, då!
– Dom rädda!
– Du, Greger!
– Och dom döda!!ⁱ
– Det blir jag, det! svarar jag. Fan, nu kommer dom.
Det är den vansinniga sorten, som kommer, tror jag.
Det slamrar i skogen. Skidor och stavar. Dom ropar
till varandra, också. Dom dyker upp i skogsbrynet.
– **Kack! – Kack! – Kack!**
Greger ger dom en salva. Dom skriker och kastar sig
ned. Dom är där borta. Jag spanar litet. Ser inget.
Dom är nere i snön.
Pistolen. Jag undrar hur den går? Jag tar sikte på
största möjliga träd. Borta vid killarna. Trädet har en
kvist eller märke. Jag skall prova litet. Siktar på märket.
– **PANG!**
Det tog högt. En bit över. Siktar noga, på kvisten.
Försiktigt... Nu...
– **PANG!**
Över, igen. Litet till höger. Siktar på kvisten.
Precis på... Öh... Nu....
– **PANG!**
Killarna skriker, där borta.
– Kan du se dom, Pia? undrar Shakira.
– Jag skjuter i ett träd! svarar jag.
Litet högt och en smula till höger. Nu provar vi!
Lågt, litet vänster... Det skall ta vid kvisten...
– **PANG!**
Det ropas, där borta. "Ligg ner!! Fan!! Dom ser oss!"
Skottet tog nära kvisten. Jag tänker ta ett skott till.
Jag försöker jämföra vinkeln med siktet på pistolen.
Riktar om. Lågt, vänster.
– **PANG!**
– Pia, vaffan! ropar Greger. Ser du dom?

ⁱ   Källa till originalet saknas. Troligen någon taskig samtida krigsfilm.

Säkrar. Ur med magget. Pistolen i fickan. Så den inte får snö. Dragkedjan. Fyller på magget. Det var inte helt fullt. Petigt med magget. Kan gå att klämma ned ett skott för mycket, med resultatet att pistolen hänger sig. Det är hål bakpå. Jag stoppar i ett skott till. Lägsta patronen syns nu i det nedersta hålet. Magget in i pistolen.

– Dom kommer gå runt. Vi måste snabbt bakåt! ropar jag.

Vi sätter igång att åka skidor. Linda, Octavia, Håkan. Nu blir dom först. Vi hittar en bra träddunge, en bit fram. Vi går i ställning. Greger och Shakira till vänster. Jag är till höger. Jag ser att Greger är orolig. Har inte förtroende för sina tjejsoldater.

Fördröjningsstrid är det svåraste som finns. Allt blir bakfram. Man måste hålla fienden med eld, och sedan hinna backa. De med minst erfarenhet, av vinter och eldstrid, dom kommer gå först, för de måste vara längst bak.

Nu kommer dom!

– Kack! – Kack! – Kack! – Kack!

Jag tittar. Jag ser en. Sikta lågt, litet vänster... Försiktigt...

– PANG!

– AAAAJJAHAAAAAAA!!! hör jag där borta.

Dom skriker och svär. Vi väntar litet.

– HA!! HA!! HA!! HA!! HA!! HA!! HA!! HA!! HA!!!

Luften skriker som ett expresståg, i full inbromsning. Jag ser Linda hålla sig om mössan.

– Ner med skallen!!! ropar Greger.

– Har dom ammunition till en sådan där? undrar jag högt.

Vi ser dom!

– Kack! – Kack! – Kack! – Kack!

Dom skriker! Håller ned sina skallar. Jag ser något av tyg. Noga, nu...

– PANG!

– Jaaahaaajaaaaahhhh! Jääävlaaaar!!

– Två–Noll! skriker Shakira till dom.

Vi åker. Vi har spår att åka i. Håkan Octavia och Linda
är redan i nästa dunge. Håkan har inte åkt rakt, utan
dragit spåret en hel del åt sidan. Söderut.
Vi tar beteckning i dungen. Det vita, framför oss.
Stridsfältet. Vi spanar litet försiktigt. Dom smyger
försiktigt fram. Greger ser något.
– Dom är framme! Ned med skallen!
Jag tittar bort mot Greger. Shakira, satmaran, har rest
sig. Hon tar ett steg. Ett och ett halvt. Sedan dyker hon i
snön. Killarna skjuter vilt, med allt om har. Det ryker upp
snö ifrån kanten.
– **HA!! HA!! HA!! HA!! HA!! HA!! HA!! HA!! HA!!**
Expresståget går in i snön tätt över oss. Det är då fan
vad den väsnas, kulsprutan!
Det är en lätt 7.62 bärbar kulspruta. Den skjuter
gevärsskott. Dom går över ljudhastigheten. Så dom visslar
när dom går igenom luften. Det gör alla gevärsskott. Men,
en KSP, det hörs bättre, när du skjuter 20 skott i följd.
– Håkan! ropar jag. Tillbaka till originalkurs. Längre bort.
Två dungar! Kör!
Jag spanar litet åt sidan. Två har avvikit och har sattyg
för sig. Jag ser. Jag siktar. Jag kramar. Har jag tur?
– **PANG!**
– Ihhhihiiii!!
– Jävlar! Hjälp! Hjäääälp!! Jäävlar!!
Idag, jag har tur!
– Tre–Noll! skriker Shakira till com.
Jag packar mig upp på skidorna, och åker. Man kan
åka snabbt i det färdiga spåret. Jag orkar köra fort, bara
en kort stund, men det räcker ju.
– **Kack! – Kack! – Kack! – Kack! – Kack!**
Greger eller Shakira skjuter, där bakom. Jag ser;
dom kommer i full fart nu. Förflyttningen är farlig.
Vi åker rakt igenom nästa dunge, och fram till nästa.
Snabbt ned i snön! Jag hittar en kulle som skydd; kanske
är det en sten i den.
Vi får vänta. Så ser jag! Långt till höger. Det kommer
två på skidor. Skall skjuta om vi försöker lämna dungen.

Inte den här. Dungen vi har framför oss. Men, där är vi ju inte!

Greger och Shakira mumlar om något. Dom skall skjuta båda samtidigt. Shakira har pistol. Jag spanar. Jag vill se!

– Kack! – Kack! – Kack! – Kack! – Kack! – Kack! – Kack!
– PANG! PANG!

Dom fick bråttom ned i snön. Dom har inget naturligt skydd, där dom är. Det är så illa, att man kanske borde åka närmare, och skjuta dom litet mer ordentligt. Så har vi dom över oss, allihop!

Jag håller ned näsan. Tittar bakåt. Lindas mössa sticker upp!

– LINDAAA!! Ner med skallen du blir skjuten snabbt ned ducka!! skriker jag i panik.

Mössan fortsätter guppa borta i snön.

– Jag har mössan på en pinne! svarar Linda. Det är en grop här!

Jag ser Octavias mössa också. Sedan något svart. Det kommer upp en pistol bredvid Lindas mössa!

– Linda? Har du fortfarande kvar plastpistolen? undrar jag. Hur då?

– Den har legat i jackan, Pia! Nu skall den komma till nytta!

Killarna skriker, borta i dungen. Nu skjuter dom. Det yr upp snö bredvid mössorna. Ingen skjuter mot mig. Jag tar en titt. Jag ser en fåne. Siktar. Noga...

– PANG!

Jag är tillbaka bakom stenen. Det är tyst borta vid killarna.

– Tre–Ett! skriker Shakira

Shakira ger dom den Psykologiska Krigföringen...

– Blod! Blod! Hjälp! Lars är skadad! Hjääääälp!! hör jag i fjärran.

– Fyra–Noll! skriker Shakira.

Vi sätter fart till nästa dunge. Vi kan inte stanna. Ständigt byta position, längre bak. Hela tiden längre bak!

Den här dungen är liten. Man kan se runt. Stort öppet
vitt fält, bakom oss, som vi skall över. Killarna kommer.
– **Kack!** – **Kack!** – **Kack!** – **Kack!**
– Greger! Träffar du något, med den där gröna grejen,
du har? undrar jag.
Han glor på mig.
... Jag vill höra att dom skriker!
Greger siktar bort mot fjärran.
... Att dom skriker på hjälp!
Shakira tittar på mig.
... Att dom får lida och dö!
Jag får en tumme av Shakira.
Vi ligger ganska illa till. Om dom kommer runt,
vi är fast. Dom är fler. Bättre vapen. Mer ammunition.
Och någon sorts transporterbar kulspruta. Vi måste
genast göra något.
... Ge eld! Jag skall instruera Håkan och tjejerna!
ropar jag.
– **Kack!** – **Kack!** – **Kack!**
Jag åker fram till dom.
– Vi måste backa snabbt, så dom inte kommer runt. Ni tre,
åk i förväg. Stå på det ni kan, ända ned till sjöstranden.
Leta på en brygga eller något hus. Jag behöver en båt.
Inte ett slagskepp. Roddbåt. Gärna med åror, och gärna
utan en kedja om ett träd. Finns på bockar under en
översnöad presenning. Ni får leta! Kör nu, på en gång!
Dom sticker. Killarna försöker skjuta mot dom.
Dungen är för liten. Har ingen dold sida.
– **Kack!** – **Kack!** – **Kack!**
– Vi måste sticka! säger Shakira.
– Dom skall fan få att göra först! svarar jag.
Dom till höger, där är det bäst chans. Jag tittar noga
mot dom. Siktar. Jag kanske kan skjuta rakt i snön?
Igenom? Jag grunnar. Det är nog bara slöseri med
ammunition... Skrämma dom litet, kanske? En skalle
kommer upp. Jag känner igen han!
– **PANG!**

Det var Fredrik. Vilket trevligt och värmande sammanträffande!
Vi åker över nästa fält. En hel del skidåka. Jag åker först. Greger skjuter. För att visa att vi är kvar. Sedan kommer dom. Snabbt!!

•

Vi sliter med skidåka och skjuta. Vi börjar gå lågt på ammunition. Alla våra vapen är 9mm med samma sorts pistolammunition. Vi måste försöka backa ännu snabbare. Jag ser Håkan på fältet bakom oss. Han kommer närmare. Mot oss. Han kommer i ett nytt spår. Jag åker för att möta han. Det är något som är fel. Han kan inte säga något, när han kommer fram. Har åkt för fort.
– Uhhh Ähhh!!
– Vad är fel? Håkan?
– Järvforsen. En kilometer, kanske. Finns bro. Jag kommer ifrån bron. Träddunge bakom bron. Man kansk... kanske kan hålla dom länge, vid bron?
– Bra! Kör! Fort! Vi kommer snart! Vänta inte halvvägs. Kör till stranden, leta på en båt!
Han vänder och kör tillbaka. Jag kör fram till Shakira och Greger.
– **Kack! – Kack! – Kack!**
– Ahhh! hör jag bortifrån killarna. Sture är träffad! Hjälp! Hjälp honom!!
– Har ni då äntligen fått träff i någon! säger jag till Greger. Han glor på mig.
... Det är alltid givande att träffa nya killar!
Shakira ser glad ut. Sedan spanar hon över snön med sin pistol.
... Man kan höra, vad dom säger, när man träffar dom! Greger glor på mig.
... Håkan kom tillbaka. Stort öppet fält. Håkan har spårat. Bro över Järvforsen; forsen kommer ned norrifrån. Finns dunge bortom bron. Skall vi köra?
– Pia först, Greger halv minut bakom; jag kommer när ni har lagom försprång! svarar Shakira.

– Spåret är som till höger, säger jag och visar med handen.
Och så åker jag. Fort. Så mycket jag orkar. De första
hundra metrarna är viktigast. Sedan är jag utom räckhåll
för pistoler. Gevär kan nå mig en kilometer.
Nu går det utför. Jag kan höra Järvforsen. Den är strid.
Spåret går uppåt igen. Skott! Kastar mig ned i snön.
Skotten kom från höger. Jag vet inte, kan inte se. Greger
kommer ut ur dungen. Han kör på framåt. Han stannar
och siktar med K-pisten.
– Kack! – Kack!
Jag hör dom tjoar, där borta. Jag kryper upp mot åsen.
Jag har som en liten höjd, till höger, bara litet längre fram.
Jag försöker använda skidorna. Komma upp på skidorna.
– Kack!
Jag är utom synhåll, tror jag. Snabbt fram till kanten.
Om killarnas kompisar förstår att vi fastnat, hinner runt
dungen, vi är slut.
– Kack!
Jag ser dom. Det är två. Dom siktar bort mot Greger.
Snabbt! Hjälpa till, innan dom träffar Greger. Han står
mitt ute på snön, och väntar på att bli träffad. Framifrån,
bakifrån eller ifrån sidan!
– PANG! – PANG!
Jag behöver bättre träffar. Närmare, längre fram.
– Kack! – Kack!
Jag hoppas Greger kommer nu. Jag reser mig, upp på
skidorna. Nu ser jag!
– PANG! – PANG! – PANG!
Jag åker fram på skidorna.
– Pia! Snaaaabb!!
Det är Shakira som ropar. Jag är framme nu.
Jag ser ögon, i den ena.
– PANG!
Pistolen ner i fickan. Den där gröna grejen, han skjuter
med. Jag drar; får loss remmen. Han har en liten väska.
Han har den framför sig. Den är stängd. Jag tar väskan.
En chansning. Sedan åker jag.

I spåret, där borta, det går fortare att åka. Utanför spåret. Långsamt, men jag kan gena. Jag försöker sikta till ett mellanting. Både Greger och Shakira är framme nu. Shakira kör över den sista åsen, före Järvforsen. Greger står still, och siktar med den gröna grejen. Jag gör det jag kan på skidorna. Fort fort!!

Jag skidar mot åsens krön. Jag kör allt, som om åsens krön är slutet på skidåkningen. Sista spurten före målgång. Jag kommer över krönet. Det är slätt en tio meter på toppen. Sedan sakta nedåt igen, mot bron. Jag räcker Shakira den gröna grejen jag snodde. Behåller väskan. Dyker ned i snön.

Jag tar upp pistolen. Ur med magasinet. Fyller på ifrån fickan. Nu har jag lågt med skott. Greger kommer farandes på sina tunna skidor. Han har fått upp en väldans fart, med beväpnade galningar i baken!

Jag räcker han den tunga väskan.

– Är det ammunition? undrar han.

– Ett askfat i marmor! svarar jag.

– Pia! Du måste fortsätta! säger Greger. Vi får inte bli fast på den här sidan bron! Kör! Nu genast! Vansinne att åka fram och sno ett vapen! Fan!

Han tittar bort mot Shakira. Hon ser så glad ut, som alltid. Nu har Shakira och Greger var sitt av dom osedvanligt utstuderat fula gröna eldrören.

Jag åker skidor utför, ned mot bron. Bron är smal; en gångbro. Jag kör över bron. Den är i ett enda spann. Det gröna läbbiga vattnet under. Sedan svag uppförsbacke in till grandungen på andra sidan.

Tar upp pistolen. Siktar upp mot åsen. Det är för långt för att skjuta. Greger åker över bron. Sedan stannar han, i det fria. Utan skydd. Shakira åker. Han siktar upp mot åsen, bakom Shakira. Jag kan skjuta upp mot åsen, men det är långt. Greger åker fram till dungen. Han kommer in bland träden. Säger inget. Tittar inte på mig. Ställer om siktet, ett steg. 200 meter. Siktar upp mot åsen. Han har ett träd som stöd.

Den gröna grejen ser fånig ut i hans stora händer. Shakira
hinner precis in, bland träden, när dom dyker upp på åsen.
– **Kack!** – **Kack!** – **Kack!** – **Kack!** – **Kack!** – **Kack!**
– Dom sätter upp KSP:n, säger Greger. Sedan skjuter dom,
medan dom rycker fram över bron. Pia! Åk bort, ända
fram till tjejerna! Det kan vara långt! Kör nu!
– Pia! Ta min anorak! Jag skall prova en grej!
säger Shakira.
Hon river av sig det tunna plagget. Hennes anorak är
orange. Hon har en gråbrun tröja under. Knyter anorakens
ärmar i min ryggsäck. Greger öppnar den tunga väskan
som jag snodde.
– Fan! Det är ju am! Pia! Ta litet! säger Greger.
Jag får en skopa skott som påfyllning. Nu har jag
både i pistolen och i fickan.
– Jag kör! Om vi har litet tur, det skall bli stillsam
kvällskryssning ute på öppna havet! säger jag.
– Du skall inte göra något farligt nu, Shakira?
undrar Greger.
Shakira svarar med Leendet. Greger fyller på K-pistens
magasin. Greger glor på Shakira. Litar inte på henne.
Shakiras tunga kommer ut och vädrar sig. Och då kör jag.
Jag hoppas Shakira har tur, och Greger starka nerver.
Spåret går väster ut. Det sladdar sig fram i snön.
Det är bra, att jag åker till det, för Greger behöver litet
bättre spår.
Efter en stund, jag hör kulsprutan mata på i fjärran.
Några få spridda skott i retur. Sedan skjuter den igen.
Dom kommer få slut på skott till KSP:n. Nu skjuter den
igen. Mina vänner får inte stanna kvar för länge.

•

Jag åker och åker. Det är långt. Sjön vill aldrig dyka upp.
Jag börjar bli trött. Terrängen blir mer kuperad. Jag har
inget problem med uppför. Jag har gudomligt fäste under
skidorna. Men utför, jag orkar inte åka på ordentligt.
Glidet är inte det bästa.

Så ser jag det mörka. Sjön. Den ser stor ut. Jag kan
se träden, långt därborta, på andra sidan.

Spåret viker av åt höger. Nordväst. Längs med
stranden. Jag ser inga hus eller bryggor. Jag följer spåret.

Blir trött. Orkar inte. Stannar och vilar mig. Dricker
en skvätt vatten. Skidspåret försvinner, där borta. Jag
fortsätter att åka. Jag ser en igenfrusen brygga och någon
sorts bodar. Skidspåret går fram överallt, åt alla håll.
Dom hittade inget. Det fasta tillkörda skidspåret tar vid,
på andra sidan.

Skidspåret är bättre. En liten dunge granar framför.
Spåret går vid stranden. Dungen är till höger. Så svänger
spåret tillbaka, in i dungen. Dom har ordat en plats att
bevaka, om någon kommer efter. Jag fortsätter åka åt
nordväst.

Jag ser någon! Kommer mot mig, i spåret. Inte Håkan.
Det är Octavia. Jag undrar om hon vill något. Något är
fel, och det kommer strula till sig! Skit!

Men hon ser mig. Stannar. Vänder. Åker bort, ifrån
mig. Sådana kompisar jag har! Sticker! Snabbt, dessutom.
Hon försvinner, där borta, i fjärran.

Octavia har stannat. Skidspåret har åkare, som åkt runt
och letat. Mitt spår, det är bättre. Rakt fram. Jag åker på.
Octavia är där framme. Jag stannar till överst på en kulle,
så jag ser litet. Jag ser bakåt. Tittar noga efter. Jag ser
ingen.

Jag fortsätter framåt. Octavia väntar, där framme. Det
var värst vad vi får åka långt. Men, till slut, jag är framme.

Dom har hittat en plastbåt utan snurra. Helt perfekt.
Och sjösatt den. Men. Det är is vid bryggan.
– Vi kommer nu! Alla i båten! ropar jag.

Vi bordar flytetyget. En kort isränna går fram till
isvallen, där det fria vattnet tar vid.
... Vi går ut, och ser om vi kan få hål i isen!

Håkan lösgör surrningen, som jag gärna önskat att jag
sluppit se. Isen är ganska tunn vid bryggan.
Isvallen går tvärs över, så vi behöver ett hål. Vi kommer
fram till isen. Går på. Den är strax bortom bryggan.

– Hur gör man, Pia? undrar Linda.

– En åra mot botten. Alla kommer hit bak. Se upp så båten inte sjunker. Sedan kör vi fram till isvallen... Litet till. Håll nu båten med åran. Och så går vi framåt! Båten trycker hål på isen.

Det fungerar inte. Isvallen är tjock. Lasta ur båten, dra den över isvallen, verkar livsfarligt.

... Tillbaka till bryggan! säger jag.

Det är inte långt, några få båtlängder.

... Jag vill åka längs med stranden, säger jag. Slå bort isen; isen skadar båten. Båten är bara plast! Slå sönder isen, så båten inte skadas!

Vi kommer en liten bit längs med stranden, sedan tar vi babord ut mot isvallen. Vi kör upp fören och testar. Isvallen spricker, så vi kan få över båten. Backar tillbaka till bryggan.

– Kommer dom inte snart, Pia?

Jag grunnar på om dom blivit nedkämpade, så killarna snart är här. När dom kommer, vi måste åka genast. Vi skall sitta länge i båten.

– Håkan! Hur har du det med stången? undrar jag.

– Just nu, det är en bock! svarar han.

Han pekar in mot båtarna. Jag låter skidorna ligga kvar i båten, och så går jag. Octavia följer efter, för att hålla en hel massa kläder, som måste av.

Vi sitter i båten och väntar. Håkan har berättat, att man åkt i spåret, så det skall gå snabbt att komma fram. Octavia åkte hela vägen längs med stranden; fram och tillbaka. Nu är hon orolig, och åker för att se efter. Vem som är först i spåret.

Vi andra väntar i båten. Jag håller i en liten bit trä, entum tvåtum och två händer lång. Jag norpade träbiten uppe vid bocken. Så kommer Octavia.

– Greger kommer som en landslagsåkare på tremilen; han är snart här! säger hon.

Så smiter hon tillbaka, för att visa vart Greger skall åka, när han kommer fram. Jag är orolig. Orolig att Greger skall komma ensam.

Greger kommer fram. Greger och Octavia pratar litet.
Octavia ser lugn ut. Greger kommer ut på bryggan,
packar sina skidor, kliver i båten.
– Har jag någon plats? undrar han.
– Du skall ro. Det är för den psykologiska krigföringen!
svarar jag. Kommer Shakira?
– Hon kommer. Hon skall irritera killarna litet, om jag
måste hjälpa till med sjösättningen, svarar han. Så vi får
några minuter att pyssla! Ni fick i båten själva?
– Vi tippade den och släpade den på snön, svarar Håkan.
Vi har strul med iskanten, men det skall gå på mitten,
där borta; det finns en spricka.
– Det blir inte otäckt ute på sjön? Det blir snart mörkt?
undrar Octavia.
– Du är väl inte rädd, Octavia? undrar Greger.
– Är det säkert? Kan vi sitta allihop, i den lilla båten?
– Du har tänkt att stanna kvar på stranden, och låta
dom kärlekstörstande männen förlusta sig på dig?
undrar Greger.
    Håkan håller för munnen. Octavia hoppar i båten.
Vi tittar bort efter stranden.
    Shakira kommer. Det ryker snö omkring henne.
Hon åker rakt ut på bryggan, med skidorna på. Rasar
ihop i en hög. Håkan får av henne skidorna. Hon flåsar
som ett ånglok i brant motlut. Slingrar sig ned i båten.
Håkan bordar med Shakiras skidor och stavar.
– Sakta fram båda! säger jag och pekar föröver.
    Håkan petar fram båten med åran mot botten.
Det tar stopp vid isvallen.
– Det fungerar inte, Pia! säger Linda. Båten är tyngre.
    Dom trycker på isbiten med bakänden på ett par
skidor. Sakta höjer sig isbitens andra ände, på båtens
båda sidor. Vi går över, och är ute på fritt vatten.
– Kurs 240, halv fram båda! säger jag.
    Greger skall ro.
– Jaha? säger han.
– Utåt! säger jag och pekar.
    Greger ror båten ut från stranden i raska tag.

130

– Det blir mörkt nu! säger Octavia.

– Pia Jansons Arktiska Nordpolsexpedition...

... gör ett livsfarligt utbrytningsförsök i den enda
kvarvarande livbåten, säger jag.

... Utlämnade till ishavets farliga kalla rasande ursinne!

... Nedisningen hotar kantra livbåten.

... Utan flytvästar eller hopp om räddring

... utom då ifrån K-pist-galningarna på stranden.

Jag sätter ögonen på dom, i båten.

... Se till att sitta still, även om båten går i kvav!

Utom Shakira, som gärna får balansera båten!

Ingen vinterbadning tillåten i ishavet!

Linda och Octavia, i fören, skickar mig en tumme.

Greger försöker ro extra symmetriskt och stadigt.

– Det är bäst om jag ror? undrar Greger.

– Du är störst, sticker upp, i det fall dom kommer
och ser oss, svarar jag.

– Dom tar en annan båt, och kommer efter?
undrar Greger.

– Vi fick leta vansinnigt för att hitta en olåst roddbåt,
svarar Octavia. Dom har göra en timme, minst.

– Det finns en större båt, säger Håkan. Den står på
bockar och har inte bottenpluggen isatt. Väger ett par
ton. Men, om man orkar, man kan säkert hitta och
montera pluggen och sjösätta den.

– Hur gick det borta vid Järvforsen? undrar jag.

– Shakira klättrade upp i ett träd, svarar Greger.
Sedan sköt hon på KSP-gubbarna ovanifrån. Exempel
på vansinne, som kan fungera tillfälligt, om det är
överraskande. Och, så såg dom henne...

Jag tittar på Shakira.

... Hon ramlar eller hoppar, på något vis, ned ur trädet.
Medan killarna pepprar henne.

Jag glor på Shakira. Hon ser skyldig ut. Hon har
satt på sig anoraken igen.

Vi kommer längre ut. Mörkret sänker sig. Några
mörkgrå låga moln hjälper till. Månen kommer upp
först senare.

Greger ror rakt ut på sjön. Jag sitter till babord precis
i aktern. Håkan sitter till styrbord.
– Håkan! Om du inte skall bli matsäck, du får fixa litet
käk!
Han tittar på mig. Övriga i båten visar tänderna och ser
hungriga ut. Håkan tittar mot mig. Jag ger han brädbiten.
– Vi skall äta brädbiten? undrar han.
Jag rotar i min ryggsäck. Liten lätt rund dosa. Jag
öppnar. Det är redan mörkt. Svårt att se. Jag hittar änden,
med fingrarna, och drar ut den transparenta tunna tråden.
– Du gör en ögla; viker tråden om egen part, säger jag.
– Egen part? undrar Håkan.
– Det är den som jag håller i. Sedan snurrar du runt,
bakåt, vid fingrarna, många varv. Tråden är oduglig att
knopa på. Slutligen trär du i hålet, vid den part jag håller i.
– Aha?
Han lindar runt flera varv. Stoppar i tråden och drar
till. Nu håller han i en ögla. Han stoppar i träbiten.
Drar till öglan.
– Linda nu, så släpper jag ut lina.
Han lindar på lina genom att snurra pinnen.
... Nu kapar vi. Vi behöver bara litet lina.
Jag fiskar fram fällkniven, kämpar ut bladet, utan att
bryta nageln, och kapar linan. Jag packar undan rullen.
Håkan håller i tampen.
Det är nu besvärande mörkt. Greger ror utåt hela tiden.
Jag fiskar upp en liten plastburk.
... Du får vara försiktig; det här är farliga grejer!
Jag öppnar plastburken. Överst en metallgrej
med en ögla.
... Knyt i tråden som du gjorde innan. Trä i, snurrarunt
många varv, och trä i tampen vid öglan.
Jag håller i metallbiten, och Håkan snurrar.
Stoppar i och drar till.
... Knyt i mer. Så änden sitter fast ordentligt.
Håkan knyter flera fasansfulla randomiserade
knutar, medan jag blundar.

... Nu försöker vi linda på draget på pinnen. Passa fingrarna, det är krokar och hullingar överallt! Försiktigt sorterar vi upp burkens innehåll. Håkan lindar upp tafsen. Nu kommer första kroken. En bit gul plast är trädd på kroken, så fisken får något att titta efter.
– Vadfanihelvete är det här!? undrar han.
Krokarna har fastnat i varandra. Jag pillar isär krokarna och reder upp linan. En blyklump kommer sist upp ur lådan. Förr i tiden, vi använde gärna kul metaller! Numera, klumpen är i aluminium eller liknande.
– Hur gör jag? undrar Håkan.
– Du släpar grejen ett par meter efter båten. Hoppas på det bästa. Använd din intuition!
Håkan lindar försiktigt av draget, ned i det svarta vattnet. Vi börjar komma fram dit vi ska.
– Vad gör jag om det nappar? undrar Håkan.
Han är litet skraj, tittar på mig. Alla Handjur har jakt och fiske i blodet. Instinkterna kommer rädda honom, om det nu skulle nappa.
– Sänk farten till sakta fram, kom styrbord! säger jag.
Jag blundar och lutar mig mot relingen, längst här i aktern. Drar ned mössan över ögonen.
– (Andra hållet, Greger!) viskar Shakira.
Jag känner när båten vrider.
– Linda! Octavia! I Ishavet! Man måste hålla utkik efter isbergen! Kan finnas under ytan. Glo framåt! Jag vill inte gå på, kantra, bli utlämnad till strandpojkarnas godtycke!
Jag tar mod till mig och lyfter ett ögonlock. Kursen är bra. Vi har någon sorts holme på styrbords bog. Jag skall in bakom den.
... Greger! Har du sett någon? På stranden?
– Jag kan inte se nu. Men innan, jag såg något som rörde sig. Skidspåret tar ju slut; dom ser ju spåren och isrännan.
– Har dom bildförstärkare? undrar jag.
Det kan ju strula till det ordentligt, speciellt om dom får tag i en båt.
– Nja... ähh? Inte sett till någon, svarar Greger.

– Tror du dom har värmekamera?

– Nej, dom är struliga, svarar han. Det har dom
säkert inte. Det är helikoptrar som kan ha. Men
en bildförstärkare, det är ju tänkbart.

– Sakta fram. Ännu saktare. Kom styrbord! Håkan,
ta in trålen, så den inte går i botten!

Vi passerar den lilla holmen. En stenhög. Tre träd
klamrar sig fast i den magra jorden. Det sticker upp
sten överallt runt holmen.

... Sänk farten. Riktigt sakta!

Jag grubblar ut något. Så Greger förstår.

... Som malajer som skall krypa i leran! säger jag.

Greger justerar.

– Det är massa isberg, Pia! Skall vi in i det här?
undrar Linda.

– Kom styrbord! svarar jag.

Båten glider ursakta in bland stenarna. Vi har ingen
vind, dyning eller vågor. Bara insjöns lätta krusning.
Jag tar en titt. Ön täcker nu det ställe vi kom ifrån.

... Kom styrbord ett kvarts varv!

Greger vrider båten och vi glider rakt mot ön med
träden och en buske. Ön blir allt mer hotfull och otäck.
Stenar sticker upp litet här och där. Sotsvarta knappt
urskiljbara tänder. Dom stora har is och snö på toppen.

... Stopp i maskin!

Vi ligger och flyter. Dom kan inte se oss från stranden,
där bryggan är, och närmsta hundra metrarna på var sida.

Det sista dagsljuset lämnar oss. Ön blir osynlig.

– Jag är skraj! säger Linda.

– (Det är inget farligt, Linda)

– (Var är vi? Jag ser inget!)

– Nu skall vi göra något riktigt dumt och farligt! säger jag.
Jag vill att Greger flyttar sig till durken, och Shakira
slingrar sig runt till årorna.

... Om ni får panik och välter båten... Det eviga
havsdjupet... Fiskarnas omättliga hunger...

Det går ganska bra. Greger flyttar sig försiktigt och
Shakira trippar runt med kattassarna.

– Du vill att det sticker upp mindre, så vi inte syns? frågar Shakira.
– Precis. Vi skall vänta så länge, att om någon sett oss, dom har tappat orienteringen i mörkret.
– Vart ska vi? undrar Greger.
– Vilket är snabbast, skidor eller båter? svarar jag.
– Skidor, säger Greger.
– Hur vinner vi?
– Um tja?
– Telefon. Får vi tag i en telefon, vi kan ringa efter hjälp. Då är strandpojkarna rökta.
– Dom kommer bevaka stranden?
– Öster och norr, där det finns hus. Hur är det med truppens landstigning, Greger?
– Det svåraste och farligaste i krigszonen. Finns massa berättelser om hur några få soldater kunnat hålla massiva landstigningsstyrkor med ganska få vapen.
– Roddbåt, och en KSP på stranden?
– Nollkommanollnoll! svarar Greger.
– Hur skulle Shakira göra?
– Det fräckaste, det är att gå tillbaka! svarar Shakira glatt.
– Shhh! Vi måste vara tysta, säger jag. Ljud går långt över vatten.
– Vi åker tillbaka dit vi kom ifrån, säger Shakira, igenom isrännan, till bryggan, drar upp båten och lägger den på bockarna med presenningen över. Sedan tar vi det uppåkta spåret tillbaka till landsvägen. Till hotellet.
– Nejförihelvete! säger Greger. Om dom lämnat kvar någon, eller åkt ett ärende i skidspåret, eller vad som helst. Ett skott går av, och så kommer dom hela högen! Nejnej! Snälla!
– (Vi är fast ute på sjön?) undrar Linda.
– (Jag ser inget) viskar Octavia.
– (Hur skall vi kunna hitta stranden, när allt är helt svart?)

Jag slumrar en stund. Vänta är en konstig sak. Vi skall hålla en halvtimme, eller så. Men, otåligheten sätter in efter bara tre minuter. På stranden står några och glor efter oss. Dom skall kämpa sig trötta. Ge upp. Sen sticker vi.

•

– Skall vi gå? undrar jag.
– Tja? Men hur gör vi med landstigningen? undrar Greger.
– Det fixar sig. Shakira får hoppa med linan! svarar jag.
– Det var ju inte så jag menade! svarar Greger.
– Du är så ängslig, hela tiden, Greger!
Shakira fnissar ganska ljudligt, för sig själv.
– Men, Pia! säger hon.
– Utkiken upp! Styrbord kvarts varv. Riktigt långsamt fram båda! säger jag.
Shakira står på knäna på durken, för att komma längre ned, och trycker årorna framåt. Det är säkert jobbigt, men vi ska bara sakta fram.
Det smäller till, i hela båten, hårt. Kollisioner med båtar, det är otäckt.
– Hjälp! Sjunker vi nu? undrar Linda.
Shakira backar och skall lirka sig runt stenen.
– Ta styrbord, och utåt, tills vi kommer loss ifrån ön, föreslår jag.
– Isberg! Sten! Gå vänster! säger Linda.
– Babord dikt 60! säger jag.
– Det är bra Pia! Jag ser klippan! säger Shakira.
Jag har dragit ned mössan över ögonen. Barnpassning.
– Kom styrbord! säger jag.
Shakira vrider båten.
... Kvarts fram!
Vi glider loss ifrån ön. Man kan svagt ana den.
... Ser du något, Greger?
– Det är tom sjö. Kanske dom inte tänker jaga oss över vatten? svarar han.
– (Jag ser inget)
– (Det är otäckt)

136

– Kom litet babord. Öka till kvarts!

Håkan har sjösatt krokarna och sänket. Han glor koncentrerat akterut.

– Pia! Jag såg något! En ring! I vattnet! Det är något där! säger han

– Det finns hopp för dig, Håkan! svarar jag.

– Jävlar! svarar han.

Han mixtrar med sin pinne. Drar upp något ur det svarta havsdjupet.

– Ur det kalla sotsvarta ishavet drar männen upp ett för mänskligheten okänt havsvidunder, säger jag lågt.

Håkan får Havsvidundret i båten.

– Vad gör jag nu? undrar han.

Jag ger han fällkniven. Uppfälld. Bryter nageln. Fan!

– Kapa ryggraden, bakom huvudet, så slutar den sprattla, svarar jag. Sedan får du lirka loss kroken.

... Männen gör en enkel pennteckning av Havsvidundret och mäter dess storlek...

– Tjugo centimeter lång och åtta centimeter bred! svarar Håkan.

– Männen sliter Havsvidundret i stycken, med tänder och knivar; slukar den rå, i ett fruktlöst försök att stilla den rivande hungern.

– (Jag är hungrig, Pia!) viskar Octavia.

– (Men vi kan inte äta fisken?)

– (Jag ser ingenting!)

– (Var är vi?)

– (Vart ska vi?)

– (Jag ser inte land!)

– Kom litet babord, säger jag. Du kan sätta dig på toften och ro, Shakira. Halv fram på båda!

– (Kan du se, Greger?)

– Jag ser ingenting! Var är vi? svarar Greger.

– Det är ingen fara! svarar Shakira.

– Vart ror du? undrar Greger.

– Jag ror halv fram på båda! svarar Shakira.

– Du vet inte vart du ror!? undrar Greger ängsligt.

– Greger... Är du rädd, Greger? fnissar Shakira.
– (Ingen vet vart vi åker!)
   Jag försöker med litet basröst:
– Senaste nytt. Resterna av Pia Janssons Arktiska Nordpolsexpedition har nu återfunnits. De återstående männen upptäcktes planlöst drivande, i en livbåt, i norra ishavet.
... Den outtalbara hemska sanningen. Då fisket slog fel. De överlevande männen tvingades förtära en av deras egna kamrater.
– Jag tror det är två! svarar Håkan upphetsat.
   Han kämpar och snurrar träbiten. Det är tre fiskar. En sliter sig. Två hamnar i båten.
... Se upp!!! Krokarna är överallt! säger han.
– (Kan vi äta fisken?) undrar Linda.
– (Man kan rensa den, ungsbaka i ugn med potatis, servera med dillsås)
– (Jag skall då fan strypa dig, Octavia!)
– Men! Vet ingen var vi är och vart vi ska? undrar Octavia. Vet inte du Shakira?
– Jag har inte minsta aning! svarar hon.
– Hur vet du då vart du skall ro?
– Jag bara frågar Pia! Om jag vill veta!
– Pia! Var är vi och vart ska vi?
– (Jag är också orolig!)
– Vi är en trekvarts distansminuter väst bryggan, där vi startade, och kanske en distansminut syd. Vi går med 1.5 knop på kurs 160, vilket blir approximativt parallellt stranden. Vi skall senare gå in mot stranden. Vi har två distans kvar att ro. Angör land om en timme och tjugofem minuter!
– (Hon skojar med oss. Jag ser ingenting!) viskar Linda.
– Hur då? undrar Octavia.
– Titta styrbord. I molnen. Högt upp. Det är en liten glipa, med en stark vit stjärna. Syns ibland. Det är Vega.[i]

i   Vega HIP 91262 SAO 67174 mag 0.00, D=25.04 lå
    Ra 18h36m56.19s Dek +38°46'01.8" (stellarium.org)

... Nu på hösten, den är i sydväst när solen går ned.
Så, kanske är den litet mer väst nu. Så vi går åt sydsydöst.
... Vi skall senare gå mer åt babord, dvs öst, men Shakira
håller inte kusen utan driver runt litet hit och dit.
– (Jag ser ingenting!)
– Skall vi ta ur fisken, nu genast? undrar Greger.
– Ta litet vatten i botten på hinken och låna min kniv,
svarar jag under mössan.
Jag känner att Shakira kommer babord igen. Greger
sätter igång att ta ur fisken. Det stinker fisk i hela båten.
Håkan får upp två till.
– Håkan! Det finns hopp för dig! säger Greger.
– En gnutta styrbord... mumlar jag.
– Kan vi äta fisken? undrar Linda.
– Vi skall laga till den, Linda! Du skall inte behöva
äta den rå! svarar Octavia.
– Vi kan alltid ta Håkan, om fisken skulle finnas
osmaklig! säger jag. Kom en gnutta babord, Shakira.
– Killarna! Dom väntar på stranden? undrar Octavia.
– Det gör dom nog helt säkert, svarar jag.
– Vi kan aldrig landstiga levande, om någon står
på stranden, säger Greger.
– Men, dom är inte här! svarar jag.
– Varför inte det? undrar Octavia.
– Därför att här, det finns inga telefoner, svarar jag.
– (Jag kan inte se stranden?) viskar Linda.
– Hur skall vi då kunna få hjälp? undrar Octavia.
– Det kan vi inte! svarar jag.
– Nu! Jag tror jag har två! säger Håkan.
– Håkan! Vaffan fiskar du med? undrar Greger.
– Det är en lina med krokar, säger Håkan. Varje krok
har plast på sig, som lyser i mörkret.
– Hjälmarskräcken, svarar jag.
– Du har inget bete, alltså?
– Simmar inte fisken på botten? undrar Linda.
– Jag tror dom följer efter oss, svarar Håkan.
– (Ser du att ta ur fisken, Greger?) viskar Linda.

– Ser ingenting! svarar Greger. Men magen, det är andra sidan, den som inte har fena.

– Nu har jag en till! säger Håkan. Hur mycket behöver vi?

– Ta upp det du kan. Det är bara litet mat på varje fisk, svarar Greger. Jag vill ha flera!

– (Jag tror inte jag kan äta fisken?) viskar Linda.

– (Vi skall laga till den först!) viskar Octavia.

– (Hur då?)

– (Över elden, kanske?)

– (Men, kan man det?)

– Går vi söderut? undrar Greger.

– Då slipper vi sällskap på stranden, svarar jag. Dessutom måste man skida över bron. Det är en bra bit, fram och tillbaka.

– Vi är söder om Järvforsen?

– Det är därför Shakira får ro så. Jag vill inte landstiga på fel sida. Det kan vara olämpligt.

Shakira fortsätter att ro. Vi kommer långsamt framåt. Eller längre ifrån hotellet, om man så vill. Håkan får upp en fisk till.

●

Och så är det dags!

– Kom babord 45! säger jag.

Vega har gömt sig, med kursen duger nog. Jag spanar litet i fjärran. Jag kan inte skilja vatten ifrån det där andra svarta.

... Utkiken spanar efter land!

– (Vi är totalt vilse?) viskar Linda.

– (Det är en insjö, Linda!)

– (Vi ror i en cirkel! Vi kommer att dö!)

– (Du är ju lika optimistisk som Pia!)

Men långsamt ändrar sig utsikten föröver. Något är där borta. Det är svårt att se...

– Stopp! Stopp! Land! Broms! säger Linda.

Shakira håller i årorna.

... Otäckt. Det bara dök upp ut ingenting!

– Vi behöver en landstigningsplats, där vi kommer iland utan att peta stortån i vattnet, säger jag. Minsta lilla vi blir blöta, det blir otroliga problem att torka kläder. Vi får hjälp. En lucka i molnen. Månen tittar på oss. Vi ror längs med stranden, ganska nära. Vi hittar en bäck, eller någonting. Vid bäcken finns en sten.

– Vi flyttar litet akterut, säger Shakira.

Hon siktar precis till höger om stenen. Ror sakta framåt. Båten går på. Hon reser sig och skuttar ur båten.

... Flytta litet mer akterut, så drar jag! säger hon.

Octavia är nästa. Hon siktar, skuttar över på stenen, klarar utan att trilla i, och båten är ännu litet lättare. Shakira drar in. Vi övriga trasslar oss ur båten.

– Hur är det tänkt nu? undrar Greger.

– Snökoja, med båten som tak, om det inte går på annat vis. Båten får inte synas ifrån vattnet. Göra upp eld, så vi får att äta. Elden inte synlig ifrån vattnet eller inifrån land.

– Det var ju en del, det!

Terrängen är en smula kuperad, så det är inte så stökigt som det låter. Shakira stretar i förtampen medan Greger och Håkan trycker på båten i aktern. Båten går ganska lätt ovanpå snön. Den är inte tung.

En grotta med båttak fixas till. Båten skall täta till, så vi får litet värme. Durkarna läggs vid elden.

Greger fixar till fiskarna. Jag rotar i min ryggsäck. Ser vad jag hittar.

– Jag har salt, peppar och timjan. Timjan går bra på fisk. För tillagningen, jag tog med litet aluminiumfolie.

– Men Pia! Vad har du stoppat ned i din ryggsäck!? säger Greger.

– Jag har några småpaket stekmargarin, som kanske kan användas?

– Nu jävlar! Lyxmat!

Greger kryddar fisken, ger dom litet margarin, slår in i folie. Sedan läggs fisken direkt på glöden. Efter en stund, det börjar lukta fisk. Linda, som är tveksam, kommer allt närmare fisken.

Greger öppnar och kontrollerar en av fiskarna.
– Den är definitivt helt genomkokt, säger han. Maaat!!
Durkarna, ifrån båten, är bra att sitta på, så vi inte blir blöta. Vi äter fisk i månljus. Min fisk är het, och jag öppnar försiktigt folien. Jag har min gaffel att äta med. Jag lyfter på skinnet och petar loss litet fisk. Det är bara en liten mumsbit. In i mun. Smaken? Det är inte neutralt och nötigt, som torskpaketen ifrån frysdisken. Annorlunda smak. Jag undrar vilken sorts fisk vi fångat. Dom tycks vara samma sort och storlek, allihop. Men, jag vet inget om fisk!

Shakira tuggar i sig det sista av sin fisk. Hon har stoppat fiskstjärten i mun, så det ser ut som om hon slukat fisken hel, som en katt.
– Shakira är fiskätare! skojar Linda.

Greger fixar med nästa omgång fiskar. Vi får vänta tills de är klara.

Efter fisken, vi lägger in durken ovanpå granris i båtgrottan, och går in och sätter oss att sova.
– Vi kommer få påhälsning medan vi sover? undrar Greger.
– Nu är du skraj, igen, Greger! svarar Shakira.
– Vi kan hypotetiskt, säger jag, sitta och flyta bakom en holme, vänta på att killarna skall ge upp. Vi skulle kunna komma iland på en holme, spana, se killarna gå runt på stranden, och vänta tills dom sticker.
... Det är inget lätt beslut att dra tillbaka killarna ifrån stranden.
... Sedan frågan om vart vi tagit vägen. Om dom skall komma hit och leta. Om det bara finns bron vid hotellet, det är massivt med skidåka, och dom börjar inte förrän i morgon bitti.
... Söka längs stranden är nog omöjligt. Dom kommer åka en bit in, och leta efter vårt skidspår. Men, vi har ju inte åkt än!

Möjligen inte mätta, men ganska belåtna, somnar vi under den uppochnedvända båten.

FLYKTEN

Jag skall tända eld på mina kompisar. Dom sitter ovanpå
en hög trave med ved; säkert två meter hög. Jag har inget
papper att tända med.
  Papper är odugligt att tända eld med. Du skall ta med
ett stearinljus eller en bit cykelslang.
Jag provar en tändsticka till. Det är odugligt. Jag har
bråttom. Irriterad. Shakira skrattar åt mig. Jag ser mig
omkring. Svart sten överallt. En blåslampa.[i] Jag skall
tända den. Metallgrejen vill inte ta sig. En lös och oduglig
pumpanordning skall användas. Pumpen är sladdrig och
gör ingen nytta. Jag blir tvärförbannad. Måste få fart på
elden nu. En finstilt instruktion, om sådär tretti punkter,
återfinns på otygets sida. Jag kan inte se att läsa
instruktionen. Jag vänder tingesten, slår sprit ned
i näbben, och tänder.
  Äntligen något som brinner. Men, det förbaskade
otyget till idiotapparat, det är som om det är vatten
i den! Jag skriker! Bankar den ned i stenen. Förtvivlad!
Fungerar inte!!
  – (Tysta! Inte väcka henne. Hon måste få bearbeta!)
viskar Linda.
  Jag har inte vaknat. Jag undrar var jag var. En massa
svart sten. Var har jag varit, där det är stenväggar?
Tunneln mellan balsalen och kyrkan, kanske?
Eller i gruvan? Jag vet inte!
  Jag tuggar litet tomme med munnen. Det smakar pyton.
  – (Kommer hon sova länge till?) undrar Octavia.
  – (Shhh!)

---

i   Patent (SE) 1881; C. R. Nyberg ("Flyg-Nyberg")

Jag grunnar. Jag vet inget om militären. Fänrik. En lägre grad. Förolämpande. General... Överste. För mycket. Något lagom, emellan. Kapten? Det har man mest till sjöss. I flottan? Vad finns mer? Löjtnant. Det blir bra!
– Kan Löjtnant Greger ställa upp truppen, och utbilda i skytte, med det gröna fula missfostret vi tagit med oss? undrar jag.
Sedan somnar jag igen. Sover en liten stund till. Pär skall visa mig hur man skjuter pistol. Pär på skjutbanan.
– LADDA!
Jag sätter i magasinet, spänner hans grå Glock 17, och siktar ut mot skjutbanan.
– PATRON UR!!
Jag tar ur magasinet, drar i pistolen, skottet kastas ur, jag inspekterar, släpper tumgreppet och trycker av pistolen.
– LADDA!
Jag sätter i magasinet och spänner pistolen. Siktar ut mot tavlorna.
– PATRON UR!
Ur med magasinet, skottet, blindavfyrning.
– LADDA!
Stoppa i magasinet, spänna pistolen, sikta utåt skjutbanan.
– ELD!
Jag trycker av. Ammunitionen är fusk. Stålbitar. Det klickar till i mekanismen.
– PATRON UR!
Det var då ett jävla tjat! Jag får snart ont i fingrarna! Jag kvicknar till. Det är Greger som gormar. Han har två vapen och fyra soldater. Jag kravlar mig ur fuskgrottan. Jag är stel; du kan aldrig tänka dig!!
– LADDA!
Linda och Octavia säkrar K-pisten, genom att dra och haka upp spaken, och sedan sätter de i var sitt tomt magasin. Fäller ut axelstödet.

– ELD!
Dom lossar spaken och släpper fram slutstycket.
Trycker av. Det klingar till i den gröna plåtburken.
– PATRON UR!
Dom tar ur det långa magasinet. Drar handtaget
tillbaka till säkrat. Tittar i lådan. Lillfingret in i pipan.
Lossar och släpper fram handtaget. Trycker av, med
pipan uppåt. Det klingar till. Fäller in axelstödet.
Och sedan är det Shakira och Håkans tur.
– Skjuta? undrar Greger.
– Har vi am? undrar jag.
– Massor!
Dom tittar på mig. Linda, Octavia. Ögonen!
Vaffan! Skitsamma! Vi skall ju snart åka.
– Eldtillstånd! svarar jag.
Shakira ger vapnet till Linda.
– LADDA!
Den här gången är det skott i magasinen. Greger pekar
utåt vattnet till.
– ETT SKOTT ELD!!
– Kack! – Kack!... Kack! – Kack!
– ETT SKOTT ELD!
– Kack! – Kack!... Kack!
– ETT SKOTT ELD!
– Kack!... Kack!
Den har bara automateld. Men, man kan släppa iväg
skotten styckvis, genom att snabbt släppa på avtryckaren.
Civilt är helautomatisk eld förbjuden. K-pisten är ett
militärt vapen, som måste byggas om till enkelskott, om
du skall få använda den på skjutbanan.
Jag går till elden. Inte den man skjuter, den som
brinner. Det finns smältvatten till frukost. Jag klunkar
i mig en hel massa. Äventyrsparken börjar låta som en
skjutbana. Om killarna hör oss. Dom kommer grubbla!
Dessutom är dom nog på fel sida om Järvforsen.
– UPPSTÄLLNING!! Truppen klar för inspektion!!
säger Greger.
Han gör honnör.

– Kan dom skjuta nu? undrar jag.

Linda ser glad ut och nickar.

– Om dom träffar något, det är en annan femma! säger Greger.

... När du började skjuta, Pia, hur mycket tränade du?

– Det var ett fasansfullt pangande. En låda i veckan eller mer, tror jag.

– Men nu då?

– Jag försöker träna regelbundet; ett par dagar i veckan, svarar jag.

– Jag misstänkte att du skjutit en del...

– Skall vi köra? Är alla laddade och klara?

Linda och Octavia får behålla k-pistarna. Vi lämnar båten, där den ligger, och sätter igång att åka skidor.

– Vart ska vi? undrar Greger.

– Jag har ingen aning! svarar Shakira glatt och förväntansfullt.

– Kurs 90°!

– Men Pia? Är vi på fel sida om Järvforsen, nu igen? undrar Linda.

– Vi skall se, om du inte kan slippa att simma över, två gånger, på samma äventyrsvecka! svarar jag. Du är ju beväpnad! Du får vägra!

Så börjar vi åka. Österut. Tvärs över. Himlen klarnar. Det blir ljust. Solen stiger upp. Granarna får skuggor. Istapparna droppar och glimmar. Proppen åker av. Spåret blir isigt och glatt. Vi blir snart trötta. Vi behöver få litet mer fart. Vi står ute, i mitten av allt det vita, och har en liten konferens. Jag grubblar ut en liten list.

– Shakira! Har du en lina, så du kan dra Linda? undrar jag.

– Javisst Pia!

Hon rotar inuti sina gömmor, inuti sin anorak.

– Då kan jag dra Octavia, så vi får på lite fart!

Octavia fnissar åt mig. Jag fixar fram en slinga av min lina, skotstek, dubbel om midjan, räcker till Octavia.

... Du får ta litet löst, så du kan skava runt slingan.

– Du har tänkt att få litet skjuts, då och då?
– Vi skall hjälpa varandra! svarar jag. Men du får börja!
– Du är en skojare, Pia!
   Vi tar en slurk vatten, blandat ifrån raststugan och
smältvatten. Och så kör vi. Shakira skall spåra, så Linda
åker med som tvåa i spåret. Jag och Octavia håller oss sist,
med Octavia före och jag allra sist, dragen i linan.
   Så blir det uppför. Vi skall över en liten ås. Octavia får
problem. Hennes rosa skidor är lika glatta åt bägge hållen.
– Ur spår! ropar jag. Till höger! Så går jag åt vänster.
   Hon glor på mig när jag kör förbi.
... vila dig i linan! Det blir din tur sen! Inte nu!
   Det är bara litet svagt uppför. Octavia har massivt
bakhalt. Jag har fäste som på asfalt. Jag kör uppför
motlutet. Det tar ett tag innan Octavia hänger i linan.
Jag kan inte köra fort. Men Octavia får vila sig litet.
Så är vi uppe. Vi kan se ut över landskapet. Mer backar
föröver. Jag går ur spåret åt vänster.
– Jag skall dra nu? säger Octavia.
– Din tur! svarar jag.
– Du är en skojare, Pia!
   Håkan har kroknat. Octavia tjoar åt han. Han går ur
spår, och vi åker fram. Jag rotar i ryggsäcken. Han får en
raketbränsleflaska. Det är bara smältvatten, i dom, nu.
Jag ger han ett halvt paket druvsockertabletter. Han tar
tacksamt emot.
   Octavia kör på; vi kör om Shakira också. Greger är
först, sedan kommer Octavia, jag, Shakira och Linda,
och sist Håkan. Och då blir det uppför.
   Jag kör om Octavia. Friskt vågat! Spåret är löst
och man sjunker ned. Men jag har bra fäste. Octavia
vilar sig i linan. Jag kan hålla samma fart som Greger,
med Octavia bakom.
   Sedan blir det utför, Greger får upp farten, jag släpper
Octavia före. Det är mycket lättare när man får vila sig
litet ibland.

Vi kommer snabbt framåt. Det är inte lika tungt som i lössnön, som vi hade första morgonen. Snön är annorlunda.

Solen skiner. Octavia har tagit av sig mössan. Jag har tagit av skidglasögonen och bytt till solglasögonen. Ser ut som ett popsnöre i discokön.

Linda hänger efter Shakira. Shakira har också bakhalt, men uppfattar det tunga, uppför, som en utmaning. Ett kraftprov!

Så når vi vägen.

– Vart? undrar Greger.

– Vägen är farlig, säger jag. Snabbt över! Vi kan vila i en dunge någonstans.

– Nu meddetsamma, då! säger Octavia.

Hon kör utför den branta plogvallen, och jag sitter i linan, så när Octavia åker ned, linan sträcks, jag får fart. Men jag är på toppen, så jag kommer flygande ned mot vägen.

– Haaaaaiii!!

Jag kraschar ned på vägbanan.

– Ojsansdå, Pia! säger hon.

– Jag tror jag klarade mig! svarar jag.

Jag skall räkna blåmärkena om jag någonsin når hotellet. Levande.

– Din tur! svarar hon glatt, och pekar på plogvallen.

Allt skall man göra själv. Jag sätter skidorna längs med vallen, och börjar klättra. Linan sträcks när jag når toppen. Jag tar spjärn, och stretar i linan. Octavia halkar bakåt, och nedåt; jag får hålla hela vikten tills hon får tag igen. Hon trasslar på.

Jag och Octavia är uppe. Greger kämpar. Han har rundare kanter, slinter, och brakar ned på vägen. Håkan svär och skriker, men kommer upp till oss.

Shakira har också halt och behöver hjälp. Jag backar och tar spjärn, sträcker linan, Octavia håller ned en stav.

– Håll i nu! säger Shakira.

Jag lutar mig i linan, så Octavia inte skall trilla ned. Shakiras huvud kommer upp. När Shakira är uppe, hon halar upp Linda.

Linda backar in, som mig. Shakira står vid kanten. Greger tar tag i Shakiras och Octavias stavar. Nu skall han upp. Jag och Linda stretar i linorna.

– Kom igen nu Greger! ropar Håkan. Ta i litet nu! Ta stöd med skidorna! Sladdra inte! Kämpa på! Det är bara en liten bit till! Kom igen! Så tar vi ett tag till!

– Grytan, Håkan! väser Greger när han trillar.

Greger håller sig fast i stavarna, Octavia och Shakira halar in, Greger får litet fäste för en skida, och så kommer han upp över kanten. Släpad upp liggandes på sida.

... Den som säger något skall fan få se...

– Den alpina militära kryptekniken! säger Octavia.

– Du har nått krypstadiet, Greger! säger Håkan.

– Bara Pia och Håkan kom upp själva, säger Linda fnissande.

– Du måste äta mer gröt, Greger! säger Håkan.

– Det är köttgrytan jag skall öka på! svarar Greger.

– Vi måste sticka, säger jag. Vägen är bevakad. Några hundra meter, snabbt!

– Håkan skall spåra! säger Greger.

– Jag går in som tvåa! säger jag morskt.

– Vilket håll? undrar Greger.

Jag pekar som 35° kanske.[i] Mycket mer norrut än det vi haft tidigare. Håkan lufsar iväg. Jag efter, med Octavia i linan.

Det går bra att åka. Det är en massa snö runt skidorna, så det går litet tungt, men det är inte så farligt. Håkan kroknar; viftar med handen. Jag kör om.

– Greger, med grytan och dom vassa knivarna, är längst där bak! säger jag uppfriskande. Han väntar på dig!

Jag är nu längst fram. Kämpar på med skidor och stavar.

i   Nordöst är 45°

149

Och tyvärr ser vi, att Håkan har
gått in i väggen och kommer troligen att
få bryta. Håkan är svårt plågad av sviterna efter
sin långdragna förkylning, och har inte
kunnat förbereda sig.
Jag är först. Octavia lättar draget i linan, så jag får all
kraft till att spåra. Det är inte som innan. Det är mjukt
ovanpå och hårdare under. Jag kan köra som vanligt,
men med skidorna under snön. Jag har bra fäste, så varje
steg går framåt. Men jag blir snabbt trött.
Pia Jansson, som överraskande
visar sig i täten, körs nu om av
den betydligt åkstarkare Octavia.
– Min tur, Pia! säger Octavia bakom.
Octavia kör om. Hon har litet bakhalt.
Men Pia biter sig kvar,
och släpper endast en kort lucka!
Jag ser till att hålla linan slackad. Octavia spårar i rask
takt. Men hon kroknar också.
Och nu kommer Shakira, med en
överraskande attack bakifrån!
– Maka på er! ropar Shakira.
Shakira kör på i klibbet med friska tag.
Shakira går upp i täten på
tremilen, med ryssen Lindanof tätt bakom.
Shakira kämpar frenetiskt, Lindanof biter sig fast,
och luckan ökar inte. Klungan halkar alltmer efter.
Tydligt är att loppet kommer att avgöras,
i duell, mellan dessa två skidgiganter.
Vi åker mot en grandunge. Bara en kort bit kvar.
Ett rykte att ryssen Lindanof fuskar
med otillåtna medel i loppet...
Vi stannar till i dungen. Håkan och Greger försöker få till
en eld. Det vill sig inte. Jag gör en liten skål av folie, häller
sprit i den, och ställer in i brasan. Nu tar det sig. Jag borde
tagit med blåslampan!
Vi skall smälta litet mer snö. För att fylla på
vattenflaskorna.

Killarna laddar mina två enlitersgrytor. Jag sätter
upp spritbrännaren, och försöker smälta snö i den
lilla stekpannan.
– Hur långt är det kvar? undrar Linda.
– En timme till Järvforsen, högst, svarar jag.
– Den här gången tar jag linan, säger Linda, och alla ni
andra simmar!
– Jag har sett i Kristallkulan, att det finns en bro. En till.
Parken är säkert populär på sommaren, och det är kanske
ditsatt en extra bro.
– Men, om det inte finns någon bro?
– Jag har tröttnat på tramset. Du och Octavia får skjuta
oss igenom vägbron, om det inte finns andra alternativ.
– Vi borde kunna dricka upp allt vatten, det vi har
i flaskorna? undrar Greger.
– Vi kan ta två flaskor av tre, så vi får tillräckligt att
dricka, säger Shakira.
    Greger tittar på Shakira. Grunnar på någonting.
Jag nickar. Vi tar fram flaskorna och sätter igång att
dela. Vi har ingen mat. Vodkan flödar. Alltid något!
Lindanof skålar med oss!

●

Vi är trötta och utslitna. Solen försvann och vi är tillbaka
i det grå. Ljusgrå snö, himlen är gråsvart. Vatten framför.
Samma gröna sörja som vi sett tidigare. Isbitarna flyter
förbi. Sakta. Det är långt över. Fullständigt otänkbart att
bada över.
– Hur gör vi nu? Vi borde tagit med båten! säger Octavia.
– Vänster. Västerut. Vi får se vad vi hittar, svarar jag.
    Vi åker. Det är inte lätt. En stor bäck går ut
i Järvforsen. Bäcken är frusen. Vi törs inte åka över.
Vi får gå runt. Tillbaka åt söder. Sedan norrut, igen.
    Åka skidor. Mörkt och jobbigt. Byta plats i spåret.
Linda behöver godis. Jag har snart totalt helslut. Runda
en bäck. Allt mer mörkt. Glo på Järvforsen. Den är
smalare nu. Bara som sådär fyra gånger bredare än
det vi såg tidigare, väster om vägbron.

Åka skidor. Runda en bäck. Följa Järvforsen. Så händer
det! Något mörkt, där framme.
– Det är något! säger Octavia som är före.
– I handen gevär! säger jag.
– Pia? undrar Linda.
– Skjutklart, osäkrat, fingret på knappen! svarar jag.
Linda slickar sig om mun, fäller ut axelstödet och
osäkrar. Jag ser att hon är noga med vart pipan pekar.
Shakira spårar. Hon och jag har pistol. Strulnissar
varmt välkomna! Jag är inte orolig för någonting.
Men, vi är försiktiga. Tittar ordentligt.
Bron. I trä, i tre spann. Stora betongfundament
i Järvforsen, två stycken. Vi ser oss omkring. Shakira
och Linda åker över. Linda siktar över snön. Inget händer.
Octavia och jag kommer över. Inget händer. Småpojkarna
kommer efter.
– Jag är lycklig, på något vis! Vi är över! säger Linda.
– Vart ska vi? undrar Greger (som vanligt).
Jag tror han saknar en ordentlig karta.
– Vi skall upp på en höjd, så vi kan spana litet, svarar jag.
Vi försöker åka upp på en höjd. Men första höjden,
den duger inte. Vi siktar åt nordväst. Åker närmare
hotellet. Vid varje höjd spanar vi. Ingen ser något.
Men så!
– Jag ser ljus, där borta, säger Shakira.
Ingen annan ser något. Jag tror Greger känner sig
nere. Han är van att vara stor och stark, klara saker;
den självklara ledaren, ge andra order.
Alla vet. Att om det gäller, Shakira orkar ungefär
dubbelt mot oss andra. Litet mindre än dubbelt jämfört
med Greger, men mycket mer jämfört mig; och Linda,
hon har fullt upp med att stå upp själv utan att trilla.
Ingen ser något. Jag litar på Shakira.
– Mot lampan! säger jag.

RÄDDNINGEN

Vi hittar en liten söt stuga, av den sort som var populär
förr i tiden, vid kriget eller något efter. Två våningar,
i tegel troligen, kraftig tvådelad obekväm taklutning.
En våning nedtill och mindre utrymmen uppe under taket.
Uppfarten är skottad. En bil har gjort spår i snön.
Bilen är i ett garage, med stängd garageport. Jag ställer
ifrån mig skidor och stavar. Går fram till dörren.
Dörrkarmen bjuder på en elektrisk dörrklocka.
Knappen. Det plingar, där inne.
Det dröjer. Länge. Jag väntar en bra stund. Plingar
igen. En rörelse i en gardin. Jag tar av mig mössan och
skidglasögon. Backar, så jag syns under utelampan.
Dörren öppnas försiktigt. En gammal tant plirar
mot mig.
– Ursäkta, tant! Vi kommer ifrån äventyrshotellet. Jag
behöver låna en telefon, och ringa efter hjälp! säger jag.
Jag försöker få till ett leende. Jag ser att hon är ängslig.
Hon nickar.
– Kom in!
Jag krånglar av pjäxorna. Hon visar mig telefonen. Jag
slår numret. Till Natalie, på hotellet. Inte Äventyrshotellet,
utan Strandhotellet, hemma. Det ringer. En halv signal.
– Hej det är jag! Vi behöver hjälp! Mycket!
... Dom är flera, tungt beväpnade och seriöst desperata.
... Det är bra! Se till att dom förstår att det är allvar.
Inget finlir, dom måste köra på som om det vore på riktigt.
... Insatsområde väster Äventyrshotellet norr Järvforsen ut
till sjöstranden, längs med sjöstranden en fyra kilometer.
... Så fort du kan!
... En KSP 7.62, två K-pistar 9mm, troligen gevär, övriga
9mm pistol. Ammunition mjuk blyspets.
... Ja, några stycken! Dom får ta alla till Äventyrshotellet.

... Vad bra! Då kör vi till hotellet. Vi är trötta, slitna,
utsvultna och behöver vila upp oss!
... Ja gör så! Hej!
    Tanten tittar förskräckt på mig.
– Vad har ni haft för er? Vapen? undrar tanten.
– Det är inte här, utan på andra sidan hotellet! svarar jag.
– Hur länge har ni varit ute, ensamma på skidor, i parken?
undrar hon.
– Vi har fyra övernattningar, svarar jag.
– Det är långt till hotellet. Kan jag få bjuda på litet mat?
    Jag är tyst en stund.
– Vi kommer äta upp allt som finns. Det kan vi inte.
Då måste vi få ersätta för maten. Killarna, därute,
dom är hungriga. Äter snart varandra!
– Gubben, säger hon och snurrar pekfingret vid tinningen.
... Han skulle behöva något som händer. Jag får höra
samma gamla historier varje dag. Sedan är det så här...
... Jag har sparad mat ifrån min 80-årsfest. Men vi kan
inte tina och äta hela. Inte bara på två.
– Vi ordar mat ifrån hotellet, förpackat i lagom portioner,
som ersättning, svarar jag. Och så berättar vi
äventyrshistorier för din man!
... och du får två biträden, till hjälp, i köket!
... Men, jag behöver ditt namn och din adress på en bit
papper. För jag hittar inte här, och har bara en skiss till
karta!
– Jag är glad att ni kom. Jag behöver någon som är frisk
att prata med!
– En av killarna, Håkan, jag tror han är frisk! Vi andra...
jag vet inte!
– Välkomna in i stugan! Jag har inte tagit undan,
men vi får se vad vi kan göra!
    Jag går till ytterdörren.
– Samtliga in i stugan! Shakira och Linda
kökshandräckning. Vi skall ordna mat,
och jag ersätter tanten senare.

Dom ser lyckliga och tacksamma ut. Parkerar sina
skidor. Vi går in. Hela hallen blir full i jackor.
Vi kan inte byta till innekläder; dom är i väskorna på
hotellet. Vi gör det vi kan. Få av oss det mesta som
värmer.
Tanten och Shakira kommer med maten. En plasthink
med lock. Under locket finns en brun isklump. Minst fem
liter. I en enda klump.
– Aha? säger Shakira. Har vi någon stor gryta?
– Har den legat länge? undrar Linda.
– Det är ganska god köttfärssås! svarar tanten.
– Den håller eoner i frysen, svarar jag.
– Skall vi slå isär den? undrar Shakira.
– Ta den hel. Jag har lovat tanten, att vi skall äta upp hela!
svarar jag.
Tanten fnissar. Shakira också. En stor gryta om minst
tio liter kommer fram. Aluminiumsak, *Gunda 12.*
Linda diskar den. Shakira håller i, och Linda snor
med diskborsten. Isbiten laddas. Vatten i botten.
Största plattan. Värme på max!
– Jag har makaroner till köttfärssåsen. Men alla
makaroner är inte samma sort. Kan behöva olika
koktid? undrar tanten.
Isbiten blir påfrestande. Linda skopar varmt ifrån
botten, och häller ovanpå. Det tar en stund. Dofterna
sprider sig.
Octavia och jag har röjt och torkat det stora bordet.
För släktkalas och finfrämmande. Tanten envisas med att
ta fram det finaste porslinet. Shakira och Linda får diska
bestick och djupa tallrikar.
Gubben, han har käpp och foten på en pall.
Han sitter och tävlar med Greger om den hemskaste
militärhistorien, med Håkan som publik. Greger
har en del specialutbildning. Gubben var med under
kriget.[i]

---

i   sant.

– Det var kallt som bara fan! svär gubben. Några vintrar
det var så satans djävla kallt, att man kan fan inte ens
föreställa sig. Vi hade bara en liten grå kamin att värma
oss med.
... Så fick då någon idiot för sig, att vi skulle köpa kol
till kaminen. I stället för ved. Det var knappt på allting,
så förmodligen var kolet stulet. Det var inte så jävla
petigt förr!
... Kaminen, det var en burk på fyra järnfötter. Men kol,
stenkol... vaffan är det? Det är olja i eller något skit?
... Så kaminen glödde som en lampa. Och det tålte inte
föttera. Dom mjuknade och kaminen satte sig, som på
huk. Den såg otroligt kul ut![i] Befälen inspekterade
kaminen, och kunde inte förstå vad vi gjort med den!
Den är låg! Fan! Det enda kuliga som hände under
ett helt jävla iskallt år.
   Håkan och Greger sitter och fnissar.
... Men det hände något allvarligt. Jag var på båt,
i Göteborg. Båten hade Bofors 40mm akan. Man hade
två som siktade, med vevar. Ene killen vevar i sidled,
och den andra vevar eleveringen. En skytt som ger eld.
... Sedan var vi två som bar fram ammunition, och två
laddare, en på var sida. Den äter skotten snabbt, så en
laddar med ramar om sex skott, varannan gubbe,
varannan sida. En ram räcker tre sekunder, så man
får fan snabba sig!
... Vi var ju neutrala. Engelsmännen, dom flög rakt över
Sverige. Och då skulle vi avvisa dom. Vi knäppte iväg
några skott, en bit bredvid planen. Och så kör dom över.
... En dag kommer ett nytt befäl. Skriker att vi siktar för
dåligt. Vi var ju bara småpojkar på den tiden. Han kräver
att vi lägger planet rakt i siktet, när vi skjuter.
... Så planen kommer, och då skjuter vi ned ett av dom.
Flera klarar sig i fallskärm. Men inte alla.[ii] Han mördade
några engelska flygare. Blev degraderad, och omplacerad,
i tysthet. Vi var ju bara halvneutrala, då, precis som nu.

i   sant...
ii sant...

Tanten vill något.

– Jag vill inte vara till besvär, men jag har hittat
en kulsprutepistol i min hall! säger hon.

– Den är min! Oj! säger Linda. Jag visste inte var
jag skulle ställa den!

– Jag smusslade undan den andra i min jacka,
säger Octavia.

– Shakira, var har du den? undrar jag.

– Pistolen är på ryggen, litet måttligt dold, svarar hon.

– Ni är beväpnade banditer? undrar tanten skrämt.

– Vi hittade några killar i skogen, svarar jag. Vi snodde
några vapen av dom. Vi överlämnar skrotet, till polisen,
när vi kommer fram till hotellet.

– Finns det beväpnade banditer i vår stillsamma skog?
undrar hon. Vad gör dom där?

– Dom jagar oss! Det är därför vi är tacksamma för att vi
fått låna din telefon. Så vi har kunnat ringa efter hjälp.

– Men, jag förstår inte! Vilka är ni?

Vi får ordning på köttfärssåsen. Kokar makaroner till.
Vi sätter oss vid bordet. Skopar in. Med sked. Munnen
nära maten. Dofterna kort väg in i näsan. Tuggar
de noggrant kokta makaronerna omsorgsfullt. Varje
makaron är som en fantastisk upplevelse. Ingen säger
något. Alla skopar på.

– Jag har aldrig i mitt liv sett så hungriga ungdomar!
Har ni inte fått något att äta, av hotellet? undrar tanten.

– Vi har försökt klara oss på det vi kan hitta! säger Håkan.

– Bär och rötter! säger Octavia.

– Pia hade med sig en påse makaroner, och ett miniatyr
spritkök, så vi kunde smälta snö, säger Greger.

... Annars hade vi klappat ihop redan andra dan.

– Vi hittade hamburgare i Norra Raststugan,
lägger jag till. Jo! Jag har en fråga!

... Järvforsen. Varifrån kommer allt vatten?

... Det är ju inte årstid, just nu?

– Det är processvatten ifrån bruket, svarar tanten.
Vi tycker egentligen inte om det. Men det ger ju arbeten
i bygden. De påstår att det är ofarligt. Men alla vet,
att det är gifter i vattnet.
– Ojdå! säger Linda.
   Vi fnissar litet.
... Jag simmade över forsen!
– Men, det kan man inte! Det är ju vinter, unga dam!
säger tanten.
– Vi skulle över forsen, så jag simmade över en lina,
säger Linda. Sen sprang de andra över på linan.
– Vi var rädda att gifterna skulle döda all fisk,
säger tanten. Vi hade många sportfiskare här förr.
Dom grävde ut den gamla sjöbäcken, och ledde
vattnet ned till viken i öster.
... Järvforsen; namnet har hotellet uppfunnit.
– Umm, det är fortfarande fisk i sjön! säger Håkan.
– Fisk?
– Vi var hungriga, fiskade i sjön, och stekte på elden.
– Hahaha! Ni har haft äventyrsvecka ordentligt! säger
gubben. Har ni äte fisken, tännera glör i mun!
   Vi tar och förpackar en liten skvätt kvarvarande
köttfärssås i lagom stora portioner. Till gumman och
gubben. Diskar upp allting och torkar. Octavia snyggar
till rummet, när tanten inte ser. Håkan är mest ivägen.
Greger sitter och berättar någon sorts pojkhistoria för
gubben.
– Skall du ha den där, flicka lilla? undrar tanten.
   Linda lyfter K-pistens rem över huvudet. Hänger
den på ryggen.
– Greger har visat mig hur man skjuter! svarar hon glatt.
   Så vinkar vi och åker. Vi är urtrötta, men är nu inte
längre i brist på mat eller vatten. Mot hotellet! Fart på!

FÅNGADE

Vi skidar västerut, mot hotellet. Vi åker norr om gatan, där tantens och gubbens hus finns. Om vi åker i skogen, vi skall komma till hotellet. Shakira och Linda är först.
Månen har kommit upp en gnutta.
  I skogen, träden står glest och är ganska små.
Vi kryssar bekvämt, mellan granarna, på det vita.
  Vi är slitna och urtrötta, men strunzar i det, med nya krafter ifrån stora portioner av den goda maten. Shakira ser ut som hon tycker det går snabbast och enklast om hon helt enkelt spårar själv.
  Linda kämpar på sina skidor, bakom. I linan.
Om man vill gå först, och spåra, man måste klara av att tränga sig före Shakira och Lindanof!
  Octavia släpar mig i linan. Jag vill gärna hjälpa till, men här är det platt, utan motlut.
  Jag tittar framåt. Shakira och Linda har stannat.
En man, framför, klädd i svart.
  Linda kastar staven. Hasar fram vapnet. Fäller ut axelstödet. Osäkrar. Lägger an. Siktar.
– Kack! – Kack! – Kack! – Kack! – Kack! – Kack!
  Killen kastar sig handlöst ned i snön.
– Kack! – Kack! – Kack! – Kack!
– Oiiiäääh! Uhhh!!!
– Kack! – Kack! – Kack! – Kack! – Kack!
– Skjut inte! Skjuuuut inte!
– Kack! – Kack! – Kack!
– Polis! Skjut inte! Jag är Polis!
– Kack! – Kack! – Kack! – Kack! – Kack!
– POLIIIIS! SKJUUUUT INTE!
– Kack! – Kack! – Kack!
– ELD UPPHÖR! ropar jag.

Linda säkrar ärtröret, fäller in axelstödet. Hänger den
tillbaka på ryggen. Visar sina tänner. Dom glör i mun!
– Vaffan gör ni? Vad skjuter ni på? undrar Greger.
– Jag gratulerar till utmärkt vapenutbildning, säger jag.
Linda är betydande farlig med det fula vapnet!
Efter bara en halvtimmes instruktion!!
   Linda ser glad ut. Killen ligger kvar i snön.
... Men siktet är tydligen inte det bästa, för han
tycks sprattla fortfarande!
– Jag siktade i busken, ovanför, säger Linda.
   Killen har plockat fram ett plastkort, med POLIS.
– Du polisen! Stoppa på dig kortet, det fungerar inte
här i vildmarken! säger jag. Res dig upp, så det går
att prata med dig!
   Han ser ganska skakad ut.
... Vi skall till Äventyrshotellet. Vet du var det ligger?
– Jag kommer ifrån hotellet. Polisen genomför ett sök
i området, säger han.
– Du kan visa oss spåret. Det du kom i. Så åker vi före,
och du efter. Så kan du kontrollera att vi inte smiter.
Vi kommer svara på frågor, och överlämna alla vapen,
när vi når hotellet. Har du något eget vapen?
– Jag har den reglementerade polispistolen! svarar han.
– Titta bakåt. Om någon kommer efter, skjut! Skjut
direkt, och kasta dig i skydd! Dom kommer inte sikta
lika sympatiskt som Linda!!
– Vi eftersöker en person inom området.
– Jaja, det kan ju hända!
– Han uppges vara sinnessjuk och farlig. Beväpnad
med pistol!
– Det blir nog bra med det. Nu åker vi till hotellet!

●

Vi når hotellet. Äntligen. Civilisationen.
   Fan!
   Det trodde jag inte!
   Det är plogat framför hotellet. En polisbil
står där och glittrar. Nytvättad. Som alltid!

– Vi klarade det!! ropar jag.
– Pia, du är ju helt total! svarar Shakira. Morska upp
dig litet nu!
   Linda fnissar åt mig. Vi ställer skidor och stavar,
går in och pratar med receptionen.
   Det är toppluvetanten som tar emot. En uniformspolis
och en kostympolis står och pratar med henne.
– Välkomna till Äventyrshotellet! Ursäkta mina vänner,
men vilka är ni?
– Vi är den då förmodligen saknade äventyrsgruppen!
svarar jag.
– Å herregud min själ! Nej!! Har ni alla klarat er!?
... En beväpnad sexualdåre är lös i parken, och polisen
är ute och letar! Är det bra med er alla?
   Jag försöker le vänligt. Poliserna glor på mig.
– Tyvärr. Fredrik fattas.
– Men herregud!!!
– En Björn...
   Hon tittar skrämt på mig.
... Slagbjörn tog Fredrik. Han kommer inte tillbaka.
– Björn?? svarar hon.
   Vid kanten av disken. Ett ställ med vykort. En ung tjej
står och tittar på vykorten. Plånboken ligger uppslagen
på disken. Hon stoppar tillbaka utvalda vykort i stället.
Plockar upp sin plånbok. Vänder sig om och går.
Först lugnt och sakta. Sedan snabbare. Snabbt till
kompisarna!! SLAGBJÖRN!!!
   Det brummar en buss ute på parkeringen. Jag ser
igenom dörren. Vitmålad, med POLIS i blått. Största
möjliga bokstäver. Inga fönster. Arbetsbuss. Stabsbuss.
Parkerar på vändplatsen.
   Kostympolisen. Han är äldre. Tittar över receptionen.
Signalement på oss som kom in. Ögonen är polisgrå och
blinkar inte. Han har ingen mustasch. Gråsvart hår.
Grå kostym. Polisblå smal slips. Han är mer polis än
sin uniformskollega.

Han presenterar sig:
– Håkan Borg Insatschef Rikspolisstyrelsens Special-
polissektion!! Avlägsna er; hotellet disponeras av
polismyndigheten!
     Vi ser alla glada ut. En Riktig Polis! Kan fan behövas!
– Det var jag som ringde! säger jag.
– Vi är snabbinkallade på order direkt av Rikspolischefen!
– Precis. Det var jag som ringde. Du skall få hjälp med
det praktiska, svarar jag.
– Vilka är ni? undrar han.
– Vi är den, av hotellets äventyrsgrupper, som varit
frånvarande, några dagar!
– Vi har, i Polisen, rapporter om brottslighet inom
äventyrsparkens område. Jag är här ifrån Rikspolis-
styrelsens Specialpolissektion för att samordna och
leda polisarbetet!
     Dom grå ögonen stirrar på oss. Blinkar inte. Stirrar.
Poliser har konstiga ögon. Polishjärnan tänker i termer
av brott och straff.
     ... Jag undrar om ni har varit i Norra Raststugan?
fortsätter han.
– Ja, det har vi! Vi pratade med några stollar och
snodde en hel del mat, svarar jag.
– Lokalpolisen utför brottsplatsundersökning i stugan.
Gärningsmannen har försökt städa bort spår efter ett
misstänkt våldsbrott!
– Tja? säger jag. Dom satte handfängsel på Greger...
... store killen, där... hängde han i knävecken och
skulle tortera honom lite så där lagom, säger jag.
– Uppger du, att du var där, och såg det själv?
– Javisst! Och sen min skämtsamme kompis... Shakira,
lilla tjejen här... satte äpplen, på huvudena, på två av dom.
... Äpplena blev avskjutna, med pistol, och killarna
berättade precis allting! Meddetsamma!
     Jag sätter på ett Shakiraleende. Hon visar hur man gör.
... Men dom var trista, så vi körde ut dom!

162

– Polisen söker skytten för mordförsök och möjligen skadegörelse! säger han strängt.

Jag tittar på han. Han blinkar inte. Stirrar.

Greger sätter handen för munnen.

– Det var jag som sköt! svarar jag.

Han glor på mig med de grå ögonen.

– Jaha! svarar han.

... Vidare föreligger en uppgift om en brandskada i en annan stuga, som kallas Jaktstugan. Har ni varit i Jaktstugan?

– Vi har varit i Jaktstugan också! svarar jag glatt.

Han glor på mig.

– Polisen utreder brandskadan som mordbrand!

... Har du några uppgifter du kan lämna?

– Mordbrand kan man kalla det, svarar jag. Mina kompisar satt fjättrade med kedjor och handfängsel, i kaminen, och skulle brinna inne.

– Har du något signalement på gärningsmannen?

– Det var jag. Det var jag som tände elden, svarar jag.

Han är tyst och glor på mig. Jag stirrar tillbaka.

Han förstår att det är något mer. Poliskugghjulen snurrar runt i Rikspolisreglementerad blåblixtrande belysning.[i]

... Jag är dötrött och har rum på hotellet. Jag skall gå och sova några timmar. Sedan skall jag svara på dina frågor.

Mina kompisar kommer också svara på frågor. Vi har vapen som vi vill överlämna till polisen.

– Har ni vapen? Går unga tjejer runt beväpnade i Äventyrsparken? frågar de grå ögonen.

– Tjejer kan inte skjuta pistol! Livsfarligt! säger uniformspolisen.

– Du erkänner att du har ett vapen? undrar kostympolisen.

---

i När jag var liten var ljusen röda. Man bytte till blått polisljus 1970. Problemet med det blå ljuset var att man bara hade glödlampor med blått filter. Glödlampor ger bara sparsamt med blått ljus, så man fick öka effekten och montera fler ljus, för att synas. Numera kan blå lysdioder användas. Dom kom ganska nyligen.

Jag sneglar på Shakira. Hon nickar omärkligt.
Jag tittar på receptionsdiskens fruktfat.
– Shakira! säger jag. Kasta mig en apelsin! Vi går ut!
Jag går ut i snön igen. Jag är för varmt klädd för
Hotellets reception. Shakira räcker mig en apelsin.
– Kasta en åt mig också! säger hon.
Polisbussen har satt ned stödben i snön, och skickat
upp en jätteantenn i luften. Stabsbuss. Jag pekar åt sidan.
– Åt det hållet, så vi inte pajar polisgrejen! säger jag.
Shakira är bakom mig. Jag står still. Jag var först ut;
dom andra är bakom.
... Kör!
Apelsinen åker upp i en båge framför mig. Den går
bortåt, så jag snabbar mig.
– **PANG!** – **PANG!**
Jag, min klantskalle, är trött, och missar första skottet.
Ett orange gasmoln i luften. Fantastiskt, mjuk blyspets!
Jag tar min apelsin, och kastar upp den.
– **PANG!**
Nytt gasmoln av före detta apelsin. Jag vänder mig
mot han.
De grå ögonen blinkar, ser jag. Jag tar ur magasinet;
sätter det i handen på han. Jag drar ur skottet ur
patronläget, blindavfyrning, och lägger pistolen ovanpå.
Jag plockar upp den utkastade patronen.
– Du... vaddusaduhette...?
Jag lägger den lilla patronen i näven på han.
– Håkan Borg insatschef Rikspolisstyrelsens
Specialpolissektion!
– Vi överlämnar nu vapen till polisen. Vi har norpat dom
av ett gäng, som nu finns, sannolikt, väster om hotellet.
Jag har ordat så att dom fångas in och transporteras hit.
– Patron ur! ropar Greger.
Octavia och Linda plockar skotten ur sina vapen.
Kostympolisen glor ögonen ur sig. Dom har ju haft
kanonen på ryggen; bara remmen syns framtill. Siktar
uppåt. Trycker av. Ger vapnen till uniformskonstapeln.

– Ditt jobb! Se till att hålla undan dina konstaplar.
Så det inte strular till sig.
– Strular till sig? undrar han.
– Ihjälskjutna! svarar jag.
Dörren till bussen öppnas. En poliskille, yngre,
stoppar ut huvudet.
– Norrmännen frågar om operationsområdet kvarstår
och bekräftelse om vapen! ropar han.
Rikspolisspecialvadhannuhette tittar bort mot han.
– Operationsområde kvarstår!! ropar jag. Bekräftas att
vapenanvändning är fri utan restriktioner!!
Killen pratar i en mikrofon.
... Flera stupade fiender skall plockas in till hotellet!
Killen pratar i sin mikrofon.
– Dom kommer om några sekunder! ropar han tillbaka.
– Vilka då? undrar Riksspecialpolisinsatschefen.
Vi hör mullret. Långt borta. Snabbt starkare. Dom
kommer nu. Poliserna tittar omkring sig. Förstår inte.
Ett tungt propellerplan kommer mot oss. Fyra
propellrar. Dundrar över; låg höjd, bara ett par
hundra meter. Planet går västerut.
– Jävlar!! ropar Greger. Fallskärmsjägare! Tungt
beväpnade samtränade stridsvana soldater! Jävlar!!
Hur har du fixat det Pia? Nu är dom fan totalkörda!
Dundret försvinner i fjärran. Men det försvinner inte.
Blir starkare igen. Ett andra fyrmotorersplan flyger över
oss. Bort i fjärran.
– Dom fäller nu!! skriker killen i bussen. Öppet samband
på trettiofyrafemtiofem!!i
– Det är ju en invasionsstyrka! säger Greger.
– Du ähh?? Um...? säger jag till Grå Ögonen.
– Håkan Borg Insatschef Specialpolissektionen!
– Jag stannar inne på hotellet. Jag skall sova. Du har
några jobbiga timmar i din ledningsbuss...
– Vad menade du med stupade fiender? undrar han.

i   34.55MHz, FM 10kHz bandbredd, 50kHz kanalseparation.
    Frekvens valbar mellan 30MHz till 75MHz. NATO-standard
    Används av alla NATO-länder.

– Efter att banditerna tvingat mig att egenhändigt
tända eld på mina egna kompisar...! säger jag.
... Så var jag en smula hämndlysten, och gick åt dom
ganska ordentligt. Dom jagade oss med vapen och
kulspruta, västerut, ända ned till sjön.
– Kulspruta!? undrar han.
– Dom har en KSP 7.62 millimeter som förmodligen
är låg på am nu, svarar jag.
– Du kan inte bara gripa till vapen och börja skjuta
ned folk! svarar han.
– Jag är Pia Jansson, och jo, det kan jag, och jo, det har
jag fan gjort!! Banditerna är här för att straffa mig
personligen. Så, jag ringde efter hjälp; det är inte rimligt
att den underbemannade lokalpolisen skall riskera livet,
i en strid, som inte är deras.
... Hoppa in i bussen och få lite styr på dina polisstyrkor.
Samtliga banditer, levande döda och skadade, levereras
hit till hotellet. Om några timmar. Du skall bara ta emot
dom! Vi snackar sen!

Och sedan går jag in i hotellet, får ett rumsnummer,
slingrar mig ur mina många tjocka kläder, kramar
resväskan som en kompis man inte sett på ett helt år,
och tar tandborsten.

Toaletten. Blank glittrande och nystädad. Skall borsta
tänderna. Jag är så trött att det susar i huvudet. Tittar mig
i spegeln. Jag håller i borsten. Släcker. Det blir sotmörkt.
Visar tänderna. Tänder lyset igen.
– Du är en idiot, Pia! säger jag till mig själv i spegeln.

Jag borstar mina tänder. Orkar inte stå upp. Sitter
ned på toan. Sköljer.

Och så går jag och sover. Mycket tungt och länge.

●

Jag är jagad av stora väckarklockor med metallben.
En talarstol. Jag skall hålla tal. Tvingad. Klockorna
motar mig upp för den smala vita trappan. Bländad
av strålkastarna. Många tusen åhörare. TV sänder.
Publiken skriker. Jag kan inte andas. Benen bär inte.

Jag glor in i TV:s 125 millimeters teleobjektiv.
Det är tre kameror. Nu dör jag!
Mikrofonen är monterad i änden på en otäck
blänkande hotfull stålorm. Försöker hugga mig!
– Drottning PIA JANSSON!! Regent i Konungariket!!
ropas det ut i högtalarna.
– *DROTTNING PIA! DROTTNING PIA!*
DROTTNING PIA! DROTTNING PIA!
skriker publiken.
Publiken tystnar. Jag försöker säga något. Vad säger
man till invånarna i ett helt land? Strålkastarna bländar
mig. Klarar inte att stå upp. Kan inte andas. Svimmar.
– *DROTTNING PIA! DROTTNING PIA!*
DROTTNING PIA! DROTTNING PIA! skriker
publiken, nu ännu högre.
Kvicknar till. Blinkar. Lättad, att jag inte kvicknar
till i talarstolen. Utan i sovrummet.
Jag har snott in mig i lakanet. Ser mig omkring.
Det är ljust. Jag andas litet extra. Lugnar mig.
Mardrömmen med konungariket har följt mig en tid.
Konungarikets Prinsessa; jag hjälpte henne vid Kröningen.
Och sen fick jag vara kändis, någon dag eller så.
Uhhh!!!
Hotellrummet har väggar i målad timmer, men det är
nog inte massivt. Fuskpanel. Mörkbrunt och lite dovt.
Det finns ett skrivbord med en stol. Ingen TV. Enkla
tavlor, av sorten med okänd konstnär, med jägare och
vilda djur.
Det pirrar i kroppen. Otäck känsla. Utvilad! Jag måste
upp och springa. Hitta mina kompisar. Prova hotellets
matsal. Värma mig i duschen. Vara glad. Sätta på mig
vettiga kläder.
Det gör ont att stiga upp. Jag har blåmärken och
träningsvärk precis överallt. Kämpar! Kommer upp.
Jag tar tid på mig i duschen. Mjuka upp de stela
lederna. Reder upp mitt hår. Äventyrsvecka är hemskt
för frisyren. Jag har blåmärken som om jag åkt runt i en
tvättmaskin. Försök undvik sådana där äventyrsveckor!

Jag klär mig, med kläder ifrån väskan. Tar mitt pass.
Så går jag för att leta på matsalen.
Jag hittar en snutgubbe utanför rummet. Han sitter på
en orange plaststol. Jag håller fram passet. Han glor en
del. Jag vet aldrig om polis och tullgubbarna läser texten,
eller glor ned i urringningen. Jag har balklänning, på mig,
på bilden. Åtsittande med bar mage.
– Jag skall göra ett eftersök, efter matsalen! Säg till han,
Specialpolischefsgubbenvadhannuheter, att jag gärna
svarar på frågor!
Och så knallar jag iväg. På måfå. Hittar matsalen
i pilens riktning. Bord. Framställt smörgås juice och
pålägg. Jag tar bröd, två olika sorter. Nu skall jag njuta!
Leverpastej, sallad, vindruvor. Sedan två olika sorters ost.
Jag delar smörgåsarna. Så jag skall kunna äta flera.
Laddar på lyxigast möjliga pålägg. Komplicerat.
Leverpastej, sallad och vindruvor. Ost med paprika.
Ost med tomat. Leverpastej med sallad och tomat.
Leverpastej med marmelad. Pysslar om de små
smörgåsarna. Stort glas apelsinjuice.
Jag sitter och mumsar. Polisgubben kommer.
Han är trött och sliten. Sätter sig tungt ned. Plockar
upp mitt pass. Glor i det. På bilden, tror jag.
Han grubblar en stund.
– Um, ursäkta om jag stör! säger han. Vi har intervjuat
dina kompisar, var och en för sig, och den historia som
berättas verkar trovärdig och stämmer med övrig
bevisning. Men, skriva det i en polisrapport, jag vet inte.
Det mesta verkar vara en smula utöver det vanliga.
– Jaha? undrar jag.
– Linda. Hon är ju den minsta av er. Vem tvingade
henne att hoppa i Järvforsen?
– Det var hennes egen idé. Hon är en fisk. Hon simmade
i isvattnet tvärs över, under ytan, svarar jag.
– Det förekom ingen påtryckning, ifrån någon
annan i gruppen? Ifrån dig, till exempel?

– Bara jag och Linda planerade. Övriga fick instruktioner.
Alternativet hade varit en eldstrid över vägbron. Jag var
tacksam, men bad henne ställa in.
– Alla säger att tjejen Shakira bar er andra, över till andra
sidan, på linan. Jag har svårt att förstå hur det skulle
kunna fungera. Hur hon skulle orka den tunge Greger;
hålla balansen och undvika att trilla av?
– Du har frågat henne!
Jag fnissar, och får näsan för nära kryddosten.
– Hon svarade inte, utan...
Jag kan inte motstå. Mumsar i mig halvan med
kryddosten. Jag fnissar igen. Försöker tänka på något
annat. Tugga noga! Juice. Inte smörgåsen i halsen...
– Om du spänner upp en wire, tre meter över marken,
du kan åka själv. Jag tänker på Linda. Om det kniper,
vi kan ju åka dit och göra om. Men, det blir kallt för
Linda. Vi andra ställer upp! Då kan du ju se själv.
– Greger berättade att ni tog ned linan; tog linan med er?
– Man kan göra en sprint, som man skakar ur. Greger har
ju varit på militär träning. Jag snitsade litet extra, så linan
är helt slät när vi tar in den.
– Jaha? Jag undrar...
... Hur många sköt du, under eldstriden?
– Det var laddat med mjuk blyspets. Den fragmenterar
nog inte så där våldsamt, men bara sjukhusen
i huvudstaden har folk som kan operera komplicerade
skottskador. Vansinne!
– Vad skjuter du själv? Får jag fråga det?
– 9 millimeter m/39B. Helmantlat med stålmantel.
– Jaha! Och hur många? undrar han.
– Fredrik sköt jag i skallen. Han dog på fläcken.
Jag kunde inte gå fram och kontrollera. Men, känslan,
var att han stendog.
– Till hotellet, du uppgav att Fredrik rivits av en björn?
– Jag hittade på björnen. Som plausibel äventyrsrelaterad
förklaring. Vi såg inte minsta lilla vilddjur på alla dagarna.
Inte spår heller. Det här är inte vildmarken,
utan jordbruksbygd eller något.

– Jaha?

– Notera...

– Ja?

– Vi backade och sköt. Dom sköt och kom efter.
Flera gånger. Dom sköt mot oss småflickor med
kulspruta. För att döda!

– Vi har svårigheter att göra en korrekt
brottsplatsundersökning ute i snön, på ett
område som är flera kilometer långt.

– Ja, det är ju gott om utrymme! svarar jag.

... Ett par killar smög runt och skulle skjuta mig. Dom
missade. Greger hjälpte till. Sedan sköt jag dom, det jag
kunde, sedan mer. Jag åkte fram. En av de två sköt jag
i skallen på kort håll.

– Du medger att det var en avrättning?

– Jag snodde en K-pist och en väska, som visade sig
innehålla ammunition. Då hade vi två K-pistar och två
pistoler. Dom som vi gav till din poliskompis, när vi kom.

– Jaha?

– Jag skadesköt några. Jag förmodar att dom avled.
Det var ganska många. Flera skrek av smärta eller
på hjälp.

– Vi har kört ned två ambulanser med skadade. Dom är
framme i huvudstaden nu, svarar han.

– Om du tar emot, när KSP:n försöker peppra ned dig,
du skulle skyndsamt önska att jag kunde vara där,
och skjuta några. Så du inte dör.

... Det var ett krig. Vi eller dom! Dom hade avsevärt
övertag. Dom var fler; bättre vapen.

... Vi klarade oss bara för Linda, Håkan och Octavia
hittade båten. Så vi kunde komma bort ifrån stranden.

– Jaha... Umm...

... Enligt samstämmiga uppgifter öppnade unga fröken
Linda eld mot en polisman i tjänst. Hon har, enligt egen
uppgift, inte något sådant där pass, som du har. Hon har
bett mig fråga dig?

– Vi skall beskydda henne. Ifrån samma gäng som vi hade här. Om du överväger något rättsligt alternativ, det kommer bli en hel del diplomatiskt krångel. Hon är skyddad. Om du så begär, det kan ordas fram ett pass till henne. Du kan inte hantera Lindas skjutning rättsligt. ... Dessutom utfördes skjutningen med övrigas samtycke. Vi var trötta och Linda en smula skjutglad. Det är aldrig enkelt att vara minst och svagast, när man skall ut på kraftprov.

– Poliskollegan, som hör till ortspolisen, han undrar om han agerade korrekt, eller om han skulle använt sitt tjänstevapen?

Jag böjer huvudet och fnissar.

– Han är förbannad?

– Ja. Mycket.

Jag slurkar i mig en brödkant, med leverpastej, sallad och vindruva. Tuggar omsorgsfullt. Tittar mot en väggbonad. Den lilla matbiten är fantastiskt god. Sköljer med juice.

– Vi kan gå ut, och ställa oss ute på parkeringen. Med oladdade vapen. Han kan prova olika alternativ, när ingen kan bli skjuten. Min kompis, Shakira, skulle älska det!

– Jaha, jag förstår inte?

– Han hinner inte sikta mot oss, med pistolen. Men jag hinner sikta på han. Sedan blir han av med pistolen. Sedan stoltheten. Sedan friheten. Du skulle inte bara kunna avstyra hela grejen? För hans egen skull? I värsta fall har du ju fler poliser som vill prova!

– Men, hurdå?

– Shakira är vansinnigt snabb och slår hårt. Vi hade två K-pistar och två pistoler. Det kan bara sluta på något pinsamt sätt.

– Vi har fortfarande inte kunnat lokalisera båten.

Jag har frågor om hur ni styrde båten, i mörkret? Jag har frågat, och ingen tycks veta, utom du.

– När båten hittas; den skall fortfarande vara helt
oskadad; vi kan ta en tur, ute i mörkret, så kan jag
visa. Den skall tillbaka på bockarna, så ägaren inte
saknar den.
Han är trött och sliten, stackars polisen.
– Fjälljägarna, har du någon förklaring? Du ringer ett
samtal, en minut långt, och parken intas av en utländsk
militär ockupationsstyrka?
... Är utrikesdepartementet informerat? Har dom godkänt?
– Jag ringde Natalie! svarar jag.
– Vem är det? Gud fader själv?
– Jag skrev ett meddelande, på blocket, i Norra
Raststugan. Meddelandet gick fram. Så hon hade
förberett.
– Hur då? Jag förstår inte!
– Hon kontaktade nog någon militärcentral, som
Arméstaben. Sedan kan dom kontaktat NATO,
jag tror dom har stab i Danmark. Norge är närmast,
så hon lånar Norska insatsstyrkan. Den militära.
... Det är ju en utmärkt träning också. En fiende som
skjuter med riktiga vapen.
... Ohh! Jag hoppas ingen av soldaterna blev skadad?
undrar jag.
– Fri användning av alla slags vapen, vilket är helt
otänkbart ur polisiär synvinkel, tycks på det hela
fungerat bra. Vi har flera i fängsligt förvar.
– Jaha ja, så bra då!
– Hur kunde... Öh, Natalie, kontakta NATO?
– Hon arbetar för Konungarikets utrikesdepartement.
Hon räddade några till livet, tidigare i somras, genom
snabbt agerade. Om hon ber om hjälp. Hon får. Genast!
– Jag har suttit i telefon, i två timmar, för att försöka
avstyra, att polisen också skall gripa insatsstyrkan,
för olaga vapeninnehav och kårverksamhet, säger han.
    Jag sätter leverpastejen i halsen. Hostar. Juice!! Hostar.
– Exakt hur tänkte sig polisen att gripa dom? Hur var
det Greger sa... Stridsvana samtränade tungt beväpnade
soldater?

Han glor trött på mig.

... Natalie skulle ringa efter mer hjälp. Tyska, Franska och Engelska motsvarande insatsstyrkor, tio plan, kanske, dom är nog här på fyra timmar.

Han ser jättetrött ut, stackars polisen.

... Norrmännen har ju hjälpt dig, det skulle se anmärkningsvärt illa ut, utrikespolitiskt; även beaktat den nivå som våra folkvalda brukar hållas på.

... Utrikesdepartementet skulle få in buntvis med diplomatisk post, per timme.

... Kvällspressen skulle vältra sig i veckor.

Han håller handen för ögonen.

... Sedan regeringskris och kanske nyval.

– Jaja!! säger han.

– Vilket blåstyre kom med den käcka idén? undrar jag.

– Umm, jag tror det var Justitieministern, svarar han.

– Din stackare! Norrmännen, har dom åkt hem nu?

– Dom är på väg i bussar. Dom bad mig skicka någon sorts hälsning. Till dig. Och din kompis.

– Jaha?

– Dom trodde oss inte först, att Greger och ett par unga tjejer tagit emot anfallet, och hållit dom ifrån sig, under flera timmar.

– Greger har någon sorts militär specialutbildning. Shakira är ju naturbarn. Jag har tränat en hel del pistol. Vi är inte så ofarliga som man kanske kan tro.

– Vi fick hit KSP:n. En kompis är utbildad på vapnet. Han säger, att det man siktar på, det som bara försvinner...

– Den förde ett fasansfullt oväsen! svarar jag.

– Jag har för avsikt att förhöra Natalie, säger han. Det är mitt önskemål att du inte kontaktar henne före förhöret.

– Ta in på Strandhotellet. Hon sitter i receptionen!

Men, det gjorde hon inte alls.
När han kom dit, hon var borta!
Hon hade fått nytt jobb!

ÄVENTYRSFESTEN

Det är dukat i hotellets stora matsal. Alla är här. Våran grupp; jag ser hur dom tittar på oss. Greger stor och stark. Pålitlig. Håkan sitter och glor på Octavia. Octavia har på sig sina vanliga kläder. Syndig, gracil och med ett moln parfym. Alla killar sitter och glor på henne. Ett syndigt vinrött lackat skärp kramar om hennes tunna midja. Linda ser mindre ut än vanligt. Hennes tunna armar och spinkiga ben. Hon har klänning med bara armar. Jag är van att se henne i skidkläderna. Shakira sitter och glädjer sig åt uppmärksamheten. Jag är ganska grå och tråkig. Ingen ser mig.

Toppluvetanten, klädd i mörkblå klänning, som en bankkassörska, räknar in sina äventyrsgrupper.

– Hej allihopa och jag önskar er alla välkomna till hotellets äventyrsfest. Vi brukar ha festen sista kvällen, men vi kan inte vänta. En av grupperna har övernattat ute, i fyra nätter, utan mat eller vatten. Vi måste få höra vad de varit med om. Hur de klarat sig. Det är också den enda av grupperna, som åkt ända fram till hotellet, på skidor.

... Vi börjar med Jonas grupp. Som kom tillbaka redan första kvällen.

En kille reser sig, med den otacksamma uppgiften, att förklara sig.

– Öhh... Hej, jag heter Jonas!

Han har svart hår; ler en smula förläget.

... Vi hade ätit korven, vilket vi tackar för. Sedan satt vi och vilade, i vindskyddet. Det var fullständigt iskallt. Aldrig provat på sådan kyla förr.

... Sedan kommer Vargarna. Vi hör dom. Kommer närmare. Vi är rädda. Kanske är vi inte så modiga, i vår grupp.

... Det är mörkt. Vi hör en späd röst, som berättar
att vargen skall välja ut någon att slakta med sina
vassa blodtörstande tänder.
– Det var ingen ifrån hotellet? säger tanten.
Dom tittar sig omkring. Shakira sitter och ler
åt mig. Nickar. Jag reser mig. Ser mig omkring.
Nu tittar dom på mig.
– Ursäkta, om min fantasi kanske var... Det var inte illa
ment. Utan främst för killarna i vår egen grupp. Jag ber
om ursäkt!
Niger. Jag sätter mig igen. Shakira ser glad ut.
Jag åkte dit först! Satmara!!
– Jaha Öhhh... säger Jonas.
... Vi hör vargarnas snabba tassar. Dom undersöker
grillplatsen. Sedan blir det tyst. Vi sitter och är rädda...
Och så... Minst sju vargar, kanske tio, vräker sig in i vårt
vindskydd, anfaller, skall käka upp oss!
... Vi skriker och springer! Och så vill gruppen utse den
modigaste i gruppen!
En liten tunn tjej i ljust hår reser sig.
– Hej allihop, jag heter Lotta, och jag har blivit utsedd till
den modigaste, för vargen anföll och skulle äta upp mig!
... Jag blev mycket rädd och skrek det jag orkade.
Jag pekar på Shakira. Mina fingrar går över min hand.
Pekar mot tanten. Sjasar på henne. Shakira reser sig.
Går fram.
– Hej Jag heter Shakira! Jag har något som jag nog
skall erkänna...
Alla är tysta och ser mot henne. Tittar på oss andra.
... Efter att vargarna undersökt grillplatsen, de kom in
till oss. Nosade noga på killarna, som satt ytterst. Och
ibland! Jag har ovanan att göra något litet hyss. Jag ber
om ursäkt; det var ju inte meningen, att förstöra hela
äventyrsveckan, för någon annan grupp.
– Jaha! säger Jonas.
Tjejen, Lotta, glor ilsket.

– Jag reste mig och gick ut till grillplatsen. Jag kom ihåg var det låg en tappad korvbit. Jag tar korven i handen och visar.

Lotta håller sig om huvudet, som om hon ska skrika rakt ut.

... Umm jaa öhh; jag går till närmsta vindskydd. Det råkar bli ert. Och så kastar jag in korvbiten längst in. Och då springer de tre hundarna, i full fart, rakt in för att ta korvbiten först.

Tjejen skriker till. Glor på Shakira. Håller sig om huvudet. Sakta blir det knäpptyst. Hon kommer på vad Shakira sa. Några sitter med huvudet i sina händer.

– Hundar? säger hon stilla.

Alla tjoar och klappar händer! Lotta ser inte nöjd ut.

– Jag trodde en livsfarlig hungrig varg slickade mig rakt i ansiktet! En hund? Nej!! Var kom hundarna ifrån?

– Det är en av våra anställda, som har tre mellanstora hundar, svarar tanten.

Lotta tittar sig omkring.

– Hotellet tar dit tre hundar. Hon där skrämmer upp oss. Och du där, gör så att hundarna anfaller. Och jag blir dörädd och slickad i ansiktet... Det känns inte rättvist! Du sa till den gruppen, i förväg, om hundarna!

– Nej, absolut inte! säger tanten.

Jag reser mig.

– Vargen ylade, säger jag. Men inte tre gånger. Det var samma ylande varje gång. Inspelat.

– Med högtalare, som i en skräckfilm! säger Lotta. Nej!

– Vi gratulerar Lotta, vinnare i gruppen! säger tanten.

– Hundar! Ät upp mig! säger Lotta och går och sätter sig.

– Nästa grupp utforskade Björngrottan! säger tanten.

– Hej! Jag heter Rickard, och är utsedd till den modigaste i vår grupp.

Vi klappar händerna.

... På morgonen fick vi korv till frukost, av hotellet. Sedan åkte vi skidor, igenom skogen, bort mot Björngrottan. Jag är utsedd till vinnare, då jag vågade gå längst in i Björngrottan.

– Björnen? hör jag.

– Björnen var inte där, just då! svarar han.

– Du kunde ha dött! viskar dom. En kille blev uppäten
av björnen!

Vi klappar händerna. En kille reser sig.

– Hej! Jag har utsett mig själv till vinnare i vår grupp!

Vi fnissar och klappar händerna. Han vinkar till oss,
som en politiker.

... Jag heter Urban, och var den enda som vågade åka
i wiren! Mina övriga småflickor, dom fegade ur!

Han får en papptuss i ansiktet av närmsta fegis.

... Därför är jag ensam kvar! Som kandidat. Den enda
värdiga vinnaren!

Han sträcker upp armarna. (Ny papptuss)

... Jag kandiderar till platsen som hela Äventyrshotellets
Storvinnare!

(Papptuss!) Vi klappar ordentligt i händerna.

Hans kompisar drar han tillbaka till bordet.

– Och nu! säger tanten. Jag tror att den återstående
gruppen har mycket att berätta. Vem kommer fram först?

Jag knuffar på Linda. Linda reser sig. Går fram.

– Hej allihop. Jag heter Linda. Vi övernattade
i vindskyddet. Första natten. Det är så länge
sedan nu. Men, det var kallt. Kunde inte sova ända
till morgonen. Månen var uppe. Så, vi åkte. Vi åkte
åt nordväst, där det var vitt på kartan.

... Jag vill nominera Greger, ifrån våran grupp. Han åkte
ofta först och spårade. Han är den största och starkaste
killen.

... Jag orkade inte åka skidor, en hel dag, inte ens första
dagen. Pia drog mig i en lina, när jag inte orkade längre.

... Greger! Kom!

Greger reser sig.

– Greger! Hej! Vara stor och stark, det gör dig inte till
en vinnare. Man måste visa omtanke, hjälpa sin grupp.
Därför nominerar jag Pia!

... Pia var den som kastade sig ned i ravinen, för att rädda Octavia, när Octavia kört av kanten och kraschat ned i en fjällbjörk.

... Sedan, när alla är slutkörda, av att åka skidor i många timmar, utan mat eller vatten. Pia föreslår att vi skall gräva ut en snögrotta. I tid, medan vi ännu orkar, innan vi får övernatta ute.

... Vi sitter hungriga i grottan. Ingen mat. Inget vatten. I mörkret. Då tänds ett stearinljus. Pia har tagit med sig ett ljus! Sedan startar hon ett enmans spritkök. Vi är så hungriga och törstiga, att vi kan dö!

... När hon smält snö, hon kryddar och har i makaroner! Och sedan, hon avstår maten, och ger sin slutkörda kompis Linda.

... Det visar sig att hon har en liter brännarsprit och en stor ekonomipåse makaroner. Vi kör spritköket hela natten.

... När det blir min tur. Jag hittar fem köttbullar ibland makaronerna.

... Så, nästa dag, vi är bara måttligt hungriga, och startar skidåkningen med självförtroende! Pia! Kom fram!

Jag reser mig.

... Applåd för PIA... JANSSON!! ropar Greger.

Dom applåderar. Jag blir litet förlägen. Röd i ansiktet. Satmaran fnissar ljudligt åt mig. Vinkar till Greger.

– Jaha, hej! Det är jag nu igen... säger jag.

... När det är dags för äventyr, utforska det okända; det kan bli farligt. Shakira är din självklara kamrat. Bara hon har kapacitet, att snabbt skida i lössnön för att hämta hjälp.

... Hon räddar dig, när du faller. Drar upp dig på skidorna. Men hon kan ställa till med en hel del hyss, som ibland kan bli elaka.

... Jag ser, på kartan, att äventyrsparken, det är öster om vägen. Därför åker vi åt väster, så ni andra skall slippa överraskningar ett par dagar.

... Men! I morgon...! Då!!

Jag pekar på alla, i dom andra grupperna.

... Alla är lovligt villebråd!

... Andra dagen, vi åkte skidor till Norra Raststugan.
Jag nominerar min kompis, Shakira, för det som hände
i raststugan! Hon får berätta själv!

Shakira reser sig. Hon ser ganska glad och ofarlig ut.

– Hej! Jag är Shakira!

Hon vinkar med handen.

... Mot eftermiddagen, andra dagen...

... Vi hittade ett fyra man starkt rövarband, beväpnat,
i Norra Raststugan!

Nu glor dom, ordentligt. Alla har sett polisens
ledningsbuss. Med stödben högantenn och fackverkstorn.

... Vi fick handfängsel, och skulle sitta i vedboden. Greger
skulle torteras inne i stugan. Då tar min lille ängslige Pia
fram ett gem, som vi kan använda att öppna handfängslen
med.

... Och så får jag leka med tre ganska fega låtsasbanditer!

... Jag satte två mot kortväggen, i stugan. Äpplen på
huvudena. Och så...

Hon väntar litet, visar att hon sätter något på huvudet.

... Pia sköt av äpplena, med pistol! Och då klappar dom
ihop, skriker, och erkänner allt genast!

– Men! Du skojar! Det är inte sant! hör jag.

– Norra Raststugan. Det finns nu två kulhål i väggen.
Åk dit och se efter!

Dom glor på Shakira. Tittar på varandra. Bekymrade?

... Jag önskar nominera Octavia! Hon skänkte mig glädje
och energi, under strapatserna.

... Hon anordnade den här resan, och var den som
ordnade till med rövarbandet i raststugan!

Då är det Octavias tur. Killarna suckar.

– Hej! Jag heter Octavia!

... Jag är uppriktigt ledsen för intermezzot i Norra
Raststugan. Ber om ursäkt! Jag hade tänkt att Greger
skulle få visa sig modig, eller feg och självisk.

... Jag har anordnat resan, för jag behöver få reda på
vilket. Som en sorts prov.

... Det där, med vargarna och övernattning i vindskydden, det var min idé, det också. Det brukar inte ingå.

... Jag har också lurat hit Pia och Shakira, då dom är kända för att kunna piffa till den tråkiga vardagen.

Shakira vinkar. Glad!

... Efter raststugan, vi tog oss över norr om Järvforsen. Och där fick vi övernatta i det fria.

... Mina kompisar hade fått med sig ett par extra paket korv. Så vi smälte snö och åt grillad korv, som kvällsmat.

... Men sen, tidigt om morgonen, då fick vi problem...

... Vi kunde inte nå hotellet... Öh...

– Med Björn! säger jag.

– Björn... Jaha...? säger Octavia.

... Vi flydde ifrån Björnen, så snabbt vi kunde, åt väster, ända till sjöstranden.

... Och då önskar jag nominera Håkan. Han är alltid trevlig och villig...

Octavia och Håkan tittar på varandra. Octavia slickar sig om mun.

... Han har hjälpt till att spåra, råkat ut för farliga banditer, han släkte elden i Jaktstugan, så den inte brann ned...

Dom tittar på varandra. Någon viskar om Jaktstugan. Vet inte var den ligger.

... Dessutom var han till hands, som föda! Greger frågade Pia, om hon kunde mörda Håkan, och käka upp han!

Nu ser dom förskräckta ut.

– Det har brunnit i Jaktstugan? undrar tanten.

– Så, Pia, hon förklarar, hur man skall skära upp han, samt håller fram pepparn!

... Dessutom är han min kille, just nu...!

Alla applåderar, och killarna visslar. Nu kommer Håkan.

– Jag heter Håkan, och är inte kompis med de övriga, utan utsågs att följa med, borta vid vindskydden. Jag har fått en upplevelse jag bär med mig hela livet. Jag klarade mig, tack vare de andras insatser.

Jag vill nämna Pia, för att helt omöjligt navigerat båten,
när vi rodde på sjön mitt i svarta natten.

... Det var också hon, som lirkade fram en fiskeutrustning,
ur ryggsäckens skrymslen, så vi kunde få fisk att äta,
när vi kom iland.

– Herregud? Har ni ätit fisk, ifrån sjön? ropar tanten.

– Vi fick välja på fisken och Håkan! svarar jag.

Som på restaurang. Kött eller fisk!

– Jaha! Är Pia er kandidat? undrar tanten.

– För att bli vinnare! säger jag. Man måste utfört ett
Storverk! Så stort, att det inte finns någon tvekan.

... Man måste offrat sig själv, för gruppens bästa.

Något så svårt, att ingen annan kan göra om det!

... Jag vill att alla nämnda kandidater, skall vara
hedrade, för sina insatser.

... Men, vinnare, det finns det bara en!

... En enda värdig vinnare!

Dom grubblar på vem det kan bli. Jag tar tag i Linda.
Motar henne längst fram. Jag hör att dom mumlar. Hon
är ju klart minst.

... Linda! Vid Järvforsen. En femhundra meter väster om
vägbron. Efter egen idé och eget förslag!

Dom mumlar vid borden.

... Hon står nere vid vattnet. Vid Järvforsen. Den är strid,
just där, för det är smalt.

... Linda tar av sig jackan. Lägger jackan i snön. Lägger
mössa och skidglasögon ovanpå jackan. Hoppar ur
pjäxorna och står på jackan. Slingrar sig ur skiddräkten.
Tar av värmebyxorna.

... Hon tar av sin T-shirt. Sina strumpor. Trosorna.

... Jag binder en lina om midjan på henne. Hon rusar,
helt naken, i snön, och dyker ned i Järvforsen.

Jag ser; dom tror mig inte.

... Hon simmar under ytan, hela vägen till andra stranden.
I isvattnet. Sedan klättrar hon upp, klättrar på en sten,
upp på en gren, och binder linan om stammen på ett träd.

... Killarna sträcker linan, och Shakira springer över, på linan, med två ytterjackor. Shakira lägger en jacka i snön. Lossar Linda ifrån linan, lägger Linda på jackan, och lägger den andra jackan över, som ett lock.

... Linda får en godis att knapra på; Shakira öser upp snö runt jackorna.

... Sedan bär Shakira alla över på linan, med Lindas kläder och all utrustning. Men Greger!

Jag pekar på Greger.

... Shakira dansar runt, i cirklar, på linan, medan Greger skriker som en gris! Rädd att han skall ramla i!

... Jag utser nu Linda till äventyrsveckans vinnare. Det går bra att provsimma Järvforsen, ni övriga, om ni vill kandidera!

Dom glor på varandra. Jag ser, att dom tror inte på vinterbadet.

– En fråga!

Det är Lotta. Hon med vargslicken.

... Vad gjorde modige Linda, då vargen anföll?

Linda tittar sig omkring, ser bekymrad ut. Slår ut med händerna.

– Hon sov, svarar Octavia. Vi hade henne i knät, och hon somnade när vi satt oss.

Lotta sätter sig. Övriga i hennes grupp fnissar åt henne.

●

Vi sitter och äter festmaten. Maten är inte så där speciell, just nu har jag prinskorv och Jansson[i] på tallriken. Man får tvinga i sig, det som bjuds, på överlevnadsveckan!

Polisen kommer och vill prata med mig. Det är han, specialinsatskostymrikspolis...

– Går det bra om jag sätter mig?

– Det går bra. Sno åt dig litet av hotellmaten! svarar jag.

... Ingen ser om du också tar litet!

---

i   Janssons frestelse. Potatisrätt kryddad med burkfisk och lök.

– Det är en sak som bekymrar mig. Det har inte med hotellet att göra. Förrförra sommaren. Det var jag som var insatsledare för det kända Trippelmordet.
Jag tittar på han, gubben.
... Du har hört talas om Trippelmordet?
– Öhh, jo, jag vet vad det handlar om! svarar jag.
– Det logiska är att flickorna, som hålls fångna, kommer loss. Tar sig ut ur villan och ringer polisen.
... Men det sker inte. I stället mördas alla tre gärningsmännen, och flickorna försvinner.
Jag tittar på han.
... Två problem. Första. Vilken småtjej kan mörda tre unga starka vuxna karlar?
... Andra. Vilken småtjej kan hålla mun stängd, och inte släppa ut ett rykte, till sina kompisar i skolan?
Jag tittar på han. Undrar vad det är meningen att jag skall säga.
... Men nu. Utanför. Jag har en avspärrad parkering, fylld med döingar med skynke över.
... Tjejen, som gjorde det, sitter förnöjsamt och mumsar i sig potatis och prinskorv!
Han är tyst en stund.
– Du.. öh....
– Håkan Borg. "Noggranne Borg", säger dom, när jag inte hör.
– Aha! Nu förstår jag! Det är två olika Håkan! säger jag.
... Du får ursäkta; vi var enormt trötta när vi kom till hotellet.
... Så här. Antag att polisen tar gärningsmannen.
Men han är en dålig gärningsman.
– Hur så, dålig?
– En totalt vansinnig galning. Kan ej genomgå en domstolsprocess. Inlåst livstid på en institution. Eller en känd massmördare. Sitter redan inne. Ingen förklaring fås; inget extra straff kan utgå. Eller någon du inte vill se som gärningsman. En polis, någon du jobbar med. Dålig gärningsman!

– Jaha, och hur menar du?
– Jag har en fråga!
– Jag kan inte svara på något om brottet. Sekretess.
Förundersökningssekretess. Det är fortfarande ett
pågående ärende.
– Var polisutredningen bra?
– Det finns alltid luckor. Men, såvitt jag vet, gjordes
allt på rätt sätt, och inget glömdes bort.
– Om utredningen har en brist. Hitta gärningsmannen,
det betyder att bristen försvinner, blir oväsentlig, glöms
bort. Men utan gärningsman, nya poliser kommer läsa
utredningen. Som utbildning. Och några kommer bli
duktiga detektiver!
– Du menar, att om gärningsmannen nu aldrig påträffas,
det kan på sikt gynna polisen?
– Allt behöver inte vara dåligt!
– Jaha, kanske?
– Jag läste utredningen. Delar av den. Någon sorts
sammanfattning.
– Det finns en utgiven bok, där det tyvärr står litet
för mycket detaljer, säger han bekymrat.
– Jag läste polisutredningens sekretessbelagda
sammanfattning. Klas Friberg lånade den av en
poliskompis.
– Det är ju grovt sekretessbrott! Fan!!
    Han sitter still och glor. Blåvita kugghjulen.
... Klas Friberg var orolig att du och Shakira var
inblandade, och förstörde bevisvärdet av ett förhör.
Han var orolig. Du och Shakira var där. I närheten.
Men, han kan inte varit säker. Då skulle han meddelat
oss.
    Han pekar på passet.
... Det där diplomatiska. Det finns gränser! En fråga.
Det där, i rutan, om vapen?
– Jag har rätt att gå runt på stan, med min pistol, laddad
och skjutklar. Förmodligen skjuta om jag tycker att det
behövs.

... Jag har ingen aning om det även gäller beslagtagna och hittade vapen. Du har säkert KSP:n någonstans. Du kan lägga dig ute i skogen, så kan Shakira skjuta några salvor över huvudet på dig. Så kan du bedöma, på plats, om skjuta tillbaka kan anses skäligt.

– Lagstiftningen skall tolkas vid en enskild händelse, svarar han. Det är inte tänkt att man skall strida i skogen en hel dag.

... En polis, med metalldetektor, har under dagen lämnat mig en påse med blandade tomhylsor. En hel påse. Bärkasse! Han säger att det nog finns ännu mer, därute.

– Vi hade kul värre, ute i skogen! svarar jag.

Det kommer en tjej fram till oss.

– Telefon till Pia Jansson! säger hon.

– Det är jag som är Pia! svarar jag.

– Natalie Lazcano ringer! svarar hon.

Jag går efter henne till hotellets reception. Tar luren.

– Hej! Det är Pia!

– *Polisen har identifierat några av banditerna.*

– Jaha! Vad bra!

– *Dom är anställda på finansdepartementet i huvudstaden. Någon har viss militär bakgrund. Övriga kanske vana vid friluftsliv. Men, vanliga pappersvändare, på det hela.*

– Va?! Har den politiska makten ägnat sig åt att skicka ut dödspatruller?

– *Vi är ganska säkra. Dom hade stöd på ministernivå. Ditt land försökte mörda dig, Pia!*

– Det kan ju jag inte göra något åt??

*Nej, just det!
Så då får du göra det i stället!
Sno dig på nu, innan dom tar dig!*

– *Mina tjejer sitter och jobbar på hur det skall lösas! Jag kommer inte låta saken bero! Nu jävlar!!*

Natalie förbannad, då skall man passa sig!

HJÄLTARNA

Carl-Fredrik Algernon
Knuffad framför ett tunnelbanetåg 1987.
Börje Alpsten, departementsråd Justitiedepartementet.
Engagerat sig i fallet Martinger. Plötsligt avliden efter
kontakt med en polisman.
Anders Andersson
Omkom i flygolycka vid Oskarshamn 8/5 1989.
Nils Bejerot
Utsattes för mordbrand och drabbades därpå av
en virussjukdom och dog.
Elias Bengtsson
Statsminister Olof Palmes mångårige privatläkare.
Sannolikt hade han kunnat berätta en hel del om
Olof Palmes hälsa. Han mördades troligen.
Gunnar Berg
Visste om att Bernt Carlsson kände till verkligheten
kring (sk) Palmemordet och detaljer kring
bordellhärvan. Avled mystiskt.
Klas Bergenstrand, SÄPO-chef 2004 – 2007.
Avled hastigt i hjärtattack strax efter en del avslöjande
samtal med Anders Jallai 2007.
Bernt Carlsson, biträdande generalsekreterare vid FN.
Död i Lockerbiekatastrofen. Har till vänner sagt
att han kände till sanningen om Palmemordet.
Ville berätta, men omkom i flygolyckan.
Lars Christiansson, kommissarie
Körde Lisbet Palme till Sabbatsbergs sjukhus
28/2 1986. Han kände sig mycket orolig och
avled av "hjärtbesvär" 1993.

Rolf Dahlgren
Polisinspektör och Holmérs privatchaufför.
Han informerade riksdagsmannen Jerry Martinger
om mordkvällen och dog en mystisk död 1994.
Man åberopade spritförgiftning.
Hilding Eek
Folkrättsprofessor som hittades mördad i sin bil.
Stig Engström, Skandiamannen.
Viktigt vittne, som behandlades illa av framför allt
Hans Holmér. Han avled hastigt i galopperande cancer.
Lars Ericsson, KSI-chef och överste.
Hittad drunknad i juni 2012.
Erik-Axel Erikson
Sköts ihjäl med fem skott i ryggen utanför Växjö.
Cats Falck, TV-journalist.
Hittad död. Polisutredning lades ned av Erik Skoglund.
Jan Forsström, rättschef i statsrådsberedningen.
Dör hastigt.
Lena Gräns
Hittad död. Utredningen lades ned av Erik Skoglund.
Milan Heidenreich, informatör till Tommy Lindström.
Mystiskt död i bilolycka vid Hallandsåsen.
Ingvar Heimer, privatspanare.
Mördad 2002 med ett järnrör på T-banestation
Vårby Gård. Mordet har inte utretts ordentligt.
Anders Larsson
Varnade UD och Regeringskansliet gällande mordhot
mot Olof Palme. Funnen död under dunkla
omständigheter.
Kjell Larsson
Stadssekreterare till Ingvar Carlsson. Hastigt avliden.
Lennart Lindström
Hotad efter att ha publicerat artiklar om Palmemordet.
Han var en betydelsefull opinionsbildare.
Hittad drunknad.
Ulf Lingärde, SSI-man som ifrågasatte Palmemordet.
Familjen hotades 1987. Avled av aneurysm 2001.
Misstanke om mord kvarstår.

Gustav Petrén
Regeringsråd och ordförande i Medborgarrättsrörelsen MRR. Palme kritiserade honom för Europadomstolens inblandning i det svenska rättssamhället. Avled snabbt efter en lunch i Ängelholm.

John Olle Persson
Omkom i "Oskarshamnsolyckan". Fick kännedom om att Hans Holmér kördes förbi mordplatsen sju minuter efter attentatet.

Fritz Pettersson
Under flera år aktiv privatspanare. Avled mystiskt.

Hans Rosengren
Död i Oskarshamnsolyckan 1989. Hade en övernattningslägenhet 100m från mordplatsen.

Bo Ståhl
Hörde talas om planerna att mörda Olof Palme. Funnen död.

Roland Ståhl, överintendent och vice chef för Rikskrim. Förhörde Hans Holmérs chaufför. Avled i galopperande cancer efter en kort tids sjukdom i Januari 2000. Motarbetad och mobbad av poliskollegor.

Stefan Svedbom
Hittades död i sitt hem under oklara omständigheter.

Gösta Söderström, högsta polisbefälet på mordplatsen. Han trakasserades av kollegor för sina vittnesuppgifter. Hittades död i bostaden. Det är inte uteslutet att han bragts om livet i sin bostad. Han blev 82 år.

Milan Valverius
Chefsobducent som obducerade Olof Palme. Han avlider 1994, samma dag som sin hustru. De mördades sannolikt genom förgiftning. Valverius ifrågasatte om det var Olof Palmes kropp som låg på obduktionsbordet och varför kroppen hade utsatts för manipulation inför obduktionen. Lisbet Palme dikterade dödsbeviset för Valverius. Obduktions-protokollet förfalskades och hemligstämplades.

Hans von Hofsten
Kommendörkapten, var drivande i U-båtsdebatten, skrev *I kamp mot överheten*[i]. Drabbades av galopperande cancer.

Claes-Ulrik Winberg
Högste Boforsdirektör som med sin hustru omkom i oförklarlig bilolycka mellan Eskilstuna och Västerås våren 1989.

Källa: 978-91-7527-156-9
"En oväntad vändning"[ii]
Claes Hedberg (2017)

Du har köpt boken!
Dom har din adress!
Snart, dom kommer!
Tar dig också!

---

i 978-91-8805-351-0 *"I kamp mot överheten - Örlog och debatt"* (1993, 2017) Hans von Hofsten, kartor av Samuel Svärd

ii Citat från sidorna 123-127. Hedberg redovisar flera personer utsatta för mordförsök, trakasserier, hot, stöld och motsvarande. De har strukits ifrån listan ovan. Hedberg uppger vidare att flera oberoende källor redovisar mystiskt avlidna som på olika sätt kan knytas till Palmemordet:
Odd Engström, Seppo Friari, Ted Gärdestad,
Hans Haste, Ove Rainer, Christer Pettersson,
Viktor Gunnarsson (33-åringen).
Hedberg uppger, i intervju, att ytterligare personer kan tillfogas listan.

ÄVENTYRSPARKEN

Hotellets blå buss. Ganska liten. Jag åker i andra turen. Bussen behöver åka tre gånger, då alla i hotellet skall till samma ställe. Äventyrsparken. Shakira har något upptåg för sig. Hon höll på med något i går kväll. Jag skall försöka hålla ett öga på henne. Bussen kommer fram. Det finns en plogad väg, bredvid skoterspåret. Vägen slutar i en plogad vändplan. Vi stiger ur. Jag hämtar mina skidor, som åkt i ett ställ bakpå bussen. Ordnar till skidor och stavar. Jag åker upp över plogvallen, så jag kan se ut över parken. Det är FASANSFULLT! Skriker!

– Aaaaaaaaaaaaaaaahhhhh!!!

Håller mig om huvudet. En stuga finns framför mig. Invid vändplanen. Bilder på mat, med prislappar. Flaggor. Det är en kiosk. Öppen. Godis och mat. Terrängen är kuperad. Det är nog därför parken är just här. Där borta, framför mig, en klättervägg på en bergknalle. Konstgjorda handfästen och en ställning för säkerhetslinan. En stolpe med pilar åt olika håll. Vid kiosken en liten rutschbana i plast. Lekplatsen. Bänkar att sitta på. Sandlåda under snön och isen. Ett skidställ längs kioskens hitre sida.

Jag kan se ett torn. Betongtorn, kanske femton meter högt. Spiraltrappa upp, med stor skylt nedtill. En wire går över till ett annat torn, på närmsta kulle, bortåt åt vänster. ... Aaaaahhhhhh!!! skriker jag.

En tjej kommer; tröstar mig.

– Du heter Pia? undrar hon.

– Jag är lurad! svarar jag. Lotta?

– Dom kallar mig Fegis-Lotta eller Varg-Lotta eller Hundslickipotta-Lotta, svarar hon.

– Jag trodde Äventyrsparken var med Äventyr, svarar jag.
Lurad! Det är ju en lekplats för småbarn!
– Jag trodde vargen var riktig, och du, att äventyren
var riktiga. Då blev vi båda lurade, säger Lotta.
– Jag går och sätter mig! svarar jag.
   Jag tar av skidor och stavar, som jag parkerar
i skidstället. Det är tilltrampat eller plogat överallt.
   Jag undersöker kiosken. Det är ingen kö. Dom har
varmkorv, hamburgare, våfflor med sylt och grädde.
En hel massa godis.
   Jag skall tröstäta litet. Köper en påse hallonbåtar.
Stor ekonomipåse. Sätter mig på en parkbänk. Utsikt
mot den frusna rutschkanan. Lotta sitter bredvid mig.
Jag bjuder henne på hallonbåtar.
– Du har någon kille, med dig? undrar jag.
– Jag vet inte. Men Urban, skryt-Urban... Han ser
inte åt mig längre.
– Det är mitt fel att vargen åt upp dig. Jag visste att
min buskompis höll på med otyg. Jag orkade inte
stoppa henne.
– Hon brukar ställa till det?
– Nej, men... hur skall jag säga... Hon har inga gränser.
Det finns inget som stoppar henne, som omdöme, regler,
staket, höga höjder eller vakter. Det händer saker!
Hon tycker om, när publiken skriker.
... Det är egentligen ganska underbart. Men, när hon
vinglar ut i tomma rymden, utan att hålla i sig,
det kan bli otäckt.
   Linda hittar oss på bänken.
– Pia! säger hon. Skall du inte göra något kul?
– Vi sitter och har Klubb. Deprimerar ned oss!
– Jag gör er sällskap! svarar Linda.
– Testa att tröstäta! säger jag och håller fram påsen.
– Är det sant att du simmade över Järvforsen?
undrar Lotta.
– Javisst! svarar Linda.

– Inte vanligt simmande! svarar jag. Hon dök i,
och simmade under ytan. Ända fram till andra
sidan. Som en fisk.
– Du Lotta! säger Linda.
... När ni åkte tillbaka till hotellet, redan första kvällen...
– Ja? undrar hon.
– Det var ju det enda vettiga. Vi slet ut oss till ingen nytta.
– Jag har fullständigt komplett totalont i hela kroppen!
säger jag. Det värker, när jag sätter mig... Reser mig...
Går... Allt... Allt gör ont!
... Jag kommer frysa fast på den här bänken...
... Ni får bära fram hamburgare, våfflor och hallonbåtar...
... Jag tinar loss någon gång till våren...
– Du är alltid lika glad och optimistisk, Pia! säger Linda.
– ... om en nio-tio månader, kanske, säger jag.
– Ahhaha!! BJÖÖÖRN!!! ropar någon långt där borta.
– Björn!? Är björnen här? undrar Lotta skrämt.
... Ni blev ju anfallna av Björnen?
– Vi sa så. Det finns ingen björn. Inga vilda djur,
säger jag stilla.
– Bjöööörn!!! ropar någon.
– Men, han som försvann? Björnen åt upp honom?
– Jag sköt han i skallen, med pistol, svarar jag. Jag ville
inte att hela hotellet skulle få spader. Hittade på björnen.
Det var därför det var så många poliser.
– Björnen är hääär! Bjöööörn!!
– Det var då fan vad dom för oväsen! säger jag. Dom
behöver väl inte gulla med nallen, om dom nu inte vill?
– Pistol!? undrar Lotta.
– Bra idé, Pia! Du behöver upp och röra på dig!
säger Linda. Vi går och gullar med nallen!
Jag suckar. Linda stretar i handen. Hon är envis.
Jag kommer upp i stående. Vi stapplar bortåt, mot ljudet.
BJÖRNGROTTAN står det på skylten, uppe i stolpen. Vi
trampar på i pilens riktning. Flera andra skall undersöka
om björnen kan äta upp dom också.

Björngrottan är ett svart hål in i bergknallen. Hålet
lagom för en småbil. Skylt med BJÖRNGROTTAN i trä.

Vi hittar Lottas olyckskompis Jonas. Gruppledare
i hundslickefegisgruppen. Jag pekar på han.

– Jonas den Modige och Självsäkre gör oss sällskap
in och gullar med nallen! säger jag till han.

Han ser tveksam ut.

... Annars går tjejerna in själva! Om du inte törs!

Publiken applåderar. Jonas måste följa med oss.
Han vill inte visa sig feg. Inte ännu mer.

Vi går själva in i grottan. Övriga stannar utanför.

– Blir det farligt? undrar Lotta.

– Inte! svarar jag. Björnar föredrar killar!

Linda fnissar åt oss. Jonas ser bakåt, mot utgången.

... Dessutom är honorna mer aggressiva än hanarna...

Det är mörkt i grottan. En dimmig gulaktig glödlampa
driver en ojämn kamp mot mörkret. Dom har dragit in
en elledning, så det inte skall vara helt svart.

– GRUUUÄÄÄHH!! morrar det inifrån grottan.

Snabbt!! Jag hugger Jonas, innan han springer ut
i panik, och gör bort sig. Linda hjälper mig att få hans
näsa inåt. Vi går sakta längre in.

Vi hör ett skrapande krafsande läte. Det är något
där inne. Jag tar tag i Lotta.

– Grrrrrmmmmmmmrrrrrruuuhh!!

Vi stretar i varandra, för att ingen skall smita. Jag
skall ta en titt på den där björnen. Nu passerar vi den
tredje lampan. Den tredje och sista. Resten av grottan
ligger i mörker. Vi är långt inne i grottan. Inne,
i mörkret, där finns Björnen.

Vi smyger sakta. Grottan tar slut här framme.
Krafsandet är starkare.

– GRRRRRUUUUUUUÄÄÄÄÄHH!

Vi står blickstill. Vi kan inte se björnen.
Grottan svänger åt vänster.

– (Vi går runt... så vi kan se den!) viskar jag.

– (Blir vi uppätna?) viskar Lotta.

Vi ser något som rör sig. Brun lurvig bakdel. Det är mycket mörkt. Vi ser knappt. Den bruna håriga björnen krafsar.

Jag prasslar fram godispåsen. Motar Jonas längst fram. Han törs inte protestera. Jag håller fram hans hand. Visar. Han håller fram handen. Jag häller i en handfull gelébåtar. Hallonbåtar.

– (Varför då?) viskar Jonas ytterst försiktigt.
– (Björnar älskar hallonbåtar. Håll fram handen!)
... (Då klarar du dig!)
Han håller fram handen. Björnen krafsar.
– Grrr... mmrrrrr... rrruurrmhh!
Jag närmar mig björnen, med Jonas framför, som bete. Han sträcker fram handen. Björnen märker oss inte. Krafsar förnöjsamt. Den bruna tjocka pälsen guppar runt i takt med krafsandet. Jonas blundar.

Plötsligt, björnen backar, kommer mot oss; Lotta skriker. Den är helt nära... Jag håller i Jonas, så han håller sig still.
– Ahhaaa!! ropar Jonas till.
Han öppnar ett öga. Han ser på sin tomma hand.
– (Björnen slukade hallonbåtarna!) viskar han.
... (Handen är blöt av slibb!)
– (Vi sticker!) mumlar Lotta.
Vi backar sakta mot utgången. Först sakta, sedan snabbare.
– GRRRRAAAAAHHHH!! morrar björnen bakom oss.
Alla väntar på oss när vi kommer ut.
– Björnen! Björnen! Jag har matat björnen!! ropar Jonas. Min hand, är klibbig... Björnens spott!! Björnen åt ur handen på mig!
Dom ser rädda och undrande ut. Glor på varandra. Den köttätande livsfarliga BJÖRNEN finns i grottan! Där inne! Jonas har sett den!!
Några killar nickar till varandra. Björnen, finns den på riktigt?
– Haha! säger en av dem. Vi går in och ser efter! Äta ur handen!! Fegis-Jonas!! Haha!!

Hans kompisar hjälper till att skratta. Dom vandrar
in i grottan. Vi ser efter dom. När dom försvinner in
i grottan. Vi väntar. Tyst i grottan. Vi ser på varandra.
– RAAAAAAAHHHGRRRRRUUUUHHH!
morrar björnen i grottan.
– Björn!! Björn!! Hjäääälp!! Bjööörn!! ekar det ut
ur grottan.
Killarna kommer utfarande som Kanonkungen
på cirkus.
– Ja, det är en björn, säger Jonas. Den kom emot oss,
och då gav jag den godis!
Jonas visar. Håller fram handen. Slickar sig runt
munnen. Fyra killar står och glor. Måttligt modiga.
– BJÖÖÖÖÖRN!! skriker dom omkring oss.
... SPRIIIING!! BJÖÖÖÖRN!!
Björnen lufsar ut ur grottan. Alla skriker som besatta,
vräker sig in i snön, bakom en stolpe, soptunnan,
och vad dom nu kan hitta.
Björnen klättrar över den översnöade plogvallen,
ut i lössnön, och lufsar bort i skogen.
Långsamt tittar skrämda ögon fram. Spanar efter
björnen. Ingen ser den. Björnen är i skogen. Bara
björnspåren är kvar. Jag studerar skådespelet.
Inga modiga Äventyrsturister i sikte!
– Du blir Kung för att ha matat björnen! säger jag.
Vi går tillbaka till kiosken. Sätter oss på parkbänken.
Skall fortsätta deprimera ned oss. Jag, ivart fall.
– Skall vi fixa mat? undrar Linda.
– Du behöver äta upp dig, en smula! svarar jag.
– Vi tar en korv, så Björnen inte behöver gå ifrån
bord hungrig! säger Lotta.
– Vi kan ta ett lättare förmiddagsmål... föreslår Linda.
Korv och mos?
– Jag skall sitta still, här, och frysa fast... svarar jag.
– Kom, Lotta, så går vi och köper korv! säger Linda.
... Korv är nyttigt; man skall äta så ofta som möjligt!
– Kommer! svarar Lotta.
– Allt är korv! ropar Linda glatt.

Jag sitter och väntar. Det gör ondare och ondare när jag sitter still. Pian skall bli förmiddagsmål till Björnen. Först göda upp mig med en korv och mos.
Shakira kommer knallande.
– Hur är det med dig Pia? Har du skidåkningsvärk?
– Gå bort till kiosken. Vi skall förmiddagsgöda oss; korv med mos, så Björnen finner oss smakliga! svarar jag. Shakira knallar bort för att inkrementera beställningen.

●

Vi sitter och smaskar i oss korv. Det passerar kompisar ifrån hotellet. Dom pratar Björn konstant, hela tiden. Vi slickar i oss det sista. Shakira tar hand om skräpet; stoppar ned det i en närbelägen soptunna.
– Jag tackar för maten! säger Shakira.
... Har du mer hallonbåtar, Pia?
Jag räcker henne påsen. Några skrämda stackare har gömt sig på botten. Hon delar med Lotta.
– Men, titta där! säger Lotta.
– Ummm va? svarar jag.
– Killen. Där! Det är Skryt-Urban. Han med gul toppluva. Han går bort till kiosken? säger Lotta.
Vi glor på han. Självupptagen. Lotta borde dumpa han. Han går inte till kiosken. Han går baktill, där toaletterna finns.
– Lotta! Skall vi skoja med han? undrar Shakira.
Jag håller för ögonen. Lotta ler mot Shakira.
– Hur då? undrar Lotta.
Shakira och Lotta går bort till kiosken. Spanar mot baksidan. Toadörrarna är på den bortre sidan av kiosken. Shakira instruerar Lotta. Hon visar med sina fingrar. Räknar fingrar. Lotta provar. Shakira vinkar med tummen. Smiter runt hörnet på kiosken. Lotta räknar upp åtta fingrar. Hon tar in luft; skriker:
– BJÖÖÖÖÖÖRN!! med sin tunna gälla röst.
Det smäller hårt i toadörrarna.
– GRUUUHHHÄÄÄÄHHHHRRRAAAAAA!!!
morrar björnen.

Shakira smiter snabbt tillbaka runt hörnet. Lotta
och Shakira spanar mot baksidan. Lotta backar, håller
för ansiktet, faller ned i snön. Shakira är glad. Spanar,
en sista gång, runt hörnan. Skakar huvudet.
Shakira lyfter upp Lotta; bär henne tillbaka. Lotta kan
inget säga, när hon kommer tillbaka. Nu berättar hon...
– Urban (fniss) kom (fniss) utskjuten ur toah (fniss)
...toaletten, byxorna nere, och han...
Vi får kyla ned Lotta en smula.
... Han hade byxorna nere; så gjorde han på sig!
fnissar Lotta.
Jag skakar på huvudet. Vaffan! Jag har ju varnat dom!
– Sprid ut ryktet, att Björnen har setts till vid kiosken;
försöker hitta någon att äta! säger jag till Lotta.
Hon ser sig om efter någon lämplig kandidat.
– Ska vi bara sitta och hänga? undrar Shakira.
– Jag skall frysa fast i bänken! svarar jag.
– Titta, där är Greger, den handfaste och modige!
säger Linda.
– Han ser inte ut att vara direkt lättskrämd? säger Lotta.
– Jag har tagit med en stör... säger Shakira.
... Pia! Följer du med upp och testar?
– Vi blir utkastade ifrån hotellet, svarar jag.
– Det är sista dan, dummer! svarar Shakira.
– Vad skall du med en stör till? undrar Lotta.
– Jag går och hämtar träpinnen, svarar Shakira.
... Försök kämpa dig upp i stående, Pia!
– Oljat de stela lederna med potatismos! svarar jag.
Jag tittar bort mot tornet. Fjällhöjdsbanan, står
det på skylten. Wiren, högt där uppe.
Shakira kommer med en lång pinne. Jag pekar
på henne med vanten.
– Hela programmet! säger jag. Vi tar med oss Lotta upp,
hon behöver skrämma upp sin kille.
– Fixar vi! svarar Shakira.
Vi går fram till betongtornet. Det är högt som en
vindkraftverksstolpe. Motstående stolpe är mycket lägre,
men den står ju uppe på kullen. Wiren är vågrät.

Man sätter på sig en sele, inran man går upp i tornet,
och tar med sig ett hjul, att åka på. Skidorna kan ställas
i skidstället, invid betongpelaren.
En ståltrappa, med räcke och skyddsnät, går runt
betongstolpen, ända upp till en plattform, nära toppen.
Sedan kopplar man selen i hjulet, kopplar hjulet ovanpå
wiren, och kan dra sig ända bort till det andra tornet.
Det är mycket att läsa på skylten!
Shakira hjälper mig och Lotta att få på selen. Det finns
en tydlig bild; man skall koppla säkerhetslinan direkt runt
wiren. Man åker bara åt ena hållet, tror jag.
– Men, din sele? undrar Lotta och tittar på Shakira.
– Den blir bara ivägen! svarar hon.
Två killar står framför skylten och hjälper till.
Förmodligen Skryt-Urbans kompisar. Jag klagar
på min sele, och killen förklarar, att den är korrekt
påsatt. Shakira smiter uppför trappan, bakom
ryggen på dom.
– Vi tar inte med några hjul! säger jag till Lotta.
Spiraltrappan blir besvärande en bit upp. Trappan
har stålnät, som stora rutor, som förstärkning till räcket.
Men trappstegen, med stålgaller, man ser ju rakt igenom!
Vinden drar kallt här uppe i trappan.
– Jag tror inte jag klarar det här! säger Lotta.
– Trappan är ju jättebra, säger jag, med nät och ledstång,
och allt du kan önska dig. Men, den är otäck; jag vet inte
riktigt varför?
– Vi måste klara oss upp till plattformen, säger Lotta.
Vad har du och Shakira tänkt att göra för hyss?
– Ohh, inget särskilt! svarar jag.
Vi hjälper varandra upp till plattformen. Den går runt
hela tornet, med en lucka i nätet, där man kan ta sig ut
på wiren.
– Hur gör vi nu? undrar Shakira. Ni ser ju spaka ut,
redan innan vi börjat!
– Du får gå före och visa, säger jag. Dessutom tar
det nog en stund, innan publiken strömmat till.

– Man tackar! svarar Shakira.

– Hela programmet! Börja med vingliga Shakira.

... Sedan blir det vår tur! säger jag.

– Du menar, på allvar, att vi skall ut på wiren?
undrar Lotta. Det går ju inte?

Vi hittar någon fåntratt, som håller i sitt hjul,
och skall åka.

– Se till och komma iväg, om du skall åka, säger jag.
Det här busfröet, skall stänga den här attraktionen,
förmodligen för resten av säsongen!

– Öhh, vad skall ni göra? Vad skall ni med träpinnen till?
undrar han.

– Nu kör vi! Jag och Lotta står här och njuter! säger jag.

– Det blir inte farligt nu? undrar Lotta.

Shakira tar pinnen i näven, och skuttar upp i hålet.
Hon hivar sig upp ovanpå wiren med viss elegans.
Balanserar sig med pinnen. Går utåt, utan säkerhetslina,
ovanpå wiren.

– Jag tror inte jag klarar det här! säger Lotta.

– Hon ramlar inte ned, säger jag. Hon kan bo ute på linan.
Men, för att vi skall få hit killen, din kille, fegis-Urban,
hon skall skoja litet.

Shakira har benen böjda, så hon kommer långt ned,
och vinglar allt mer.

– Hon rasar av, och slår ihjäl sig! säger Lotta.

– Hon viftar med händerna och mixtrar med benen.
... Titta på fötterna. Varje gång hon flyttar, det är en
korrigering. Ser du så snabbt det går?

– Fötterna som darrar, säger Lotta.

Dom har sett henne. Några skriker, skall hämta
hotellets tjej i kiosken. Shakira vinglar vidare, längre
ut på wiren.

– Hur törs hon gå så långt ut? undrar Lotta.

– Hon kan flytta wiren i sidled, med fötterna, så det
är lättare längre ut. Nära fästet, man måste hålla
balansen själv. Så, nu snart, hon kommer låtsas trilla.

– Jag kommer aldrig klara det här! säger Lotta.
Inte Shakira heller, tror jag. Nu rasar hon ju av!

Shakira släpper stången med ena handen, viftar
med armen, trixar med fötterna. Men faller inte.
– Vi kramar varandra, så klarar vi oss! säger jag.
Det ser mycket värre ut än det faktiskt är. Hon
väntar på att fler skall komma. Sedan trillar hon!
– Dom skriker, där nere, nu! säger Lotta. Vad gör vi
om dom kommer och skall ta ned Shakira ifrån wiren?
– Hur då? undrar jag. Någon skall jaga ifatt henne,
och bära henne skrikandes tillbaka till plattformen?
Skjuta ned henne? Fånga med nät? Såga av wiren?
Hur då? Med harpun? Locka ned med en hamburgare?
Shakira trampar fel, och ramlar ned på wiren.
Vinglar med pinnen. Försöker resa sig igen. Får obalans.
Viftar med armen. River sig på mössan.
– Hon kommer åka av! Du har sett henne göra
det här innan? Sant?
– Titta i mössan. Remsan, som flyger i vinden. Den har
hon satt dit, för att visa hur vinden blåser. Publiken
skall uppleva sidvinden. Den farliga sidvinden!
Jag kramar Lotta om midjan.
... Hon skojade med ungdomarna, i stora balsalen,
på unga prinsessans Kröning, säger jag.
Lotta glor på mig.
– Shakira!?!? Då är ju du Pia!? Den riktiga? Med pistolen?
Är det sant? Hjälp mig! Jag är inte vaken!
– Skräm upp Skryt-Urban, innan du vaknar! svarar jag.
Shakira vinglar vidare. Hon halkar på linan. Får fart
framåt. Springer fem steg, rasar, trästången flyger upp,
vrider sig i luften. Stången faller nedåt. Shakira fångar
sig i vänstra handen, fångar in trästången med fötterna.
Jag hör hur dom skriker och stojar, där nere. Snart
har alla i Lekparken samlat ihop sig. Jag ser några som
försöker titta upp mot linan, och åka fram på skidor
samtidigt.
Shakira når inte wiren med högra handen. Hon har
provat flera gånger. Hänger i vänstern. Hon lyfter benen,
och får fingrarna runt trästången. Matar upp stången
över wiren.

– Hon har hängt still för länge, säger Lotta. Hon orkar inte upp på linan igen. Hon kommer att falla!
– Hon bara skojar med oss. Hon vill att dom skall skrika, därnere! säger jag.
Lotta ser spak ut. Shakira petar stången över wiren. Hon håller i stången med högra handen. Bara en kort stump av stången är på Shakiras sida.
Hon slinter; tappar taget med vänstra handen.
– Neeeej! skriker Lotta.
Shakira håller i stången med den högra handen. Stången vinglar uppåt och nedåt; balanserar hela Shakiras vikt, över wiren. Shakira sprattlar med benen.
– Hon kommer falla av och dö!! ropar Lotta.
– Titta, nu har hon fått upp ett ben på wiren. Hon är snart uppe igen!
Greger kommer upp till oss. Shakira trasslar sig slutligen upp på linan igen. Fortsätter att gå bortåt.
– Pia! Snälla rara! säger Greger. Du måste få henne att komma tillbaka! Om hon faller av, hela veckan, hela året, det går åt skogen!
– Greger...? Är du rädd, Greger? frågar jag. Som vanligt?
... Du killen! Greger behöver låna din sele; han behöver ha den som stöd, när han hjälper Shakira tillbaka till tornet!
Greger sätter på sig selen. Shakira fortsätter sin vingliga färd. Plötsligt snor hon runt, faller ned under wiren, men håller sig med ett ben; båda händerna håller i stången. Stången är ovanpå wiren och Shakira, under wiren, håller stången med båda händerna, en på var sida om wiren.
– Pia! Det går ju inte! Hon kan ju inte hamna så där! Hur gick det till? ropar Lotta.
– Hon skojar med dig! svarar jag.
Jag häktar Gregers säkerhetslina i wiren.
... Nu, Greger, du får klättra ut, så du är utanför, ovanpå gallerburen! Sedan hjälper du Shakira, när hon kommer! Så hon inte ramlar ned! Du är mycket modig, Greger!! Riktig kille! Gruppens enda Riktiga Man!

Greger sväljer, tittar nedåt. Han kontrollerar selen en
gång till. Klättrar upp i hålet, utanför buren. Han klättrar
upp ovanpå, med gallernätets hål som stege.
Shakira ser han. Hon har som trasslat upp sig genast,
kommer springandes, på linan, fram till Greger.
– Hej Greger! säger hon. Du skall hålla i stången,
och så går vi ut på wiren tillsammans. Jag håller i dig,
så du inte ramlar ned! Det är inget farligt, Greger!
– Jag är uppskickad i tornet, för att be dig komma ned!
svarar han.
– Det är klart att du skall prova linan, Greger!
... Du behöver imponera på damerna!
– Du kommer ned sen?
– Det är klart att jag kommer ned, Greger!
Ned kommer man alltid! Kom och prova nu!
– Men, jag törs inte gå på linan! Jag kan inte!
svarar Greger.
– Då får du maka på dig, så får Lotta prova!
– Neeej! Jag törs inte!! Neeej!! skriker Lotta.
– Allt skall man då göra själv! säger jag.
Jag kopplar i säkerhetslinan. Jag kopplar utanför
Gregers lina, så jag kan komma ut på wiren. Selen skall
vara säker. Jag försöker strunta i höjden, och klättrar
i buren, igenom hålet, upp på utsidan.
Fötterna på wiren. Jag håller mig i buren. Shakira
räcker mig trästången. Jag släpper buren. Går ut på
wiren. Shakira håller en hand i stången.
Vi kommer längre ut. Wiren är mjukare i sidled.
Dom skriker, därnere. Shakira släpper stången.
Det vinglar ingenting.
– Jag tror publiken har kommit nu? säger Shakira.
– Men, hur gör du? undrar jag.
– Jag håller balansen på dig! svarar hon.
– Jag kan bara stå här?
Mina fötter, dom åker vänster och höger,
under mig, och jag står stadigt ovanpå.

– Wiren är lång, så den är mjuk här ute, svarar hon.
– Skall jag gå längre ut? undrar jag.
– Vi tar ett stycke till. Dom där nere, dom måste
ju se att du klarar en bra bit!
– Piiaaa!! ropar Lotta bakom.
    Jag testar att blunda. Det händer absolut ingenting.
Jag känner vinden. Den växlar litet. Jag är kvar på linan.
– Shakira, säger jag. Du måste vara försiktig.
Det är långt till det andra tornet.
– Aha? svarar hon.
    Jag går sakta längre ut på linan. Shakira är nu säkert
fem meter framför. Mina fötter darrar vänster och höger.
Jag ser att Shakira tittar på mig, hur jag står.
– ... Om du hoppar till. Det tar en stund innan vågen
mattats ut. Kan komma bakifrån och slänga av dig,
säger jag.
– Det måste jag prova! säger Shakira glatt.
– Jag tror det räcker nu. Hur kommer jag tillbaka?
– Vänd dig bara om! svarar hon.
    Jag lyfter stången, över huvudet, vänder mig,
tar stången med bägge händerna och går tillbaka.
Närmar mig tornet.
... Sista biten; nu får du gå resten själv, säger Shakira.
    Linan slutar darra under mig. Jag fixar med träpinnen.
Det är bara en kort bit. Jag försöker hålla mig lugn,
och ta ett steg i taget. Så når jag gallret och Greger.
    Greger får träpinnen.
– Det är bara på låtsas! säger jag till Greger. Du trillar av,
bara om du hoppar! Passa på, att testa, medan Shakira
är på humör!
    Greger reser sig. Jag klättrar in. Kopplar loss min
säkerhetslina. Greger kan nu komma ut på wiren.
    Han kommer hamna i säkerhetslinan, om han faller.
Det är inte farligt. Han provar. Shakira håller i stången.
Han kommer längre ut. Shakira släpper.
– Nej jävlar! Jag faller!! ropar han.

Men, han faller inte. Han tittar ned på sina fötter.
Det är säkert femton meter ned till snön. Höjdmetrarna,
dom är långa. Långa och sugande. Det är kanske tre
gånger högre än en vanlig lyktstolpe.
– Fan! säger Greger därute. Det är högt upp!!
Publiken ropar *GREGER!! GREGER!!*
Shakira backar ett stycke till. Greger går mer framåt.
Jag förstår att Greger är obekväm på linan.
Han fortsätter sakta framåt. Steg efter steg.
Publiken, där nere, dom skriker.
... Hur vänder jag? ropar Greger.
Han vänder sig. Han snor runt pinnen i en halvcirkel.
Shakira lyfter ena benet; trasslar med armarna och det
utsträckta benet.
... AAAHHHH!!! skriker Greger.
Hon klarar Greger, så han inte trillar av. Så kommer
Greger tillbaka. Han går sakta. Sista biten, Shakira håller
han i jackan.
– En modig lindansare levereras! ropar Shakira.
– Fan! svarar Greger.
Han klättrar in, och kan lossa sin säkerhetslina.
Jag krokar på Lotta. Båda jag och Greger kontrollerar.
Allt är rätt. Jag pekar framåt.
– Lotta! Hela vägen över till andra plattformen! säger jag.
Det är bara att gå över, Shakira fixar så du inte ramlar
ned. Du behöver inte göra något själv. Du kan blunda
om det är otäckt!
– Pia! Kan du berätta om kröningen? undrar hon.
– Jag berättar, om du klarar dig, hela vägen över!
svarar jag.
Hon tar mod till sig och klättrar ut. En stor dos
behövs. Hon vinglar på wiren; håller sig i buren.
– Du blundar och kramar i pinnen! säger Shakira.
Ingen där nere ser att vi fuskar! Om det vinglar,
se till att skrika ordentligt! Släpp nu! Jag håller fast
dig i pinnen!

Jag hör hur hon andas. Laddar i allt hon har,
för att kunna släppa buren med handen. Så går hon.
Shakira pratar lågt med henne. Hon kommer längre
ut. Shakira släpper stången. Hon står still. Hon som
ylar litet.
– LOTTA!! LOTTA!! LOTTA!! ropar dom därnere.
Hon börjar gå. Det tar sig. Sakta kommer hon
längre ut. Vinden har ökat litet. Jag ser hur dom gungar i sidled.
Sakta, fram och tillbaka. En meter i sida, kanske. Litet åt
vänster, litet åt höger. Ganska sakta. Wiren är lång.
– Jag har aldrig hört talas om något liknande,
säger Greger.
Det vinglar därute. Lotta skriker. Shakira är en
bit framför. Det fixar till sig. Lotta går igen.
Där nere, dom har kommit på, att Lotta går mot
andra plattformen. Några killar tar sig dit. Kanske
är Fegis-Urban med dom.
Det tar en stund. Dom är långt borta, nu. Dom
närmar sig det andra tornet. Vi ser inte så bra längre.
– LOTTA!! LOTTA!! LOTTA!!
Dom ropar ifrån det andra tornet. Lotta kommer
fram. Framme vid buren; vid andra tornet. Shakira
håller i henne. Hon klättrar in. Shakira ger dom
träpinnen. Så kommer hon ut på linan.
– Hon klättrar ned nu? undrar Greger.
– Jag har lovat henne att hon skall få dansa på linan.
Vi ser ju bra, här uppe. När du tröttnar; vi går till
kiosken och köper mat, säger jag.
– Men! Hur? svarar Greger.
– Hon kommer nog ned i eftermiddag, när publiken
svimmat eller frusit fast, fortsätter jag.
Shakira springer längs linan, hoppar till högt. När hon
landar, ännu mer sats, så hon kommer riktigt högt upp.
Publiken skriker, där nere. Hon landar på wiren. Vågen
går längs linan. Det smäller till i wirefästet, när vågen
vänder.

Längst bort, vid det andra tornet. Ett vitt moln av is
sprutar upp, när vågen träffar. Fästet var fruset. Shakira
kastas upp en bit i luften, när vågen passerar under henne.
Hon väntar litet. Wiren lugnar ned sig. Hon vänder,
och ställer sig upp och ned på wiren. På vänstra handen.
Bara ena handen.
– Men? Kan hon stå på bara en hand? undrar Greger.
– Jag har ingen aning! skojar jag.
– Hon blir trött och trillar av?
– Ja, sen kanske? säger jag.
– Hon kan stå länge på wiren? undrar han.
– Tja? svarar jag. Jag har frågat, men aldrig fått något
användbart svar!
Shakira håller ut den lediga handen åt sidan.
Hon vrider sig sakta runt. Dom stirrar andlöst på,
där nere. Jag hör bara vinden. I det andra tornet;
jag ser en del ansikten.
– Men? Hon tänker hålla på tills hon faller?
undrar Greger.
– Hon kommer göra värre och värre! svarar jag.
Tills du skriker, Greger!
Shakira vrider sig runt där ute. Så darrar hon
med handen och skriker till litet. Fortsätter vrida
runt. På vänstra handen. Greger ser redan spak ut.
Dom ropar nedifrån. Vill inte att hon skall dö.
Kiosktanten har sprungit ut, för att se efter.
Jag ser Lotta. Hon har hittat Urban. Dom har
klättrat ned och kommer bort mot vårt torn.
Shakira fixar fötterna nedåt. Sträcker sig; vinkar
till publiken. Hon siktar längs linan. Backar några steg.
Hon springer, för att få fart; hoppar, för att få höjd.
– Jävlar!! ropar Greger.
– INTE SKRIKA NU, GREGER!! ropar jag.
Shakira landar, hoppar upp, med linan som fjäder.
Kroppen är rak, fötterna går uppåt, huvudet nedåt.
Hon vrider sakta runt, flyger över linan.
– AAAAAHHHHHH!!! skriker Greger rakt ut i full panik.

Hon kommer runt ett helt varv, för landning på
fötterna. Shakira har skruv runt kroppen, så hon snurrar
medan hon flyger uppochned ovanför wiren. Ett och ett
halvt varv. Hon landar med båda fötterna samtidigt,
armarna sträckta åt sidan. Det halva varvet gör att hon
ser wiren när hon landar. Vågen smäller i vårt wirefäste,
reflekteras, guppar under Shakira.

Jag ser att hon tittar ned mot publiken. Flera kan stå
upp. Fan!! Igen!

Hon går för att ta fart. Mer fart. Springer. Först ett
lågt hopp. Upp i luften. Landar och hoppar upp högt.
Den här gången är det mer skruv. Det är magiskt att se,
när hon vrider sig runt, med sträckt kropp, samtidigt
som hon roterar runt[i].

Hon landar på wiren. Missar litet. Trillar av.
Publiken, där nere, dom skriker!! Paniiik!!

Hon fångar wiren med handen. Rycker till.
Tillbaka ovanpå wiren. Hon vinkar ursäktande
till publiken.

Shakira vänder sig. En volt bakåt. Hon vinglar med
händerna och fötterna. Skojar med oss! Volten bakåt,
den är ganska lätt. Säger Shakira, då, vill säga!

Det blir flera volter bakåt. Sedan stannar hon.
Publiken har ont i nacken. Shakira grunnar ut vad
hon skall göra nu.

Hon stegar fram längs wiren. Sedan dansar hon.
Vrider och hoppar. Vänder ett halvt varv; fortsätter
baklänges. Vi har ingen musik. Men Shakira trivs på linan.

Hon är längst bort vid det andra tornet. Hoppar och
dansar på linan. Sedan några volter bakåt. Hon gör låga
snabba volter, eller hoppar upp högre, så hon får mer tid
på sig. Hon ser wiren, där hon skall landa, när hon gör
volten bakåt.

Hon tassar lätt på linan, dansar bort mot oss.
Hon är glad och trivs. Det ser inte svårt ut. När hon
hoppar och snurrar ovanpå linan.

i   Rakt sträckt med skruv är vanlig i truppgymnastik.
    Gå och se en tävling!

Shakira vinkar till Greger. Vänder och studsar
bort mot andra tornet.
– Jag börjar förstå, säger Greger. Vid Järvforsen.
Varför både du och Linda kunde vara så självsäkra.
... Om bara en lina kommer upp. Resten, det bara
fixar sig!
– När vi var på Cirkus. Hon hade markeringsljus
för wiren. Sedan dansade hon i mörker, bländad
av strålkastare.
... Wirefästet. När hon hoppar och har sig. Vågen
reflekteras i fästet. Så, till Cirkus, vi ordade till
wirefästen med dämpning. Vågen sugs in; reflexen
dämpas.
– Aha? säger Greger. Hon är längst, där borta, nu...
Hon ropar till killarna, där borta. Om dom vill
komma ut på wiren och testa? Hon vänder och
dansar ut på wiren.
Allt har stannat i Lekparken. Alla är i snön, under,
utom dom som är i det andra tornet. Greger är litet
ängslig. Ingen skriker. Snart blir det värre! Shakira
dansar, fram och tillbaka, över den långa wiren.
Shakira slutar att dansa, och går litet bakåt. Tar
sats. Så kommer hon. Ett lågt hopp. Sedan upp i luften.
Den raka sträckta vackra långsamma volten. Den här
gången är det ordentligt med skruv. Hon slamrar ned
på wiren. Det smäller i wirefästet när vågen vänder.
Hon går ut till mitten av wiren. Väntar tills vågen
ebbat ut. Hon ställer sig på händerna. Det ser lugnt,
säkert och stadigt ut. Sedan börjar hon luta. Hon
tappar balansen, håller i wiren, med händerna,
och åker runt, under. En liten knyck, för att få fart,
så hon kommer upp, igen, i handstående ovanpå wiren.
Shakira vinglar litet med benen. Jag ser att Greger
uppskattar att hon håller i wiren med bägge händerna.
Hon tappar balansen. Svingar sig under wiren.
Knycker till, för att komma tillbaka till handstående
igen.

Jag tittar nedåt. Det är läbbigt att titta ned. Där nere. Jag ser ansikten som glor. Vissa sitter ned. Några står på skidorna. Några killar har hittat en bänk, under snön, som dom sopat av.

Shakira snor runt wiren. Ökar på farten. Hon snurrar runt, varv efter varv. Det ser ut som om hon har kul. Plötsligt släpper hon...

Skriken!! Greger har full panik, och skriker rakt ut; gör dom där nere sällskap.

Shakira släppte, när hon var på väg upp; nu gör hon en volt, i luften, över wiren, sträcker sig, tar wiren igen, och fortsätter åka runt wiren. Missar hon wiren, det är 15 meter ned till snön.

Så gör hon en volt, igen. Fångar säkert med bägge händerna. Nästa varv. Efter volten, hon har svårt att nå, men sträcker sig, med bara ena handen, och får tag i wiren. Greger skriker!!

– Pia! Pia! Hon måste sluta genast! Minsta lilla, och hon trillar ned i backen!! ropar Greger.

– Greger? Är du rädd, Greger? ropar jag till svar.

– JA, JAG ÄR RÄDD!! HON ÄR EN MILLIMETER IFRÅN ATT RAMLA OCH DÖ! JAG ÄR RÄDD! FÅ HENNE ATT SLUTA!!

Shakira släpper, igen, och gör en ny volt, över wiren. Hon kommer för långt bort. Får tag i wiren bara med yttersta fingertopparna. Hon knycker till, i kroppen, och får fast ett par fingrar, ytterst, innan hon störtar. Jag ser att hon tar mer fart.

Greger ser på. Isvit i ansiktet. Håller sig om huvudet. Shakira gör en dubbelvolt över linan. Nästa varv en enkel volt. Sedan gör hon en dubbelvolt, igen. Det blåser till, och nu når hon inte wiren.

Alla, i Lekparken, skriker rakt ut i full panik. Shakira är under wiren, med armarna sträckta uppåt, och kan inte nå wiren. Hon tar armarna åt sidan, gör en volt under wiren, och så åker hon upp igen. Lekparkens skri ekar mellan bergknallen, där det andra tornet står, och skogen.

Shakira fortsätter att snurra runt wiren.
– Det är ingen fara, Greger! säger jag. Shakira kan flyga!
Greger ser plågad ut, och undrar hur Shakira gör.
Hon har ordentlig fart, därute. Hon gör en dubbel volt,
ovanför linan. Försöker inte ta wiren. Gör en till volt,
på nervägen. Och så vänder hon, i luften, och flyger
upp igen.
– Hur fanihelvete gör hon? Jag ser ingen lina, eller något?
svär Greger.
Shakira slutar snurra runt. Reser sig ovanpå wiren.
Hon knäpper loss linan, och stoppar undan den. Den
är svår att se. Man kan inte se linan. Den är för tunn.
Så börjar hon förnöjsamt dansa, över linan, bort mot
det andra tornet. Hon håller säkert på, tills hon blir
hungrig.

•

Jag matar Shakira med en hamburgare, stekt lök,
tomatskiva och gul mysko läsk. Den sortens läsk som
är lätt smaksatt med kemiskt avfall. Hon mumsar
förnöjsamt i sig. Octavia kommer knallande.
– Det gick bra! säger jag till Octavia.
– Full pott, säger Shakira.
– Jaha? undrar Octavia.
– Han skrek, i panik, rakt ut, att han är rädd! svarar jag.
– Det var som fan! svarar Octavia.
– Uppdrag utfört! säger Shakira och klistrar på sitt
bredaste leende.
Vi får tumme upp, av Octavia.

•

När vi kommer tillbaka till hotellet; en snygg smal elegant
tjej försöker ställa frågor till gästerna. Men ingen svarar.
Hon frågar om Björnen. Jag hör en kille som berättar för
henne "ett rykte, en kille har matat björnen, rakt ur
handen, men jag vet inte om det är sant. Men flera har
sett björnen, som bor i Björngrottan..."

Tjejen antecknar. Hon har en kille med sig, som skall
få till en bild. Dom flesta säger inget alls. Hon kan se,
att dom bär på något, inne i sig. Rädda. En del pekar
uppåt; mumlar obegripligt. Leker fågel med armarna.

•

Vi går till hotellets kök. Kocken och kökstanten
har packat oss två plastbackar.
– Det är hotellets vanliga menymat, en smula
justerad för enklare upptining, säger kocken.
– Vi har fryst så gott vi kan, men det är inte
helt genomfryst, än, säger kökstanten.
Vi laddar in plastbackarna i hotellets buss,
och åker bort till gubben och tanten. Bussen snirklar
sig fram. Killen, som kör, han hittar. På fjällvidderna,
alla känner varandra. Jag knallar fram till stugtrappan,
och ringer på.
Tanten och gubben är glada att vi kommer.
Jag beväpnar mig med ett vedträ. Lyfter bort filten,
som värmer frysen.
Frysen är en låda, med lock överst. Bästa sorten!
– Hur gör vi? undrar Octavia.
Jag viftar lystet med vedträt. Karl den Tolfte
i stridslinjen!
– Allt ut ur frysen! säger jag.
När frysen är tom, jag bankar insidan, så det frusna
krossas och faller ned. När jag är nöjd, Shakira kommer
med en plasthink. Jag skopar i isen, i hinken, genom att
använda händerna. Sedan lastar vi hotellets mat.
Den är förpackad i små sladdriga plastlådor. Vi lastar
som byggklossar. Byggklossarna är märkta med siffror.
Jag lägger menyn; förklaringen om vad siffrorna betyder,
på en bänk.
Shakira går och tömmer hinken. Ute. Så stugvärmen
inte behöver smälta isen. Vi lägger tillbaka frysens
ursprungliga innehåll, överst.

– Men, heliga Kristus, hela frysen är ju proppfull!
ropar tanten.
Octavia, som vet hur man gör, trasslar i frysen.
Så får vi ned locket, utan att det tar i. Jag lägger
tillbaka filten, som skall förstärka lockets isolering.
Tanten har bakat en kaka. Greger och gubben sitter
och pratar. Tanten berättar, hur det var att bo i bygden,
förr i tiden. När man bara hade fotogen. Efter en tre
timmar, vi åker tillbaka till hotellet.

●

Hotellet. Alla är tysta, runt omkring oss. Glor. Pekar
på Shakira. Hon går runt, skinande som en sol; fusionen
strålar ut hettan mot alla i hotellet.
Hotelltanten har inbjudit till en ny äventyrsfest. Vi
hämtar mat. Festmaten är framställd, på ett bord, där
hotellets hungriga Äventyrsturister laddar på sina tallrikar.
Hotellets Jansson är fantastisk; inte så stark fisksmak.
Sedan tar jag köttbullar och inlagd gurka. Alkoholfri
cider av matbutikstyp.
Vi sitter och smaskar. Nu vill Toppluvetanten höra
hur det var i Äventyrsparken! Alla pratar i mun på
varandra!
De flesta pekar mot Shakira. Hon reser sig.
Vinkar med handen.
– Du har varit uppe i fjällhöjdsbanan? undrar toppluvan.
Shakira ler och vinkar.
... Du har gått på lina ovanpå wiren!?
Shakira nickar.
... Och struntat i säkerhetsselen?
Shakira ser olycklig ut. Viftar med händerna.
– När man skall göra en volt... säger hon. Linan blir
ivägen...
– Flyga i luften!? Runt wiren?
Shakira gör tumme upp. Hon går och hämtar
en ledig stol. Bär fram den till mitt på golvet. Sneglar
mot tanten. Hämtar en stol till. Ställer den bredvid.

Shakira ser inte nöjd ut. Hon lyfter den ena stolen.
Ställer två stolsben diagonalt, ovanpå den andra stolens
säte. Hon tar tag i mitten av ryggstödet med vänstern,
och med högra handen, vid mitten av kanten på sätet.
Hon sneglar mot tanten. Mot publiken. Sedan hoppar
hon upp. Håller sig i händerna; kroppen och fötterna
är i luften, och hela hennes kroppsvikt (inte då allt för
obetydlig!) hålls uppe av axlarna.
    Jag vet att hon kan. Vissa kan. Herrgymnasterna,
dom kan. En del, alla fall.
    Shakira höjer sakta upp fötterna. Den okuvliga styrkan
strålar ut åt alla håll. De flesta, av Äventyrsturisterna,
sitter och gapar medan dom glor ögonen ur sig.
    Shakira får upp fötterna mot taket. Innertaket är inte
högt nog. Hon siktar med en tå. Sätter tån mot taket.
    Sedan lutar hon stolen, så den blir mer upprätt. Hon
lyfter den högra handen och står bara på den vänstra.
    Det händer ingenting. Hon darrar inte. Hon vinglar
inte. Stolen är precis blickstill. Tån, i taket, hjälper till.
Hon behöver inte hålla balansen. Och tiden, den går.
Varje sekund ett ofantligt styrkeprov.
    Ingen säger något. Det är totalt gravtyst. Publiken får
våndas en stund till. Sedan lossar Shakira tån. Inget som
vinglar. Hon tar tag med högra handen, i stolsätet. Sänker
ned benen och kroppen. Sakta, sakta! Och så landar hon
på golvet.
    Tyst.
    Publiken ställer till med en jätteapplåd! Toppluvetanten
ser förskräckt ut. Det är ju bara vanliga stolar. Vem som
helst kan ju prova!
    ... Men? undrar toppluvan. Kommer du ifrån Cirkus,
eller någonting?
    Shakira nickar! Skickar en tumme upp!
– Jag kan ett annat trick också! ropar Shakira glatt.
Jag lärde mig på Cirkus! Det är jättekul; det måste
vi prova!
    ... Jag kan vissla på Björnen!

214

Alla fnissar! Shakira skall skoja med oss!
Shakira pekar mot dörren.
Dörren har en glasruta, övre halvan. Dörren går inåt,
hit in till oss. Dörren är till vänster. Den högra delen,
smalare, den är stängd. Man öppnar båda, om man
behöver mer utrymme.
På utsidan av dörren hänger det ett vinrött draperi.
Fråndraget. Som dörrdekoration. Shakira vinkar mot
dörren. Skruvar på sig. Ingen tror på Björnen.
Vid ett av borden. Där sitter de två journalisterna.
Killens tunga kamera ligger på bordet. Han fotograferade
Shakira, när hon hade tån i taket. Och ingen tror på
Björnen.
Shakira visslar! En hög gäll vissling.
Shakira. Hon är otrolig med en publik. Hon stirrar
mot dörren. Alla ser, att Shakira tror bergfast på tramset
med Björnen. Hon glor mot dörren. Väntar på Björnen.
Det blir litet oroligt. Tajmingen. Exakt när skall
man ta nästa steg? Shakira glor mot dörren.
Så visslar hon igen! Högt!! Glor mot dörren.
Draperiet. Det hänger still. Kan det bli otäckt?
Mina lättskrämda Äventyrsturistkompisar,
dom har kommit på, att dörren är enda vägen ut.
Tittar sig omkring.
Shakira står, mitt på golvet, och väntar... Men...
Det kommer ingen björn...
– Dörren är ju stängd! Ytterdörren! ropar Shakira.
Hon far ut, som en blixt, igenom dörren och bort
i korridoren.
Vi sitter tysta och väntar. Vad händer om Björnen
kommer?
– GRUUUÄÄÄhhmrrrrrrrmmmrrrhhh!!! morrar
Björnen ute i korridoren.
Shakira flyger in igen. Hon är otroligt snabb. Står,
på samma fläck, och väntar på Björnen. Stirrar mot
dörren.

Nu är alla ängsliga. Fotografkillen har lyft upp sin dyra spegelreflex systemkamera, som skydd mot det onda.

Shakira visslar igen! En otäck genomträngande gäll vissling, som Björnen definitivt inte kan motstå.

Alla glor förhäxat mot dörren. Nu är ingen modig längre. Ingen säger något uppmuntrande. Det är helt tyst. Skräcken härskar!

Ett ljud! Något skramlar i golvet, ute i korridoren. Shakira står kvar, mitt på golvet, och väntar. Stirrar mot dörren. Några av tjejerna, flyttar bort blomkrukor ifrån fönstren.

DRAPERIET RÖR SIG!! En brun lurvig björnrumpa skymtar till i dörrkanten.

– BJÖÖÖÖÖÖRN!!!! skriker alla samtidigt.

Fotografen knäpper en bild. Glas krossas. Alla skriker, i full panik. Fönstren öppnas, ut till snön och kylan. Blomkrukor krossas mot golvet. Fönsterdekorationer flyger i luften, som ett och annat stearinljus, en statyett eller en duk. Tallrikar går i golvet, med maten på, och krossas.

De inte speciellt modiga Äventyrsturisterna vräker sig ut igenom fönstren; ut i snödrivan utanför.

Björnen fortsätter att skuffa vid draperiet. Det är nästan tomt i matsalen.

Jag ser ut över förödelsen. Blomkrukorna, med lessna blommor. Krossade mot golvet. De tomma borden. Fotografens dyra kamera, den ligger kvar på bordet. Fönstret är öppet. Nästan alla fönster är öppna. Stolarna har vält.

Mat har stänkt runt litet här och där. Kylan drar snabbt in igenom alla fönster. Shakira står lycklig, mitt på golvet. Toppluvetanten håller sig om huvudet. Jag, Linda och Octavia sitter kvar vid bordet. Greger syns inte till.

På andra sidan. Fegis-Lotta sitter ensam kvar, vid sitt bord, och begrundar förödelsen. Alla andra är ute i snön.

Toppluvetanten tar ned sina händer. Går bort till
dörren. Sätter en fot i Björnens runda lurviga rumpa...
– AJJ, vafanihelvete!!
Ut björnskinnet dyker killen upp, som brukar köra
bussen. Toppluvetanten glor på han. Ilsket och
anklagande!
– Du får fullbelagt hotellet, hela säsongen, säger Shakira.
Tanten tittar tillbaka mot henne. Stirrar.
– Se till att näta in mina hotellgäster, innan någon
förfryser sig ute i snön!! ropar tanten till killen.
Killen springer ut. Kökspersonalen kommer med
borstar; dom har med sig nya tomkrukor. Skrämda
och iskalla Äventyrsturister släntrar in. Vi stänger
fönstren igen.
Blommorna lyfts i nya hela krukor. Alla hjälper
till att sopa bort splittret, jorden, krossad porslin
och matrester. Sedan skall porslinet dukas av, och
ersättas med rent. Det är mycket som behöver fixas.
Den snygga tjejen, journalisten, undrar om någon
stannade kvar, och såg Björnen. Lotta säger att hon
såg Björnen. Samt att hon också sett Björnen borta
vid Äventyrsparkens toaletter.
Många har sett Björnen borta i Äventyrsparken!
Dom berättar olika versioner om hur Björnen jagat
dom. Tjejen skriver febrilt på sitt block.
Fotografen förklarar, att Björnen kan inte få gå
omkring, i bygden, eller ibland hotellgästerna.
Han säger, att en skyddsjakt kommer att anordnas.
Det är Länsstyrelsen som beslutar om skyddsjakten.
Shakira skickar mig ett extra värmande leende.
Jag grubblar på traktens Trapper. Som skall ut i kylan
och leta efter Björnspår... Parken är stor...

Och nu förstår du!
Den tomma vita ytan, på kartan.
Varför vi inte åkte till Äventyrsparken,
redan första dagen!

●●●

Till sommaren. Äventyrshotellet fick hjälp, av en lokal
konstnär, som byggde en björnstaty, i naturlig storlek.
Statyn monterades på en betongklump, så björnen skall
synas, även när det är tjockt med snö.

I lobbyn, vid sidan om disken, kunde man se ett foto
av Fredrik på ett litet bord. Ett svart sidenband vid ena
hörnet av fotot. En skylt som förklarar att Fredrik rivits
av björn. Kroppen eller björnen återfanns aldrig.

Den stora vita ytan på kartan. Man skrev till
"Björnplatån". En och annan, av turisterna,
försökte hitta Björnen.

Jodå. Hotellet var fullbelagt hela vintersäsongen!

Greger fick sin chefspost, som ledare av polisens
specialstyrka. Polisstyrkan i Konungariket.

"Befälet skall visa sig tillsammans med männen",
sa Greger, och såg till att alltid själv vara långt fram,
där det är farligt, iförd karbin och skyddsväst.

Jag var snart tillbaka i skolan. Ekonomisk linje,
gymnasiet. Det är inte så betungande. Det gick bra
ett tag. Tills en dag, då Natalie, i Strandhotellets
reception, inte längre svarade i telefon.

●●●

Äventyr med Pia och vännerna fortsätter i *REGENTEN*.
Då får du läsa vad Natalie har för sig. Hennes nya jobb!

Utmattade av hunger och köld, intar expeditionen sin allra sista måltid, endast bestående av smältvatten.

Jag följer med på Äventyrsvecka, upp till Norra Norrlands iskalla isbeklädda snövidder. Min kompis Octavia vill inte resa ensam med två killar. Påpälsad mina varmaste kläder, inställd på strapatser och faror, försöker jag klara mig.

Resan är ingen semester. Var och en av oss har problem och brister. I vildmarken, utmattade av kylan, allt kommer upp till ytan. Problem som måste övervinnas för att vi skall klara oss tillbaka.

Tillsammans får vi kämpa, mot allt fler och värre fasor; vilda djur och banditer, tills jag drabbas av det värsta du kan tänka dig!

Pia Jansson

– En spännande äventyrsbok i vintermiljö, med upptåg och banditer, fram till det hotfulla överraskande slutet.
Linda Bormann
DIPLOMATIC ENCRYPTION MACHINES
linda@D-E-M.dk

Förlag: Books on Demand, Stockholm, Sverige
Tryck: Books on Demand, Norderstedt, Tyskland
ISBN: 978-91-8007-566-4

9 789180 075664